一心惟尔

—— 生涯散蠹鱼笔记

傅月庵 ——

著

九州出版社 JIUZHOUPRESS | 全国百佳图书出版单位

图书在版编目（CIP）数据

一心惟尔 / 傅月庵著. -- 北京 ：九州出版社，
2018.12

ISBN 978-7-5108-7681-3

Ⅰ．①一… Ⅱ．①傅… Ⅲ．①随笔－作品集－中国－
当代 Ⅳ．①I267.1

中国版本图书馆CIP数据核字(2018)第286074号

一心惟尔

作　　者	傅月庵
丛书策划	李黎明
责任编辑	李黎明
封面设计	吕彦秋
出版发行	九州出版社
地　　址	北京市西城区阜外大街甲 35 号 （100037）
发行电话	（010）68992190/3/5/6
网　　址	www.jiuzhoupress.com
电子信箱	jiuzhou@jiuzhoupress.com
印　　刷	三河市国新印装有限公司
开　　本	880 毫米×1230 毫米　32 开
印　　张	10
字　　数	210 千字
版　　次	2019 年 1 月第 1 版
印　　次	2019 年 1 月第 1 次印刷
书　　号	ISBN 978-7-5108-7681-3
定　　价	58.00 元

博采雅集，文苑英华
——《大观丛书》缘起

    作为知识的一种载体，延续千年之久的印刷图书正面临挑战，甚至有夕阳之忧，越来越多的人正在疏远纸书。然而，我们相信，纸书是不会消亡的，精品总会留下来。当前出版界看似繁荣，却多为低质量重复，好书仍然缺乏，原创的有分量的作品更少。因此，我们逆流而上，披沙拣金，竭诚出版优质图书，为读书人提供一种选择，遂有此《大观丛书》。

    这是一套开放式丛书，于作者和作品不拘一格。

    作者可以是作家、学者、撰稿人、读书人，可以是名家，也可以是名不见经传者，尤其欢迎跨界写作者。但求文字流畅，无学术腔，拒绝无病呻吟，表达必须精彩。

    体裁以随笔为主，不拘泥于题材和内容，包罗文学、历史、思想、艺术……可以观自我，观有情，观世界；只要有内涵，有见地，言之有物，举凡优秀之作，皆文苑英华，即博采雅集。清人周中孚《郑堂札记》云："博采群书，洋洋乎大观哉！"

    冀望这套丛书，能给读者提供新知识、新思想，以及看问题的新角度，唯愿您在愉快的阅读中，得到新的收获。王羲之《兰亭集序》称颂的境界，也是我们的追求："仰观宇宙之大，俯察品类之盛，所以游目骋怀，足以极视听之娱，信可乐也。"

    亲爱的读者，期待您与这套丛书相遇！

本书作者

傅月庵，本名林皎宏，台湾大学历史研究所肄业。曾任出版社编辑、总编辑，二手书店总监。现任"扫叶工房"主持人之一，潜心砥砺编辑技艺，视为匠人修行；致力探索书籍的未来形式、各种出版可能。偶亦为文，散见网络、报纸期刊。著有《生涯一蠹鱼》《蠹鱼头旧书店地图》《天上大风》《我书》《书人行脚》《一生惟尔》等。

目　录

这些事那些事

其他种种

大陆版序

《一心惟尔》成书于二〇一五年冬天，距离前一本书《天上大风》已过了十年。

十年成一书，其实也无拘须也无坚苦，多半因为懒散；书中文章无非就像《生命中不能承受之轻》里所说："顺水漂啊漂，漂到他的床边，他伸手一捞 …… 就缔结一世的姻缘。"——编书、读书、买书之时，或有所感，转成文字，赚点稿费再买再读，如此一篇篇累积，出版社说应该出书了，却没多少感觉。盖受禅家影响，不太看得上文字，总觉得那是不得已而为的"第二义"，甚且是"业障"。更糟糕是喜新厌旧，爱写新的，写过就算了。二〇一〇年左右，有了"脸书"（Facebook）新玩具，愈发耽溺不可收；只顾眼前爽快，懒得回头收拾！

最后所以结集成书，说来惭愧，几次讲座或读者来信，竟然陆续有人说"受到你的文字影响很深，谢谢你！"甚至有"让我脱困而出 ……"这样"严重"的话。初时绝不相信，后来屡有所闻，不得不严肃面对，自忖虽不是什么好榜样，当也无害于世，既然还有人要看要信，且似乎有些益处，便就再出一本吧。

出书之时，正当实体出版如雪崩坏之日，蒙好友相挺，居然卖得还行，没害人赔钱。于是当九州出版社老友黎明来邀，希望能出简体字版时，不免心动。然而江山易改，懒散难移，拖拖拉拉，不意竟又几年过去。"是日已过，命亦随减，如少水鱼，斯有何乐；大众当勤精进，如救头然，但念无常，慎勿放逸。"估计普贤菩萨这话于我无效，诚然无可救药之顽石也。

此书仍是书话。讲些书讲些人讲些事，有时是"人后面的书"，有时是"书后面的事"。跑马跑远了，也讲讲自己，如何变成今天这模样，竟也就能以书维生，在世界里游戏年复年。人（包括自己）散在这岸那岸东洋西洋，事发生在旧时今时现代古代，而以"书"将之统一了。仔细翻摆，背后当都有一个"缘"字，是即这一版本所以能出现在大陆读者面前，读者竟也愿意带回家翻读，草蛇灰线，隐隐现现的那个力量。

此版能出，第一要感谢黎明，没有他的鞭策，书出不来，我也补充不了新文章。第二要感谢九州出版社，时当纸本乱世，诸君竟愿出版这样一本未必好卖的书，确然胆识过人，深愿此书多卖几本，证明我错了，而不是隔岸喃喃："成功不必在我！"

是为序。

傅月庵。二〇一八，"大雪"之日。台北头湖厝。

这些人那些人

人与人能够互相感应，最终还是得有一种"性之相近"的底，好让声气相通，物以类聚。

蝶飞矣，蘧然一梦
——追忆诗人周梦蝶种种

　　熟识诗人周梦蝶，他已老，八十上下了。更年轻的周公，也见过，一九八〇年代台北武昌街明星咖啡馆，远远地，他穿着人所熟悉的那一袭褐色大衣，正低头吃饭，吃得很慢很慢。林清玄写过文章，说周公吃饭一粒一粒吃，原因：不这样，我怎么知道每一粒的滋味呢？

　　许多年之后，每与周公吃饭，总会想起那个画面这段话。但，那是吃饭，是传说。吃粥的周公，我看多了，绝非如此。

　　二〇〇四年婚后，与周公往来频繁，一两个月便会呼朋引伴，在家聚会，邀他来吃粥，号称"周公宴"。说是"宴"，不过家庭便餐，有什么吃什么，惟两物绝不可少：白酒与白粥，盖乃周公指定物。老先生善饮，即使仅剩四分之一个胃，依然难得一醉。台湾的酒，他最爱金门高粱（竹叶青勉可凑合），酒精含量还得五十八度者，低于此者不入酒眼。有次试他，端了杯三十八度，他啜饮一口，笑笑说："今天酒薄了点。"果真骗不了，赶紧换一杯。生平不喜洋酒，尤其威士忌，老打趣说："味道怪，像马尿。"有一回，他的老友杜忠诰教授开了一瓶特级红酒，满室异香，周公坚持不喝，说是像"喝人血"，不好！

经过围劝，加上尝了的人人都说好，他遂心动，喝过一杯后，一语不发，杜教授问他如何？"我还要一杯！"好酒当前，铁石也变心，一整个"梵志翻着袜"了。

周公爱喝粥，与佛教信仰、与动过胃切割手术或都有关。他吃粥，用大碗，只白粥，其它不与。满桌是菜，却尽拣眼前花生米配食，全神贯注，几乎一语不发，一粒花生米一口粥，帮他夹菜问他吃这吃那？回答一概"不要！"。吃完后，放下碗，不响片刻，方心满意足说："真好吃！"问他为何吃得如此简单？一桌菜白煮了。他的理由："我的福薄，不能吃太好。鸡鸭鱼肉你们吃好了。"这话有趣，大概跟他老称自己"驽钝"、"脑筋笨"一样。"也知自笑，故可做一浪漫诗人。"南怀瑾先生是这么说他这弟子的。

周公浪漫出了名，多情而不及于乱。三毛与他闲话终宵，毛妈赶人，三毛拦门不让他走的逸事，流传已久，早成佳话。他的"女朋友"多，泰半因他口风紧，重然诺，说不讲就不讲，绝不外泄。年轻摆书摊起，便有许多女生围绕他倾吐心事，感情纷争什么的都说给他听。周公心肠柔软，有耐性，是最好的倾听者；书也读了不少，儒释都通，开示一二，每每中的。"那时我读辅大，在重庆南路下车后，总要弯去明星咖啡馆买个糕点，站在骑楼吃。为的是偷看那些围在周公书摊的女孩子……"周公传记纪录片《化城再来人》导演陈传兴教授这样回忆。作家雷骧说的更有趣："那时候我看他看女生的样子，眼睛瞪这么大，真是'好色之徒'啊！"

有一回到周公家，那天老先生谈兴特浓，同行几位女生没大没小，嘻嘻哈哈直追着问情事。周公兴高采烈拿出一个铁盒子，一堆照片与信件，几乎都是女生写的，他不忍丢弃，一张张讲给我们听，这位如何如何，那位怎样怎样，边讲边笑也感叹。我在旁边听得趣味盎然，九十多岁老先生，一整个就是宝二爷怡红公子模样。也曾问过周公，为何喜欢亲近女生？他低头沉思了，答案依然很《红楼梦》："女儿是水做成的。清爽！"再问他，是否真跟哪一位谈过恋爱？他闭目沉思半晌，睁开眼睛，腼腆笑了，终不说破。——一九四八年，国共内战，烽火连天，青年周梦蝶拜别老母妻儿，加入青年军，辗转来台，运兵船入港时，他登上甲板，远眺陌生的南方高雄港，心中想的竟是，一直翻读却未终卷的《红楼梦》。二〇〇五年《红楼梦》批注笔记《不负如来不负卿》当也缘起于此。

晚年周公，诗写得少。忙人之所闲，闲人之所忙。成日读报看书写字，他看书像吃饭，一个字一个字，慢慢读，读得很仔细，原因还是自认"脑筋笨"，人一能之，己得十之。第一次到我家，饭还没好，独坐窗台下，要我们别理他，自忙去！信手从书架取下一本书，看了起来。李渔叔《鱼千里斋随笔》。临走时，向我借。我说送你，他猛摇手，不需要，借就好！下次再来即归还，用信封慎重装着，再以出了名的毛笔字写上书名。到今天，这信封我还不敢丢，太珍贵了。

他爱读书，我则爱帮人找书。每次碰面告别前，总爱问他最近想看什么书？我帮你找。开始还客气，等我任职二手书店，便几乎次次有任务了。从不太出名的《珍妮的画像》到很有名的《今古奇观》，都找过。印象最深的一次，他想读苏东坡的诗，苦无好版本。我让仰慕他已久的《上海书评》主编陆灏，为他寄来一套上海古籍出版社合注本，非常中他意，不停笑着摩挲，直说"好！好！"。一个多月后再去看他，六册几千页竟然看光光。九十高龄的老先生，眼力、精力还这么好，真真合了"无事此静坐，有福方读书"这两句话。当时一直相信，继续活下去，破百不成问题。谁晓得人生难说，说走就走了。

按身份证算，老人家活了整整九十四岁（一九二〇—二〇一四）。其实不止，有回闲聊透露，动乱年代，他身份证有误，真实年龄应该再加三岁。那就是九十七岁了。说来长寿，却如一梦！

周公爱写毛笔字，自成一格。一般都说是"瘦金体"，仔细看后，亦不像，盖少了富贵气，多了一种挺拔。他的字，平淡无烟火味，接近弘一，可枯笔偶滞，不及大师那份圆融。周公一生周到，作为台北一种传奇，常有人找他签书留念，他总不肯即签，一定问好姓名地址，将书带回家，裁剪宣纸，郑重其事以毛笔题署签名钤印后，粘贴扉页，亲自投邮寄送对方。这种礼数，于他很自然，年轻到老，一以贯之；于"作家像明星，签名满天飞"的今日看来，则简直不可思议！

因为字好，求之者众，只要有缘，周公几乎来者不拒，条幅、经卷都行，但似乎不写大字，原因是"我不行。自知之明，不敢献丑！"他坦荡笑说。写得多，自己却不甚重视，随写随送随忘。文学生命里极其重要的《不负如来不负卿》原稿便如此这般"人间蒸发"了。也曾有蛛丝马迹可循，下落或见分明。"设法要回来吧！"友人不平地说。周公却一笑置之，都当成身外物。字是这样，钱也如此。某年因文学奖，得了一笔奖金，十万元。一转身，捐出去了。日后，再得文艺奖章，又是几十万，直嚷嚷意外之财，还想捐。几位老朋友狠狠数落一顿："自己都欠人家救济了，还捐？！"活生生挡了下来。可没多久，对岸一封信来，又都寄回老家去了，孙子要盖屋，请爷爷帮忙。——要说"贫无立锥之地""家无隔宿之粮"，老先生庶几近乎之，可上门的钱，他总往外推，也真够奇怪。实在无以名之，或仅能归诸一心悲悯了。

周公过世后，龚缘参与治丧事宜。头七前，陈传兴教授老问我："梦到周公没？"我实话实说："没有。去净土了谁还回来啊？"心里却想着："幸好还有一部《化城再来人》。"

二〇一一年前后，陈传兴教授筹拍《他们在岛屿写作》系列电影，六部纪录片之一就是想为周公一生留下雪泥鸿爪的《化城再来人》。哪知晚年世情通融的周公，于拍电影这事特别别扭，硬是不点头。陈教授找到我，希望帮忙劝说。我知没多少用处，仅敢献一策："周公喜欢女生。让女生去说吧！"当时事忙，没多理会，谁知不多时，便传出周公点头说好的消息，"红粉攻势"或者真奏效了。片子杀青首映，大家都说"拍得好！"。周公来家里吃粥，我逗趣问他："片子里还有裸身泡澡镜头，你怎么这么大方，有没有清场啊？""不用！我不拍就不拍，要拍就随便你了。导演说怎样，我就怎样！"老先生豪迈地说，手一挥，哄堂大笑情景历历在目。如今点检，方知这部片子拍得及时，让周公文学生命更加圆满，诚然万幸！

一草百年还一魂，去留天地有诗痕。

枯禅坐久明星烂，白酒斟凉冷眼温。

渡尽苍茫知蝶老，吟深淡泊对波浑。

几番孤独成幽国，余粒轻浮和泪吞。

穿墙人去杳归期，岂忍光年算距离。

应有余禅分众苦，已将衰病报新诗。

磨圆五色峰前雪，化老一僧醒后痴。

丛菊平生香已荐，微吟趺看再来时。

周公过世后，作家张大春连写了这二首诗追忆他，几乎道尽吾辈对于老先生的感怀哀悼。《孤独国》、《还魂草》、《十三朵白菊花》、《约会》，谁人不识？"凡踏着我脚印来的／我便以我，和我底脚印，与他！"谁人不知？二十八岁随军渡海来台，三十五岁退伍，一边在骑楼摆书摊，一面读书写诗。摊高三尺七吋，宽二尺五吋，架上不过四百二十一本书。在台北角落里默默蹲守了二十一年，出版了两本诗集。而后流离于台北盆地穷巷蜗居里，清贫过活，又默默读写了三十余年，再出两本诗集。真要说，不过一介爱写诗退伍老兵耳，可却以他的人格与诗作感动了一整个世代的台湾人；为这个喧嚣的时代，铸造了一道最清明的文化风景。"诗人之来也。但知奉众，不需忧贫；诗人之去也，悲欣交集，华枝春满。"其人之难得罕见，大约就如讣闻所写的吧。

当石头开花时，燃灯人

我将感念此日，感念你

我是如此孤露，怯羞而又一无所有

除了这泥香与乳香混凝的夜

这长发，叩答你底弘慈

曾经我是腼腆的手持五朵莲花的童子

周公《燃灯人》诗作。终于也到了这样的时刻。蝶飞矣，蘧然一梦。

世缘

今年第一道冷锋来袭前几天，唐德刚先生在旧金山过世。消息传来，并不令人意外，老先生卧病好几年，且年高九旬，此刻归去，也算是福寿了。只是世缘难舍，作为一名深受启发的读者之外，对于唐先生，我总有另一份难说的感激之情。

上个世纪八〇年代初期，我刚从军中退伍下来，前途茫茫。只知道自己彻底厌倦此前所学，决心弃工就文，改行念历史。白天里，在一家补习班当导师，管理一群十七八岁叽叽喳喳的小女生。晚上闭门读书，准备插班考试，钱穆、傅乐成、吕思勉，甚至连周谷城的《中国通史》都被我找来读了个遍，顺藤摸瓜，越读书越多。日子过得虽然积极，心里却有点忐忑，真的就要这样走吗？要知道，那个时代里，还像钱钟书《围城》所说，工学院看不起文学院，而我竟要"自甘堕落"了？

彼时，传记文学出版社的《胡适杂忆》、《胡适口述自传》刚出版，轰动一时，我也赶流行找来一读。视野所限，看不出《胡适口述自传》的门道，只觉得批注比内文好看；至于原本是篇短序，没想到竟写成一本书的《胡适杂忆》，更是完全吸引住了我。唐德刚先生口无遮拦，妙趣横生的盛气笔法，将此前已被我供在内心神龛里的胡适，一下子打落神桌，成了个有血有肉的凡人，直教人钦佩不已，干脆认定：这人本领胜过李敖，《胡适评传》没这么好看！

胡适二书大卖，加上因为触犯时忌，只能在地下流传的《李宗仁回忆录》，让唐德刚先生声名大噪，台湾也掀起了一股口述历史热。应出版社之邀，唐先生访问台湾之余，特别做了一场公开演讲，谈的便是"口述历史"。我得知后，约了几位朋友，一起去听讲。人很多，老的少的都有，黑嘛嘛一片，内容讲些什么，如今早忘光了，残留的一二印象是，唐先生很幽默很会讲话，不时逗得全场哄堂大笑，想打瞌睡都不行；他的安徽官话不太好懂，听了颇久，我才慢慢入港，跟上大家笑，但还是有些人名，想了半天，不知是谁？

这次演讲记录，后来发表在报纸副刊。看过之后，我实在忍不住写了一封信，向唐先生表达仰慕之意，还把自己想学历史的想法、疑惑，一股脑向他请教，"到底学历史行吗？"寄出不久，我便忘了这事。原因是，信乃请报社转寄，转不转，只有天晓得。再说，唐先生当时是纽约市立大学东亚系主任，教学行政两忙，哪有时间理会隔了个美洲大陆又隔了个太平洋，几万哩外一个小岛上一名素不相识的年轻人的苦恼？

结果是我错了。信寄出大约一个多月，回信来了。厚厚好几张，唐先生一开始便向我致歉，说因忙于教学，所以迟覆了，但非常高兴收到我的信，因他没想到还有年轻人想弃理工改学文史。接着为我解惑，他举了不少例子，说明历史可能的功用，但也承认学历史很难发大财，想要借此飞黄腾达，大概不容易。所以特别提醒我，若想走文史这条路，多少要注意营生这件事，不要自得其乐，却连累家人受苦。最后还引了《庄子》那句："无用之用，是为大用"，大力勉励我。

收到信，我兴奋极了。立刻写信向他致谢，还放言要拿李敖为榜样，以历史为入世之媒，好好做一番大事。没多久，回信又来了。唐先生提到他也很欣赏李敖，来台湾时，还特别去朝拜了这个"台北一景"，两人聊得愉快极了。李敖既聪明又用功，真是不世出的史才。接着话锋一转，直言告诫：因为是不世出，所以不可学，"生不得五鼎食，死当五鼎烹"是很悲惨的。唐先生这句话，我琢磨了很久，只知道他是爱护我的，却不很清楚"悲惨"的意思。直到后来卷入党外运动，碰到了些挫折，乃至八九年夏天之后，方才渐渐明白了。

我跟唐先生的通信，大概持续了一年左右，七八封信里，他始终知无不言，言无不尽，随我乱发议论，也不以为忤，总是把他知道的、经历过的，一一告诉我。后来，我果然转入大学读历史，念了半天，最终虽没走上历史的道路，心里却着实感激他的爱护。有时翻书看到鲁迅或胡适那一辈五四人物对于青年人的珍惜与爱护，我总会想到唐先生，也会想到胡适夫人江冬秀的那句话："唐德刚是胡老师最好的学生。"

只有真实才能获得自由

我亦曾一访柏杨。

那是一九八九年的某个夏天午后，北国的激烈喧嚣正让整座岛屿惊诧沸腾不已。我到所居盆地南方山丘的一个宁静社区，与少年时代的偶像柏杨先生初次见了面。

我是一九六〇年出生的。我们这一代的人，整个成长岁月，从惨绿到绚烂的青春，其实完全被暗中控制住了。透过教育系统、大众传播媒体，乃至被白色恐怖吓坏了的父母，小学、中学不用说，循规蹈矩，读的是"好学生"，听的是"正声儿童"，看的是"英烈千秋"，父母成天耳提面命：要听老师的话，少惹是生非！初中二年级，学校发下一个牛皮纸袋，要大家填写里面的个人资料。我那位教英文的年轻导师，语焉不详地慎重告诫我们："要想清楚，不要乱填，这东西会跟着你们一辈子的。"懵懵懂懂的少年人哪知道些什么，还是如实登记了。一年后，蒋介石过世，奉厝桃园慈湖，车过我校，规定得巷哭野祭，全校师生都出动了。"蒋公"灵车远远驶来，人群一截截跪落矮下，惟独我这位老师，硬是不跪，昂然挺立着。双膝落地的我心里很是纳闷，甚至有些恼怒他不爱国。几年后，我才知道，他的叔父，一个真正爱国的军人，就是死在蒋介石手中的。

我没读过高中，读的是五年制的专科，专攻土木，大大读错了，微积分、流体力学什么的，怎么也读不下去。成天在学校附近的光华商场——当时台湾最大的旧书集散地——晃荡淘书，什么都想读，最后就碰到了柏杨跟李敖。六〇年代出生的我们，若还有些桀骜不驯，若还懂得一些反抗，"天纵英明"的柏老跟"文化太保"李敖居功厥伟。我们开始想看世界时，这二位早已看不到青天，都被关在牢笼里了。他们的思想却以"禁书"形式在地下流窜着，启蒙了多少年轻人。

　　读李敖，让我们偶尔敢跟"老人"呛声要求接棒，敢不以"天地君亲师"为然；读柏杨，让我们知道"三作牌"警察"作之君作之师作之父"的可恶、"酱缸"文化的可怕、"臭鞋大阵"的可鄙。一本《鬼话连篇集》辛辣讽刺了中国历代帝王诞生异象，看得我们大乐之余，居然也敢质疑那位从小看小鱼逆水而游就体悟出"努力向上"道理的伟人的一生了。李敖学历史出身，老爱引经据典，文字咄咄逼人，读来有时难免犀利难挨。柏杨写小说、写专栏，人情练达，寓褒贬于嬉笑怒骂，读来笑中有泪。就连其困厄的根源，刊登"大力水手"漫画，被罗织成"讽刺国家元首"，也很有些黑色喜剧的味道。当时的我们，衷心崇拜李敖的大胆不驯，却更亲近宛如长者的柏杨一些。——柏杨、李敖是禁书之端，启蒙之门一打开，鲁迅、艾思奇、马克思……就跟着长驱直入了。

　　我见柏杨之日，他已经"看过地狱"回来了，也不写专栏，而将全数的气力花在翻译《资治通鉴》这件事上，把文言翻译成白话，看似容易，其实却很难。难在于有太多人自以为"外文我或许不行，中文我怎么会不懂！？"尤其学院中人，深觉地盘被侵犯了，此一言，彼一语，将柏杨先生的工作数落得仿佛一无是处。此时的我，已经改行学历史，因为听到太多"柏杨不行"的话，夤缘找人牵线，希望亲自听听柏老怎么说。见到柏老时，不免对他的温柔敦厚有些失望。他概括承受所有的批评、责难，每一种批评，他都觉得有道理，值得想一想。惟独对于"反对将《通鉴》译成白话"这件事，他不假思索，反对回去，因为"明明是已死的文字，你不把它翻成白话文，叫它怎么流传下去？文化怎么复兴？实在讲，反对古籍白话化的人真正其心可诛！"交谈近二个小时，惟一让我觉得跟"想象中的柏杨"相近的，大概就属这时候了。

此年夏初，柏老过世，我经常回忆起跟他初次见面的往事：一只漂亮的暹罗猫，一位美丽的妻子，多风的夏日午后，知无不言，言无不尽，离别时坚持要送到电梯门口，笑眯眯地道别。白云苍狗，浮生难说。剩下的大约就只很平常的这些，以及"只有真实才能获得自由"，"上帝的磨子虽然转动得很慢，却始终不停地在磨……"这两句话了。

编辑李敖

一九八五年，有人出书问《消灭李敖，还是被李敖消灭？》李敖看过，笑说："你比我李敖更了解李敖。"来年，又有人出书说《李敖死了》，李敖看了，回敬一张状纸，告作者也告刊登出版广告的报纸，然后生龙活虎地继续活了三十二年，终于，李敖死了，李敖被无情的时间给消灭了！

> 我为人外宽内深、既坦白又阴鸷、既热情又冰冷、既与人相谐又喜欢恶作剧，我立身光明，待人真诚，虽有权谋，但用来自卫而非害人。

一九九七年，李敖写回忆录，曾如此坦白地总结自己的个性。这种"随处（自我）作主，立处皆（恃为）真"的个性，曾为他赢得了无数的赞誉，也树敌无数，最终恩怨难说，只能一切笑骂随人了。

李敖难说，他的学识、思想、影响，波及两岸，此时犹难论定。"樽前作剧莫相笑，我死诸君思我狂"，今日媒体、网络刷屏的这一"思我"，多半是因为少了"大师"，将多了些寂寞；而非"十年以后当思我，举国如狂欲语谁？"的"思我"。"誓起民权移旧俗"的李敖早随着他大半生战斗不懈的大敌"蒋家国民党"垮台，而身形渐去渐模糊；拒绝不了政治，笑傲电视江湖，"老子舞时不须拍，梅花乱插乌巾香"的李敖，让我们这个时代多了些机锋笑语，而无助于其衰颓。多少人盼了又盼，"更研哲理牅新知"的李敖，终究还是失约了。

《文星》杂志的冲决网罗

但李敖绝非全不可说，至少有件事是很明显的，虽在"启蒙者"、"大师"的光环下显得微不足道。那便是，战后华人出版史，李敖终将列名，不仅以"作家"且是"编辑"身份。

李敖少年暴得大名始自《文星》杂志，一九六一年李敖在九卷一期（总号第四十九期）发表《老年人和棒子》，而后陆续发表《播种者胡适》、《给谈中西文化的人看病》，为当时一片沉寂的文化思想界，掀起滚滚红尘，论战不休。等到李敖加入文星书店，老板萧孟能对他言从计听，李敖更如《纽约时报》所言，成了一个"放火者"（fire-brand），自己的书，别人的书，洋人的书，古人的书，出个不停。文星书店至今犹为人所津津乐道的《文星》杂志、《文星丛刊》、《文星集刊》、《中国现代史史料丛刊》乃至《古今图书集成》等，背后其实都有李敖的身影在晃动。一九六五年香港书展，台湾参展单位二十二家，参加书籍种数一七八二种，册数二七四〇〇册，文星虽然仅占二一〇种，却足足有二四五三五册，几乎达到百分之九十的地步。

这样的出版量，虽然吓人，更让国民党当局忌惮的则是由李敖一手操盘，"用杂志强打，使书店上垒，以书店配合杂志运作，形成思想大围标"的出版方式，以刊养书，养得刊强书壮，每逢出书发刊，小小的文星书店，总是人头攒动，闹热滚滚。随着杂志、书刊的传播，新诗、新艺术、文白问题、中西文化、青年与老年、性观念、高等教育、高考、法律、中西医等等一个一个被端上台面，文星书店俨然成了引领时代思潮前进的发动机。相对于"文化太保"的单打独斗，编辑李敖所显现"冲决网罗"的能量，显然更具危险性，国民党遂必除之而后快了。

"文星经验"却也同样在李敖身上烙下深刻印记，让他一辈子手不停挥，目空一切。其中最重要的一点，乃是靠着编辑、出版，他赚到了生平第一桶金，改变了"经济结构"：

> 当文星老板萧孟能把第一批写书稿费一万元交到我手的时候，我真是开了洋荤。——我有生以来，从来手中没有握过这么大数目……文星结束时，我有了一户32坪的公寓房子，这是我生命中的大事。……我心里至今感谢萧孟能，虽然这是我劳心劳力冒险犯难所得，但有此机缘，不能不说和他有关。——一笑以蔽之：恩怨情仇何足数，能数的，起自一万元最具体了。

他曾如此回顾这件事，多半人都忽略了。

编辑李敖与编辑鲁迅

李敖生当乱世，饱尝流离颠沛，在穷苦中长大，看尽人情冷暖，偏又五欲炽盛，爱热闹爱朋友爱做大哥大，更糟糕的是快意恩仇，不低头不妥协不与俗同。自小叛逆闹事的经验，让他明白了一件事：

有勇气、不怕孤立，都得有它的支撑力量，其中最重要的是经济基础。……我能挺直腰杆，跟我薄有财富，可以不求人，不看老板脸色，不怕被封锁有绝对关系。……每见有穷光蛋侈谈抱负，我就鄙视他们。这种人，连一己生计都弄不好，又何能独来独往做独立的事？一个人行有余力，才有资格做志士仁人，否则只是满身烟味、满口酒气的吹牛屁家伙而已。

同样出自李敖夫子自道。这点上他与鲁迅颇相似，都是少数"深明大义，谋生有道"的文人。李敖比鲁迅更强的一点是，鲁迅编书多半是带有自己的喜好，在版型、装帧、纸张多所讲究，希望编出与内容相匹配的漂亮的书，不脱明清文人印书传统。

李敖则不然，他每编一套书，总想大卖，好解决当下的经济危机，脱离困境。一九六六年李敖离开文星，自谋生路，当时所使出的自救之道就是编书出版，他先自写自编了《李敖告别文坛十书》，准备得款做本钱，改行去卖牛肉面。此计不售，遭警总从装订厂抢书。日暮途穷，只好要钱不要名，帮水牛书店编了一套《罗素选辑》而由刘福增挂名。这条路也走不通之后，方才去扛冰箱做旧电器买卖。

鲁迅与李敖两人的出版理念，若有的话，鲁迅大概如他自己所说：

我的印好书是有将来的。——别人不注意将来，所以就没有把现在的好东西好好保存起来，留给将来的人做粮食的心意。——哪里是为了满足我自己！

李敖谈到这部分的较少，他的看法或许会比较接近日本出版怪杰见城彻的看法：

书籍若无法畅销，便失去出版意义。

或也因为这样，他的书，他所编的书，并不太在乎装帧设计，除了开本、装订之外，标点符号，字体大小种类，图文整合，几乎四十年不变。封面设计也多半类似，系列感强，辨识度高，让人一眼便联想到李敖。一九八〇年代，他重出江湖，以带头大哥姿势，统一党外阵线，冲撞体制，争取言论自由，大战国民党时，他又写又编，以"丛书"之名，行"杂志"之实，《千秋评论》、《万岁评论》、《千秋评论号外》、《乌鸦评论》、《求是报》、《求是评论》，以一人而与一党战，战得天昏地暗，不亦乐乎。这些评论，旗帜鲜明，每一种全称无不冠以"李敖"二字，最后且成立了"李敖出版社"、"李敖书店"，自己出版自己的书，自己卖自己的书，从制造端到销售端，完全掌握，滴水不漏。如此精心打造之下，本来已自耀眼的"李敖"两字，几乎等于金字招牌，印书遂也如印钞票，财源滚滚。李敖终也修成"善霸"，挺直腰杆，拼命对干国民党了。

营销李敖，名嘴李敖

"编辑李敖"另一无人能及的本事，是他特别懂得营销，他的白话文是否包办"五十年来和五百年内，中国人写白话文的前三名"，犹在未定之天，但光是这一则他为出狱后第一本作品《独白下的传统》（远景版）所写，让人想忘都忘不了的文案，及其所引发至今犹存的爆炸力，肯定值得华人世界所有大小编辑好好学习，"心里为他供个牌位。"不仅如此，关于全书简介，他照样写得呱呱叫，起笔即诉诸《纽约时报》、《圣路易邮讯报》、《伦敦中国季刊》、《香港星岛日报》等海外媒体权威，为自己大定位后，他又说：

李敖自写"传统下的独白"闯祸起，被追诉多年，一直翻不了身，这本《独白下的传统》是书名翻身，不是他。李敖大隐于市，常常几个月不下楼，神龙首尾皆不见。这本重新执笔的新书，聊可如见其人，并为仇者所痛，亲者所快。——远景过去没有李敖，李敖过去没有远景，现在，都有了。

有黠慧，有嬉笑，有感喟，犀利灵动而不失其真实，真正达到如他自己所说"广告文字必须浓缩而奔放"的境界，无怪乎胡因梦看得"百感交集，有伤感，有希望，也有怀疑"，最终竟嫁给了他。

从编辑的角度来看李敖，当也能理解为何他会对友人说："我书房的书多，却多半不值钱，因为都被我剪刀浆糊掉了。"光想想千秋万岁评论封面所用的裸女图片、漫画；他的写作套路：引文一段，评论一段，即可思过半矣。李敖一生归于名下的创作数量，当在几千万字以上，但其实水分颇多，仔细比对《李敖大全集》即可知。如此游谈无根，"赚得了全世界，却赔上了自己"，他也并非不自知，一九九一年《〈李敖求是评论〉

发刊词》他便说：

由于我余生生命贯注的主力是《北京法源寺》以外的几部重要小说，以及非小说的《中国思想史》等书，花在"东打一拳，西踢一脚"式的杂志上面，时间已有限制。

不幸的是，一如他的老师台静农所说：

大概一个人能将寂寞与繁华看作没有两样，才能耐寂寞而不热衷，处繁华而不没落。

李敖毕竟不是！整个一九八〇年代，李敖把自己编得太大了，赢得掌声太多，自信心愈发坚强，"识得破，忍不过"，笔伐不够，继之以口诛，一九九〇年代中期开始拥抱影像，笑傲江湖去了。编辑李敖一变而为名嘴李敖，继而飞身跃下政海泅泳，不断跟猪打架。打着打着，"中国第一豪杰"竟也就被"不够格的敌人"、"太小了"的台湾给埋葬了。

知世如梦无所求，无所求心普空寂。
还似梦中随梦境，成就河沙梦功德。

李敖最喜欢的一首诗，王安石《梦》。功德无非梦中之梦，大师李敖真难说，编辑李敖历历在目！

亲爱的人

　　我认识雷骧老师时，他已过了不惑、知天命、耳顺的生命阶段，渐渐从心所欲了。

　　这时候的他，总是微笑的，几乎没什么脾气。对世事人情，自有其看法，姿态却十分随顺。喝酒时，也会聊到文坛种种，我爱跟他打听这位那位作家，他信手拈来就是一段故事，但总是叙述多，评点少，最常听到的结论大概就是"世间怎么也有这种人？到底在想什么，我都不知道了。"这话是以闽南话发音，前面还会加上一个感喟兼好奇的语助词："hei～"，仿佛真希望有机会更深入理解这人的思维模式。

　　这种好奇的探索，在我看来，或即是构成整个雷骧创作的原始动力。从文学、摄影、绘画等创作，乃至，嗯，教学。跟雷老师学过画的人都知道，不管你再怎么不行，画得如何差，雷老师总是有办法让你寻回信心，确认属于自己的绘画之道。他总是能在你觉得一无是处的画面里，找出某几个笔触，某几笔线条，或者从构图角度，发现你的特殊之处，然后向你解释、告诉你："这个处理得很好，hei～不简单哩。"——雷老师的这句话，与其说是"因材施教"的鼓励，毋宁还是那个好奇在作祟，他总是想知道且很快能知道学生的特质与可能，将之点显出来，回答了自己的好奇，也让学生有种"懒懒马嘛有一步踢"的自得，而竟有了动力继续探索、学习下去。

好奇心其来有自，婴儿、小孩的好奇，纯属上天的恩赐。随着入世渐深，却还能对这个世界保持浓烈好奇心的，总不外乎"怀疑"或"相信"。由于怀疑既有的秩序，不承认"凡存在的必属合理"，因而好奇想探索秩序背后的东西，此种怀疑的好奇，多半伴随某种不满，对体制、对人间的不满；相信的好奇，则有种敬爱，也许在碰撞太多之后，更深刻地体悟出"凡存在的必有可能"，从此不敢小觑人间既有的一切，转而想窥探可能的极限。因为有敬有爱，也就有了悲悯，我深信，当我认识雷骧老师的时候，他对人间的好奇，已从怀疑转相信，对于万事万物都有了一种悲悯。这种悲悯，让他终日微笑，文章绘事教学满溢温情与敬意，而竟不知老之将至了。

上天所赐予的好奇心，早在童年雷骧身上发见其微。战乱时代魔都上海的生活经验，父母三令五申的告诫，八层楼的电梯大厦都锁不住雷家兄弟的心，底层的"四姊妹舞厅"、驻守的日军卫兵、倏上倏下的电梯、弄堂孩子无轨（鬼）电车啃食面饼的北方男孩拖欠的租书款……日后都成了雷老师精彩的童年追忆。每当翻读看到或听他说起时，我心中总纳闷，一样都活过，怎么你的童年如此有趣，我的身世却是这样贫乏。相处日久之后，方才逐渐领悟，原来好奇心像一把尖刀，会把人的观察力削刻得越来越敏锐。

或许也正是这种敏锐，让从海上转进南方岛屿的少年雷骧，整个青春期都处于某种烦闷与挣扎之中：跌落异乡言语之中的外省小孩、因着学校体罚而生的木柱捆绑火焚的性幻想、从南到北不名誉的转学、呼群引伴蛰伏阳台的窥浴与乎沙滩碉堡偶遇的解衣女体、在朝会时被迫脱衣的戴胸罩同窗男孩……体制宛如一件湿透的橡皮衣，让人不舒服却又解脱不下。好奇继续漶漫着，观察力愈形敏锐的青年雷骧最后似乎长成了一个相当程度上拥有某种沧桑老灵魂的年轻男子。——我与雷骧老师结缘伊始，正是约略此时他所写的一篇小说：《犬》。

那是一九八○年代中期，退伍归来略识人间大难的我，依然不改逛旧书摊的习惯。某次偶然买到一本当时刚成立不久的圆神出版社的《矢之志》，第一篇为《犬》，讲一只沉静的栗色土犬，日夜奔走了遥远的道途，前来咬死一名新婚妇人的故事，内容夹杂灵异、爱情、惊悚等元素。使我最感兴趣的，却是冷静得像摄影机的叙事方式，由于这一自制的冷静，犬之怨念遂拥有强大能量，让人读着读着竟不寒而栗起来了。"我喜欢这作者！"于是决定收集他的作品。彼时雷老师仅有另一本名为《青春》的散文集，从那本开始，一路收集，未必紧盯不放，但过个几年，总会拣拾一番；入手也不一定即看，往往累积二三本看了又看。但总之，经过十多年之后，因缘得与雷老师相见相识，跟他学画画时，我几乎毫无生分之感。他的整个家族、他的北投居所一草一木一犬一池、他的身世流转友人聚散，老实说，我早熟得不得了。此时相遇，绝非"一见如故"，而是"如故一见"！

"画人之眼"是什么？用绘画来讲，是视角是颜色是物我关系。转换成文字，成了叙事角度、用字轻重和悯人体物的一点念想。雷骧慧眼独具，利如鹰隼，热在心头，冷在笔下。

曾经在一篇《刑台与手风琴》的书介里，这样谈论过雷老师的书写本质，自认虽不中亦不远矣。但我始终萦怀难解的一件事是，明明可以具体感受到他从"怀疑"到"相信"，从"不满"到"敬爱"的幽微风格转变，却一直无暇去细辨这一关节。今年秋天，友人跟我提到老师七十大寿，要我写篇文章，我又想起了这件事。于是，自秋徂冬，我经常睡后又起身，深夜里，把书架上一本又一本的雷骧作品，拿下来翻看，边看边追忆，追忆初次阅读的心境，也用更多的理解去探索熟悉的篇章。今冬第一道寒流来袭之夜，我又读到了一九九八年雷老师到日本追索杨逵、鲁迅、周作人、郁达夫等人文学踪迹时，于异乡写给"亲爱的人"的家书片段：

啊，这样繁琐、吃重的旅行，我几乎应付不来，能有什么斩获，实在毫无把握啊。疲累中几度飘过你往日笑颜，有话同我说吗？

收到两封传真一并——前一封在京都时已收到过一次了，但阅信时的温慰无比，简直到了激动的程度。……你的久咳难愈，即使你自己如何故作轻松带过，但那苦，惟只爱怜你的人才深烙上心。临走前，你为我整行囊、熨衣服的举动，此刻忽又重现，予我竟生一种忏情！

雪，大约还下不起来的。读了信，我想妈一定能渡过此难，只是更且衰弱下去罢。人的生命实在堪怜，如何面对自己的生命相，在此也想了一想了。……外面寒风呼号。即拥抱！

"外面寒风呼号。即拥抱！"前次阅读时，未婚无子的我，但觉得这句子写得好，插入文章的家书片段用得巧，如今结了婚也生了子，再读一遍，竟感动莫名，字字都有了着落。——"啊，六十岁时，我也还有心写这样的情书吗！？"——"寒风呼号"而为"拥抱"，"怀疑不满"终成"相信敬爱"，看来都因"亲爱的人"了。我又想起了酒后老师老爱说的昔年为伊独立平交道不断朝火车挥手的青春少女时的那份腼腆神情，以及我们在闲话彼此"亲爱的人"时，他所透露带着饱足爱怜与好奇的苦恼："真正系没话讲，有够好的啦。但是嘛有一点点烦恼。最近又跟我说想买一套意大利锅子，十几口哩。煮一个料理敢爱这么多？真正让人想拢无哩。"道假诸缘，复需时熟。如今，我也终于能了解其中更深刻的意义了。hei～不简单哩。

四十多年来，雷骧一切创作，只为一个女子，名叫 Amy。如今，我们或称之"师母"而不名。

我不过是太白粉而已

关于夏元瑜，人们津津乐道的一件事是，他生前总爱说自己老，信口七十、八十随他高兴。有一次到大学演讲，那几年里正巧他都宣称"八八高龄"（其实最后他"只"活了八十六岁），讲台底下同学看到这么一位发不苍、视不茫而口齿流利，模样肯定不够老的老先生，脸上未免露出惊讶之色。"元老"心中有数，顺水推舟，干脆说："我是夏元瑜的儿子，今天我爸爸不能来，由我代表。"台下一片哄堂，有人却信以为真，辗转相传，竟有人急忙打电话问候他怎么啦。——这是典型的老盖仙式幽默，上个世纪七〇年代中期起的二十年里，"元老"纵横台湾文坛，写了二十多本书，百多万言，算得上是著作等身了。

夏元瑜是在北京出生的杭州人，父亲夏曾佑中过进士，点过翰林，还跟清末五大臣出洋考察过，是位开明人士，如今大家还记得的，当是他所编的中国历史教科书了。夏元瑜是独生子，没有兄弟姊妹，仅有猫狗为伴。小时候家里墙上挂了两幅图：《百美图》跟《百兽图》。他一哭，看美人无用，一看到野兽便止啼了。日后会念生物，学做标本，早有征兆。此乃老盖仙自述，真假无从考证。但他确实自小与动物有缘，念高中时，为了自学做标本，一个暑假剥过上百只鸟尸。大学念北师大生物系，如鱼得水，毕业后，当上了北京动物园园长，成天与鸟兽为伍，其乐融融。

上个世纪六〇年代，来到台湾后的夏元瑜，躲在小小的新竹动物园里任职，闲暇则为各博物馆、大中小学制作标本赚外快，钱未必多，却忙得起劲，自得其乐。七〇年代后，他的老同学、老哥儿们，也是当时台湾文坛最受欢迎的何凡、林海音夫妇劝他到台北："你就这么窝在新竹，等着玩新竹动物园那几头死尸啦？北京人有句话：'人挪活，树挪死'，凭你这两下子，到台北折腾折腾，路子宽多了！"这一劝，竟把夏元瑜劝成了老盖仙，举家北迁，大大折腾了起来。

来到台北的夏元瑜，早已年过花甲，却仿佛梦笔生花，突然文思泉涌，厚积了几十年的存货，一下子都喷薄出来，三天两头便在报纸发表文章。当时台湾仍处戒严时代，报纸没几家，想在副刊上登文章，其难几如上青天。但一来有老朋友推荐奖掖，二来他那两下子还真的很能折腾，举凡天上飞的、地上爬的、地下挖出的，人间活着的，他都能谈得头头是道，文体自成一格，轻松幽默，读者大悦。在"科普文章"相对匮乏的时代里，一整代的台湾年轻读者经由他的文章启蒙，甚至还有立志终身与动物为伍的。我的一位同学因此成了兽医，九〇年代大发利市之余，犹念念不忘"老盖仙惠我良多！"

人们多称夏元瑜为"幽默作家"。他的幽默，来自西洋的少，北京产出的多。"盖仙"一词，是六〇年代后逐渐出现的台湾流行语，"盖"的意思，与其说"胡诌"，毋宁更接近大陆常用的"侃"字，也就是摆龙门阵，上天下地闲聊。"仙"这个字，一般解成"赤脚大仙"的"仙"字，表示其道行高深。但在台湾，这字还是个尊称，那是来自日语"先生"（せんせい，sen sei）的首音。年高德劭之人，往往被称为"某某仙"。这个"仙"字用在曾留学日本，"侃"起"大山"来无远弗届无涯限的夏元瑜身上，真是再合适不过了。"我百无一能，没有专门的学问，可是东鳞西爪，竹头木屑的杂学知道不少。东抓把鸡丝，西抓把木耳，凑上几片瘦肉和腰花，勾点太白粉，一炒就是盘'全家福'，不论哪位也能夹上两筷子。谈不上文艺，更扯不到作家。菜中原料全是别人的，我不过是太白粉而已。这就叫'盖'，把若干不同的原料加上点太白粉'盖'在一块儿。"老盖仙是这样自报家门的，谦虚中不无一丝得意。

读夏元瑜的文章，不时可见类如北京传统相声段子的嬉笑自嘲，底层则有一种冬阳的温暖，让人感受到某种醇厚的遗韵。这种遗韵，尽管笔路大不相同，在张中行、唐鲁孙等人的文章里也常闪现，大约就是逐渐消逝的一种北京人情吧。有位朋友客居北京，某次夜里在胡同里迷了路。请教一位路过的大婶路怎么走，大婶仔细说完路线，再三叮咛怎么转如何绕。朋友感激地往前走，却发觉大婶伫立原地静静看着她，直到她转对了方向，方才才安心地离开了。——我想，老盖仙夏元瑜一定也是属于这一种的老派北京人吧！

自从一见桃花后

那是一九七〇年代末期的事。当时份属惨绿少年的我，学剑不成学文无门，暑假里整天捧读武侠小说 K 漫画，看无可看之时，连报纸广告页的"警告逃妻"启事都读得津津有味。某日在《联合报》副刊读到一篇题为《六一述愿》的文章，里面有些话，与众不同："我已经过了六十，不能再这样规矩下去了。""得意的人每逢大寿就做寿，不得意的人就作诗。"有些话，讲得真实却不伤人：

> 我曾见到与我绝对是同辈的某些名媛淑女，三姑六婆，犹依依不舍已逝去的豆蔻年华，全力挣扎想去维持三十年前的"故我"，那完全是知其不可为而为的殉道精神。

我把这篇文章读了又读，越读越佩服这位作者幽默风趣，不知不觉中还受到影响，竟反思相信"我就要二十，不能再这样不规矩下去了。"循规蹈矩的第一件事，就是少读小说漫画那些"不规矩"的玩意儿，转读些"好书"——首先，当然就是把这位作者吴鲁芹的书全部找来读一读再说。

经过一番搜寻，所得却大失所望，仅仅不过二本，一本名为《师友之间》，一本叫作《鸡尾酒会及其他》，还都是好几年前的作品。他述愿所说："心地一向相当忠厚，也不忍与无辜的文字为难。"看来是真的。但就算两本，却也很够看的了。其中《我与书》一篇，尤其深得我心，某些段落，口诵心惟，深深影响日后阅读品味，乃幸而不至于成为一名以身殉书的"书痴"："买一本书的乐趣，与多添一只花瓶，没有多大不同。""一本好书之是否为好书，以及你配不配称它做好书，要看你是否已读完它。""书对我完全是一种享受，享受可以没有，但不能打折扣。"

虽说始终"缘悭一面"，但也不能说我与吴鲁芹先生无缘。因为正当我开始为他倾倒之时，也是他刚从工作岗位退休下来，"二十年后又是一条老汉"重现江湖之际。短短四年多，信手拈来随兴而写，一发不可收，累积了三十多万字，远远超过此前三十年的总和。如今回想，竟仿佛专为我这后生晚辈开窍示范。那段时间里，我简直像个追星族粉丝，每天翻报纸就为追索吴先生文章，有则喜，无则快快。他的文章结集出书，我总是第一时间买来读。读完还会在书后页涂抹两行古人诗句，略抒心情，什么"书当快意读易尽，客有可人期不来"、"自从一见桃花后，直到如今更不疑"的。一九八一年读完《英美十六家》后，胡诌出"委身吴门下走狗，偷得此笔死无憾"两句，证明真是五体投地，爱到最高点了。

吴先生文章好，当然跟学养有关。他总是能把"好的字做好的安排"，文白交融，不着痕迹，精炼妥帖到无可挑剔的地步。私心以为，当代汉语一道，鲁迅翁、知堂老人、适之先生那一辈五四人物，只能算是"但开风气不为师"，真正好的，还在他们的学生辈，像吴先生这一代人。至于其笔路，按照夏志清先生的说法，上承晚明小品直抒"性灵"余绪，旁借英国散文的"幽默"传统。偏锋拥助正统，多师转益成我师。此处的"性灵"便多的是寻常百姓的"人性"，而不是高来高去的"空灵"；"幽默"也不是要嘴皮子搞笑，而是机智隽永，妙语如珠。

人与人能够互相感应，最终还是得有一种"性之相近"的底，好让声气相通，物以类聚。中国人向来尊奉"勤有功，嬉无益"为最高指示，总要求年轻人坚苦卓绝，勇往直前。吴先生却不奉主流为圭臬，坦承自己"以懒散出名，颇安然于'少说话，少做事'的哲学"，一辈子"总是朝抵抗力弱的方向前进"，相信"勤快只是手段，懒散才是目的"，"我不敢说，懒散是快乐之本，但是懒散不给人快乐的例子，是不易找的。"吴先生这番话，对于一名常因"懒散"而被责备如我者，受用之大，不言可喻。这个世界上，学孔融让梨的人太多了，少一个有一个的好处。

二十多年过去了。"正人君子"陈源最好的学生的书，终能"抢滩登陆"，出了简体字版。中华大地卧虎藏龙，文章写得漂亮的，所在多有。但我坚信，吴鲁芹先生还是可以考在前几名，不仅因为他的文笔，更因为他的潇洒！

也读亦舒

有个名字，我一说欣赏她的文章，总不免要收到几道怀疑眼光。

不知从何时起？每次过境香港，我总会在机场书店买本书，以前买陶杰，现在读亦舒。亦舒是倪匡的妹妹，著作也等身，未必比哥哥差。我知道她的名字很早，二十多年前，家中姊妹爱看的港版《姊妹》杂志，不时有她跟严沁、伊达等人的小说连载。

但我一直不读她的小说，以前这样，现在还是。

我爱看的是她的散文，报纸副刊专栏结集的文字。我一直觉得，香港专栏是华文世界的文字竞技场，最严酷的那一个。文字像武器，练家子都知道，一寸长一寸强，一寸短一寸险。文章写长易，写短难。此所以古人谈到文事，总以"能删敢删"为高。香港专栏像方块，多者千字，少者四五百。戋戋字数，却要讲得头头是道，胸壑自现，且一周往往得上阵三五遭，其艰难可想而知。

更且，香港副刊，几乎全由专栏构成，同一版面，多人出招，你写掌故秘话，我教黄色架步，爱情解运吃喝玩乐……无所不至。同场竞技之外，还得与同业争。估计香港靠写专栏为生的，少说也有好几百人。天天写、周周写、月月写、年年写，文字不好也得好！

亦舒写专栏，一写二三十年，始终不败，自有其不可小觑之处。用字成精，干净利落，读来麻利恣畅之外，就属"世事洞明，人情练达"八个字了。以往年轻，名场阅历浅，总觉得这八个字，说得好听是内有"学问"、大有"文章"，讲穿了，缩写不过就是"世故"二字，因此很有些鄙夷。年岁渐长后，方知大道多岐，人生实难。要想以简驭繁，偷闲物外，还真非得这八字不成。原因无他，人生无处不离群，"然瓶粟屡罄，不能举火，始知首阳二老直头饿死，不食周粟，还是后人妆点语也。"张岱所言非虚，既要举火食粟，便不能不为稻粱谋，不能不和光同尘，与世推挽。而"和同推挽"之间，若还想妆点出几丝首阳清气，则"世故"两字，实在不能不懂一些、推究一下。

亦舒世故，却不令人生厌，一如市井之俗，往往亦有俗得出美者，其关键在于绝不扭捏作态，完全真实呈现，坦然拥抱，世故就世故，俗就俗吧。因这一坦然，遂自成一派雍容风度，让人看得舒坦。晚明山歌里唱："结识私情弗要慌，捉着子奸情奴自去当。拼得到官双膝馒头跪子从实说，咬钉嚼铁我偷郎。"所以让胡适之先生吓一大跳，赞佩不已的，绝非"弗要慌"，而是"咬钉嚼铁"。亦舒值得一看，也是"咬钉嚼铁"，譬如她写《力畏强权》：

中年后渐渐学会苟且偷生，力畏强权，什么都是是是，对对对，太平盛世，没有什么大不了的事，得过且过，差不多就行，永不动气，勤练涵养功夫。

……

不是胆小，而是没有时间，岁月如流，每天都要交稿，家务繁琐，兼需为小五学生补习中英法文，还有什么经历时间同人纷争。

……

还有，哪里脸色变了，立刻识趣站起来鞠躬告辞，无谓斗气。张罗生活是正经。

这样的话，很有些"自扫门前雪"味道，大刺刺挑明说出，似乎有违"公民意识"，但假如你也曾在人间几次秀才遇到兵之后，也许就会知道，亦舒是聪明的趋吉避凶派，教打预防针，防患于未然，这个可学、容易学。至于像罗马哲学家皇帝马可·奥勒留（Marcus Aurelius）那样，事后才喃喃自语："这样的人，便无可避免地会做出这样的事。如果你希望不如此，那便等于希望无花果树没有辛辣的汁浆。"则是疗伤止痛派，没有大智慧之人，肯定学不来！

师问新到："曾到此间么？"曰："曾到。"师曰："吃茶去。"又问僧，僧曰："不曾到。"师曰："吃茶去。"后院主问曰："为甚么曾到也云吃茶去，不曾到也云吃茶去？"师召院主，主应喏。师曰："吃茶去。"（《五灯会元》卷四《赵州从谂禅师》）

我爱吃茶，也知张罗生活是正经。所以我也读亦舒，每年总要读几本，好让脑筋清醒些，知道自己还在人间混！

念黄裳

二〇一二年八月二十一日黄昏，上海陕西村红砖老公寓。"上海书评"知名编辑人陆灏领着我去拜访黄裳先生。我是六天前由台北出发，在北京盘桓数日后，搭乘高铁南下到沪。此行最重要一件事便是探望黄裳先生病情。

年中，从陆灏处得知老先生进出医院，状况一度危急，隔海闻讯，一直牵挂着。六月欲行不果，七月叨念不断，总算到了八月，得暇此行了。听说老人家胃口还行，带了台湾肉松、鲔鱼松各一，让他下粥吃，另一重要对象，则是写有几十句祝福话语的大卡片。这一切，无非千里送鹅毛，却是我所任职的茉莉二手书店同仁对老先生最大的温情与敬意。

黄裳先生一辈子爱书近乎痴，造次于是，颠沛于是。换言之，口袋里有钱无钱都要买书。生平里，他似乎不怎么缺钱（不代表不曾缺钱），但每一分钱都很实，都得靠一字一句写稿、翻译，甚至转卖所藏爱书、手迹才得来。因私人手头有限，也无公家当靠山，他的收书遂无法像许多大学者、大富人家，闭门家中坐，书店伙计自动送书上门来（他成名后或许有此待遇，但肯定不多），而是得自己到旧书店、到废纸收集站，一本一本翻寻，一处一处淘拣而得，这种断烂朝报里披沙沥金的经验，他的文章里多有述及，无待多言。因为爱逛且一听到消息就没命跑去拣择，日子久了，人头熟了，他认识许多书店老板，彼此论交，成了所谓的"书友"。

逛旧书店淘旧书、与老板结成书友，老实说，也不是多么了不起的事，半个书痴都做得到。黄裳先生让人敬佩的是，尽管花钱且往往是花大钱买书，他却心存感恩，饮水思源，总念念不忘这些卖过好书给他的小生意人，书目题跋要提一提，访书文章得说一说，甚且还专门写文章怀念，于是《老板》、《记郭石麒》、《记徐绍樵》等都成名篇了。一介书贾，生逢乱世，若非借着黄裳先生一支笔，谁还会记得杨寿祺、孙实君等名字呢？说到底，中国当代藏书家亦多矣，论标举"书友"不遗余力，老先生当属第一人。仅此一事，其宅心仁厚亦可知矣。

也或许因为这一仁义之心，自我转到二手书店工作，每逢年底举办"岁暮珍本旧书网络义卖"，只要有所请，黄裳先生总会欣然题签其新作，以为拍卖标的。尤其二〇〇八年台湾"八八水灾"为患，台北数家旧书店联合义卖，老先生更是不辞万里迢遥，特别寄来手稿影印线装本《前尘梦影新录》一函四册，并以毛笔亲题"书本有情为台湾"数字，共襄盛举。此书限印五百套，先生分得当有限，却慷慨赞赠，其济弱扶倾，千里诵义之挚情，真感人也。

进入公寓前，电话里得知，老先生状况不太好，仅能于病榻接见。入门后，屋内摆设、书物无大改变，一种亲切感油然而生。先生躺卧床上，看是陆灏便说："你都不来看我！"陆灏连忙大声喊冤，直说才来看过，他记错了。老先生两耳俱聋，大约也没听清楚陆灏"冤情"。几人转以笔谈，我写下姓名，注记台湾来的，并把卡片打开，一一指点，老先生看了看，嘴角似乎抿开笑了。同行另一友人也解开包袱内多本旧书，一一翻展，老先生见到书，眼睛一亮，频频点头。拜见前后不过十多分钟，看到先生气色颇佳，声音洪亮，遂安心告辞。谁知归来才过旬日，便接到远行消息。

黄裳先生之逝，旧书界自是少了一位良师益友，从更宽广的视野来看，则是中国文人藏书传统又弱了一些，气脉更微薄了。传统文人搜藏书画善本，讲究的是"藏、读、写"三事，尤其点校题跋，更称雅道，是文人赏玩自娱、消磨时光的文雅癖好。黄丕烈藏书题跋是众所熟知的，另如《庚子消夏录》、《江村消夏录》、《辛丑消夏录》等书更是。黄裳先生的书话，实际上继承明清文人这一脉络而来，甚且过化存神，与时俱进，将之转换为现代散文，自成一家之言。此中文化沉淀，绝不可小觑。先生此去，是即一代雅道见颓之日。哀哉恸也！

猜想毕飞宇

毕飞宇有鲁迅的影子。不讲体型外貌，一个超过一米八，一个约略一米六；一个光头白净，一个毛发浓密；一个活着，一个死了。差很多。说的是小说文字的质地，以及所勾撩起的意象。读《玉米》、读《平原》，读王家庄这个那个人的爱恨情仇，生命起落，读得你心绪汩涌，掩卷难说。仔细追索，却发觉，昔日阅读鲁迅笔下六斤七斤九斤的那一场《风波》，单四嫂子的《明天》，老栓的《药》所引发的情绪，与此竟可以连续了起来。此种连续，不尽然因为同样愚昧封闭的小村镇，阴狠算计的权力斗争，扭曲人性的残酷求生。更重要的是，扫视这一切，那几乎不带一点感情的叙事笔法。鲁迅只是写，毕飞宇也只是写，像个不动声色的长镜头，稳稳地把一个凌迟行刑的过程静静地记录下来。因为稳因为静，于无声处听惊雷，让恐怖更加恐怖了。"天上没有太阳、没有月亮，王家庄宁静下来了。天又黑了，王家庄又宁静下来了。"(《玉米》)于是跟"秋天的后半夜，月亮下去了，太阳还没出，只剩下一片乌蓝的天；除了夜游的东西，什么都睡着"一样，都让人想到"自己想吃人，又怕被别人吃了，都用着疑心极深的眼光，面面相觑。"于是"我怕得有理"（《狂人日记》）了。

之二

小说家是说书人。好的说书人都懂得铺陈。为了说 A，先谈 B；为了讲 B，先提 C。时间距离远了，因果始现，便成了"伏笔"。铺陈让故事曲径通幽，读者幡然有悟。《平原》里，为了讲支书记吴蔓玲览镜自伤，先说公社队部大槐树下的午饭，再说吴蔓玲的吃饭速度，并闲闲提到过路人的玻璃镜框，然后讲吴蔓玲吃饱饭的姿态，一切都埋伏好了，始让吴蔓玲看到镜中的自己，同时杂以两对社员夫妻不明就里地对骂，好衬托吴蔓玲的女儿心事难说难懂。线一条一条布出，井然有序；事一件一件发生，层次分明。让人不得不鼓掌叫好。只是，一如天底下的事，总是阴阳互见。或因长于情节铺陈，影响及于文笔掌握，对于单一人物的描述，毕飞宇偶或爱之深而铺陈多，词汇形容比拟不断，骤失了层次条理，乃成野马放蹄，跑来跑去，竟让人有些不耐。譬如《推拿》的小马、《平原》的顾后。

之三

写小说跟混帮派一样，得够狠！毕飞宇长得眉清目秀，一派斯文，言谈偶或搞笑。写起小说却是杀气十足，一个都不饶恕！人说他是最了解女性的男作家，那是宣传语。实则，他是对笔下人物最不留情的作家。读《平原》、读《玉米》，那股阴狠劲儿，无所不在，阴的是权力，狠的是情欲，两相交乘，遂使朗朗乾坤之下看似一派平静的苏北小农村，暗潮汹涌，打杀不断。"说穿了，回顾过去和展望未来就是编故事，它考验的不是你的经验，而是你的想象力，还有胆量。越有想象力，越有胆量，故事就越精彩、神奇。"《平原》里的一段话。说书人毕飞宇不经意的真心告白。以小说为业者，想象力不难有，胆量可不一定了。毕飞宇胆大量大，所以狠得起来，甚至敢把残障人士、弱势族群当作平常人看待，执意写得"简单一点，再简单一点"，这股狠劲，难得而可得，《推拿》遂有了与世不同的面貌。

之四

　　最难猜想的是，《推拿》问世，好评不断。"《当代》长篇小说年度奖"、"《人民文学》优秀长篇小说奖"，毕飞宇都接受，偏偏就是"华语文学传媒大奖年度小说家奖"，他拒领了。为什么？有人说，因为已获前两者肯定，后者就不用了；有人说，前两者奖励作品，他接受，后者只肯定个人，所以他不要。有人说，得了奖说不在乎，那是矫情……当事人毕飞宇则仅以"个人因素"四字回应，且再不肯多说些什么了。答案看来是不会有的，事情却一样可从鲁迅角度看："你要那样，我偏要这样是有的；偏不遵命，偏不磕头是有的；偏要在庄严高尚的假面上拨它一拨也是有的……"（《华盖集续编·小引》），"是有的"并不代表"是可以的"，此正所以彼时的玉米要含恨出嫁，端方注定当不了兵，三丫终于必须惨死。等到"是有的"

也"是可以的"了，此时的沙复明遂得以为"自己的"一爿店操劳到吐血倒地。——本来没有的路，走的人多了，也便成了路。毕飞宇的"个人因素"于是成了"时代特质"。

之五

"汪洋大海比想象的还要大，无边无际。这一点是可以肯定的。"玉秧如此坚信。我合上书，对着书封折口的毕飞宇笑了笑，点一点头。他也笑了。

刘震云猜想

刘震云的家乡，离海几万里，几代人没见过海的。他却忍不住就想冲浪。冲浪有技巧，你不能在浪后，那样冲不起来，也不能离浪头太近，那样一下就被浪给打趴了。你得维持在浪前几公尺，让浪推着你跑，这样才能乘风，才好破浪。刘震云不是一开始就冲海浪的。他先在河里玩，玩儿风浪板，玩《一地鸡毛》，大家都说他有潜力，会使风；然后看到了海口，又玩，玩儿《温故一九四二》，大家说，危险哪，快回头；他不听，还玩，还开始脱衣服，朝大海直冲过去。他玩儿《故乡面和花朵》，玩得腾空翻了个滚，大家看不懂，吓坏了，认定这傻小子肯定要遭灭顶。但他咕噜咕噜吐了几口水，还继续玩，且拉出一票朋友一起玩，玩儿《手机》、玩儿《我叫刘跃进》，玩得几层楼高的浪头直在背后追着他跑，海边围观者如堵，大家鼓掌叫好，都说这小子有种，特行！谁知一个大转身，他蹲下身来，摆了个向下纵跃的跳水姿势，口里念念有词。大家急忙用望远镜看，从嘴型猜想，似乎是："咱再玩些别的？""玩些别的就玩些别的。"——他潜水了，想看看能掀起这么高浪头的海底的那个到底是什么？于是有了《一句顶一万句》。

之二

　　《一地鸡毛》从一块馊掉的豆腐谈起，谈来谈去，总不外乎寻求解决生活资源的问题。此时的刘震云，不折不扣，就是个"唯物论"者；到了《故乡面和花朵》，尽管背景、人物、地点都大不同，刘震云主要观照的，仍是物质，但他也发现，一天二十四小时，乡人不停在觅食，手在动，脑筋也在动，且是不得不快速地动者，上天下地胡思乱想，以便平衡觅食求生的煎熬与痛苦。刘震云想理解乡人都在胡思乱想些什么？于是从物质走向精神，从胃部走入头部；《手机》和《我叫刘跃进》，表面讲的还是生活与生存，底下却搞起思维逻辑了。刘震云想知道手机怎样让人心口不一，让人得讲一大堆错假废话，来扭曲遮蔽真实，好求生存找活命。他也想知道，刘跃进的脑袋到底该怎么想如何转才能绝处逢生、死里逃生？"胡思乱想"与"胡说八道"之间到底存在何种辩证关系？刘震云一直不停地在想着。到了《一句顶一万句》，他终于认定：知心者，一句顶一万句；讲不上话的，一万句顶不上一句。这事且是超越种族党派性别阶级财富宗教，可以跨时空超宇宙的。刘震云这下子成了"唯心论"者。写了二十多年，终于从河面写到海底，从生活、生存写到生命，大致厘清了唯物与唯心的缠夹关系。长夜漫漫路迢迢，这一路走来可真是不容易。无怪乎刘震云要说："这是我写作以来，写得最好的一部书。是我自个儿愿意送人的一本书。"

之三

"一个人的孤独不叫孤独，一个人寻找另一个人，一句话寻找另一句话才叫孤独。"刘震云这样说。——知心者，一句顶一万句；讲不上话的，一万句也顶不上一句。

之四

《一句顶一万句》，说复杂很复杂，跨越二三个世代，整个西北高原东奔西跑了个遍，想不复杂都不行。说简单，也很简单，上下好几代，代代都想找到那个可以跟自己对上话，让自己不要那么孤独的那个人，却偏偏就是对不上。男的对不上，女的也对不上。一切都是那么拧巴（别扭），拧巴得让人不得不把悲剧当喜剧看，以便再有存活下去的气力。只是，讲不上话，也未必是话讲得不好，更多时候，是不会听不想听听不懂。发射器没问题，是接收器出了状况。我们这个民族，从来都是重口不重耳，会讲比会听值钱。口若悬河，滔滔不绝，那是高明。就算闭嘴不说，没话了，也还叫沉默是金。听话就没这么值钱了，"听到了"跟"听懂了"一个价，只听不说，那叫一肚子坏水，满腹阴谋。说到底，没个会听的，讲一万句也是白讲。于是自古至今，大家都在漫天打鸟，都在大声呐喊觅知音，于是连鲁迅翁都要慨叹赌誓："人生得一知己足矣，斯世当以同怀视之"，殊不知这誓条的先后弄拧了，该是"斯世愿以同怀听之，人生得一知己足矣"才对哪。

之五

都说这书有明清味道，诚然如是。但恐不是野稗日记言语简洁、叙事直接这些表象原因。更多的成分，当来自"家常"两个字。这也是刘震云小说特具的风格。不管写城市写乡村写北京写延津，写前代写今世写一九四二或二〇〇二，他总是在"家常"里取景写境。写的不外乎老张老李小林小刘卖豆腐的剃头的吆喝包子跑货卡的教书当顾问工地厨子电视主持人理容院老板娘……的外在与内在世界。通过这个世界，从而开启了一个新的观看的方法与联结的方式。按照革命的说法，刘震云始终站稳阶级立场，不曾一日或忘广大的无产阶级群众（这个无产，既是物质也是精神的）。按照文学的理解，则是"家常"风格，让刘震云与明清说部接上了轨，尤其是"三言二拍"这一寻常百姓悲欢离合路数。杜十娘怒沉百宝箱，为的是嘛？以为找到那个"一句顶一万句"的人了，谁知不是，伤心之余，就跳水啦。卖油郎凭什么独占花魁？也不过就是"知心"二字。再看看"倒运汉巧遇洞庭红"、"宋小官团圆破毡笠"，这世道多拧巴，拧巴得悲剧喜剧都难分啦。再往上提到极致吧，《牡丹亭》题词云："情不知所起，一往而深，生者可以死，死可以生。生而不可与死，死而不可复生者，皆非情之至也。"讲得够玄妙了，说穿了，却也不过就是"一句顶一万句"在那作用着而已。

之六

　　"咱再说些别的？""说些别的就说些别的。"一时文字业，天下有心人。刘震云是也！

鼓钟将将，淮水汤汤

阿乙为何笔名阿乙？随手拣取？因为排行老二？不知道。但，这名字总让我想到地图上离他故乡似也不远，曾侯乙墓出土的那一套编钟。

阿乙出生于江西九江，吴头楚尾之地。相对于中原，楚人以"野"出名。"野"是非理性的，直接的，坦然面对欲望，绝不矫揉造作，爱恨强烈。且因为野，自有一种荒谬与怪诞。子不语"怪力乱神"，在楚地，完全说不过去，那是充满想象与浪漫之地，有着一股质朴的生猛凶狠。

即使是"楚尾"了，即使阿乙的故乡，于他像是一个牢笼，使尽气力方才背弃了过去，且几乎不想回顾。"我没有乡愁。"他斩钉截铁地说。但，故乡毕竟是故乡，风土早已浸透身躯，化为他的血肉筋骨一部分。读阿乙的小说，你总会感受到某种未经驯化的野性；无法控制，直面人间残酷，人性黑暗的那种：光天化日，阳光灿烂，金黄稻草堆旁，小儿笑语朗朗，突然"喀嚓"一声，好好一个小孩头颅竟遭齐颈铡落！原因？不明，或仅因拦不住那冲堤溃决、动心起念的"好玩"两字。

这是"楚尾"的阿乙。人们总以为他的意念根源，来自加缪、卡夫卡的欧洲启发，马尔克斯与拉美给了的养分。但实实在在他这文学体质，不停往前追溯，当要撞上楚地出土那些造型狰狞、嗜血爱杀的镇墓怪兽。有这样特异的体质，方始承接得了那些沉重异物。要不，埋首"双卡一马"者何止千千万，却难得一人开花结果。为什么？！

作家破土而出，秀异可见。有形无形的因缘凑合，时间是个要素。阿乙生于一九七六，"文化大革命"结束的那一年。三年后，改革开放伊始，"让一部分人先富起来！"那是宣传，可因缘而生，不知不觉竟一天天解放了的，却是桎梏的普遍松动：人不再被紧紧地绑架在土地上、厂房里，一个萝卜一个坑。相反的，流动成了一种可能，只要你敢，路就在前方！

于是，本已被家父长编派成为一个小镇警察的少年阿乙，在二十六岁的那一年逃了。逃出故乡小镇，在这个那个"什么好处都在那里"的大城市流浪，郑州上海广州北京，飘过来泊过去，成了一个随处作主的编辑了。"年轻时的流浪是一辈子的养分"，"云门舞集"创办人林怀民的话，用在阿乙身上再合适不过了。阿乙此种际遇，早个二三十年，形势比人强，想也没用，或者真就一辈子埋没在那小镇，写先进事迹写侦破通讯写领导讲话稿，当科员当副主任当主任当调研员一生到底了。

松绑的不仅是人身的移动，从某个角度来说，媒体也被网络消融，神州遭夷平了。当警察阿乙用着兄长相赠的电脑上网之时，他的文字修行便已开始。相对于仅能不断在投稿／退稿／再投稿／再退稿轮回里孤独地磨炼自己的上一代有志文青，阿乙从网络"即时鼓舞、互动讨论、无限资料"特质里，所汲取到的文学养分与写作能量，或恐是连他自己也无法想象，甚而忽略了的。

虚空间容易撩拨、勾引人的欲望，让人不自觉地显露了另一面的自己。阿乙的文学起步，始自网络，殆无疑问。网络乃狂野之地，所需要的，会说故事更甚于讲究文字。阿乙的职业，日后的漂泊，其见闻传奇，在在都让他如鱼得水地适应了这一新的传播工具。事实上，早在二〇〇八年三十二岁的阿乙出版第一本小说集时，他就已经是个写作者。在"野"而非在"朝"，"为喜欢而写"而非"为成名而写"的那种。这一特质，直到今天，还是阿乙的重要风格。"写作不是为谁服务，也不是反对他们"、"不要求别人，也希望别人少要求自己，这是我们惟一相处的方式"、"有种你做好自己"，他一直这样强调。

然而，若仅是这样，阿乙大约也就如同新世纪以来，一个又一个从网络丛林中窜出，剽悍凶猛的畅销作家差不了多少。阿乙与这些新世代作家最大的不同，或在于"自觉"二字，他的自我感觉始终未臻良好，老是"有罪推定"自己，总觉得自己不行，写了删，删了写；再写再删，又删又写，因为"语言上惟一的追求就是精准"，作为一名天生的、掌声不断的说故事人，而能察觉到"会说故事不等于能写好文字"，光这一点敏锐，他便为自己划下一道线：我有一道线，我得在线之上。这，不容易！

甚至，在如颠簸行路、摇摇点点读完《模范青年》、《鸟我看见了》，眼睛一亮之时，却也不免心头一紧："未来大家TOP20"、"最具潜力新人"、"二十位四十岁以下最受期待的华文小说家"。虚名误人，网络时代商业文明，总是要来消费人捧杀你的。他，能冲决网罗，突围而出吗？"不，我不能说自己是作家，我只是个写作者。""我写长篇很难，因为写长篇要

052

原谅自己犯错，我基本上不太原谅，导致越写越短。我没办法让二三十万字每一句话都合理。"一寸短一寸险，一寸长一寸强。因了这些话，我们于是乃敢相信，阿乙虽险而知短，当还是会长、将更强的。

鼓钟将将，淮水汤汤。写起了阿乙，想到了曾侯乙墓那一套编钟。

安妮的宝贝

那是二○○六年秋天的事。京城九月，我跟安妮宝贝初次见面。

在此之前，我一直猜测，一个会让读者喜欢到要摘选"安妮语录"与人分享的畅销作家，会是什么模样？三毛？张曼娟？朱少麟？……在我能想象的范围内，我努力地去想象了。最后证明，想象虽然有趣却总是有误差，安妮只是安妮，全无上述诸人的影子。且就算打扮朴实，好像也与她笔下常见"白棉布上衣、麻布长裙、赤脚穿球鞋的女孩子"有着些许差距。

邻家女孩的眼睛

安妮只像是邻家女孩，长相清秀，不算格外出众，更不能说是什么"美女作家"，但因为她的亲切与……嗯，应该说是坚毅吧，虽然这样的形容有点怪奇，而会让你多看一眼的那种。这多看的一眼，事后回想，多半是因为她的眼睛——那是我看过最亮的一对眼睛。黑白分明，很有神，很安定无惧，让看的人也跟着安心下来的那种——所谓的"亲切"跟"坚毅"，或许就是因此而来的吧。

安妮是浙江东南海滨的宁波人。宁波如今是有名的商业之乡了，安妮小时候，却什么都不是，还只是个依附上海而生的江南小城而已。父亲常常要到上海办事，爱看书的女儿总要他带这本那本，尤其港台的小说给她。难得岁月静好，看完了八〇年代，看过九〇年代，看到小女孩离开学校，成了银行办事员，那已经是九〇年代末期，网络蓦然而兴的时候了。

小女孩一人在大都市里谋生，也许是因为孤独与疏离，某天夜里，内心积淀了十几年的文学泥土突然震动萌芽，她写下了一篇文章，写自己所看到、感受到的，很多的心情以及片段的故事，写完后顺手签下"安妮宝贝"这四个字，上传发表在"榕树下"文学网站。没想到，她对于城市、感情，以及人生的种种感受，竟也是成千上万跟她一样，在七〇年代后出生，在相对安定开放的时代里成长的青年男女的共同感受，共鸣让人不断转载响应，来自各方的鼓舞，使安妮一篇又一篇写下去。二〇〇〇年，第一本短篇小说集《告别薇安》出版，在很短的时间内，卖出了几十万本。一夜之间，喜欢看书的小女孩成了红火的"畅销作家"。

清醒并且坚定

"任何人都会有自己的第一次经验。那是一些或甘甜或苦痛的印记，打在行走的路途上。那些印记有时候深植在心底，提醒我们的脆弱。有时候如同云烟会消失无踪，让我们以为自己可以这样坚强地长大起来。"几年之后，安妮回头看往事，写下了颇为"内省"的这一段话。

"内省"这两个字，其实也就是安妮与其他网络作家最大不同之处。

上个世纪末前后，因着网络经济泡沫，世界各地同时出现了一批从网络写作起家的写手，这批被称为"网络作家"的时代新宠，在很短的时间内创造了一种新的文学形式，在华文世界里，被称之为"网络文学"，其主流就是以"轻薄短小"为特征的言情小说。随着网络泡沫的幻灭，没几年的时间里，"网络文学"走过巅峰，摔落谷底。当年意气风发的多数作家，几乎都已灰飞烟灭，成了明日黄花了。

安妮宝贝却不是这样。《告别薇安》之后，她几乎每年都有一部作品，也都很成功。她与其他网络作家最大的不同，大概就是她从来没有被"畅销／成功"冲昏了头。她的作品很感性，但作为一名作家却是理性得吓人。

"别人有权利对你的作品做各种肤浅或喧嚣的说三道四，但自己可以保持清醒并且坚定。作者创作一部作品，首先应该是为自己的精神和情感需求而写。其后才是这部作品对市场和大众造成的影响。"这样的认知，让她始终不断地在探索写作的可能。本质上，她还是那个爱阅读的女孩子，行事低调，不太与人应酬，最后甚至脱离了"网络"，在简单的生活中，做她自己，不停地写写写。二〇〇六年《莲花》出版，许多人惊讶于她的风格转变，网络上很多"安迷"甚至认为"这不是我们认识的安妮宝贝"，然而，这本书依然畅销的事实证明，这才是真正的安妮，"清醒并且坚定"，所以能够突破限制，让自己的作品更高更远更宽广。

从网络来，却不随网络而去

我们聊了很多，谈到新书的创作过程，风格的改变，乃至她自己生活种种，甚至关于禅宗佛学的一些公案、经籍。归去旅馆后，我深深觉得网络的不可思议，乃至"网络文学"或"发表于网络上的文学"到底该如何区分的问题。当然，我并没有想很深，只是对于自己"以名取人"，因为对于"网络文学"、"安妮宝贝"这些称谓的先入为主偏见而差点错过一本"有趣"的小说，感到了几丝的不安与惭愧："原来自己骨子里还是很精英取向、很势利眼的！"

《莲花》是本名"励婕"的安妮宝贝的第七部作品，讲的是一名女子偕同一名旅途缘遇的男子，沿着雅鲁藏布江去寻找一名失踪女性友人的故事。故事简单，寓意繁复；笔触冷凝，用字精准。时不时便有一句话、一段文字，触动阅读者内心深处的稀微哀意：人的一生若是仅有一次的旅行，那么，旅行的本质会是什么？离家出走为的又是什么？同行的意义为何？无法抵达的背后，又是什么在作决定的呢？……甚至，我们拉开厚重壮阔的景深，还可问一问，这样的一本小说，在这样的时候，到底寓意为何呢？

小说，一如所有的书写，原始最终的目的，总期望能增益、丰饶读者的人生。只是，新世纪以来，网络的兴起导致信息的爆炸，影视出版工业综合体结合全球化效应，创造畅销模式，阅读逐渐往"娱乐"靠拢，"故事"或说"叙事"，成为决定一本小说卖不卖的标准，于是情节曲折离奇，场面波涛壮阔，书还没写完，电影镜头都已设计好了的小说成为当道主流热点。

反之，类如《小王子》、《异乡人》这样情节简单却饶富意涵，让人深思生命本质的，反成了非主流，不多见了。而这，或许也就是《莲花》难得可贵之处——冷冷的、细细的读，而能有热热的、深深的感动。

"我现在的工作就是我的写作。我有自己的写作态度和写作方式。需要戒持自己，把写作独立，使它与外界任何虚荣繁杂保持距离。与任何圈子，流派，潮流，时尚……都没有关系。写作若是一条长路，它是一条漫长的自我反省自我修行的道路。"从网络来，却不随网络而去，"安妮"所以可期待，所以会是"宝贝"，除此之外，再无其它了。

漫游者本雅明

一九四〇年九月二十六日，从巴黎一路逃亡到法西边境小镇波乌港（Port Bou），在前无去路（西班牙关闭边境），后有追兵（法国维希政府准备遣返德国难民）的困境里，想到毕生心血，散落四处的藏书、手稿，精疲力竭的本雅明（Walter Benjamin）决定不再跑了。当天，他吞食吗啡自杀。

本雅明的死，一如乱世里的路倒者，几乎没引起多少目光注视。甚至几个月之后，他的好友，一辈子拒绝"哲学家"标签却实在很哲学的汉娜·阿伦特（Hannah Arendt），特地跑来凭吊致哀，却怎么也找不到他的墓地。"不会再有线索了，这里，没有他的名字。"阿伦特这么说。

本雅明就此沉寂了。直到战后一九六〇年代，他的两卷本著作问世，人们才理解到他们是如何错过了一个超越时代的……好，就说是"天才"吧，尽管这名词不甚准确，但也难有更好的了。"似乎历史是一条跑道，有些竞赛者跑得太快，结果消失在观众的视野之外。"把本雅明与卡夫卡并列，论及两人"文章身后事，寂寞成一家"的遭遇时，还是阿伦特，如此譬喻了。

幸而，跑道是圆的，绕了一圈，也许迟到，但总比不到的好。

一九六〇年代之后，本雅明声名鹊起，且愈演愈热，吸引了无数目光，读者几成"粉丝"。他，为何这么迷人？关键或在于他的思考与文字实在难以归类，既独特且神秘：他博学多闻，但实不能称之为学者；他关心文本与诠释，但实不能称之为语文学家；他热衷神学会通，但实不能称之为神学家；他写了不少书评，却实不能称之为文学评论家；他……他什么都是，却什么也不止。"做一个有用的人，于我似乎永远是一件丑陋不堪的事"，他曾如此说过，或者他更渴望的是穿越这些名分、头衔，当一个类如他笔下所说的"漫游者"（flaneur），在支离破碎的微贱现实之中，捕捉历史的面目吧。

　　即使到了今天，本雅明犹然超越时代，只要死心啃，总能给人许多"启迪"（illuminations）。只是就一位推崇"行文大部分是由引文语录组合而成，是最离奇的镶嵌技术"，且如诗人般思考，偏爱"隐喻"的作家，他的作品并不好读，尤当还得经过翻译之时。而这，或许也就是《柏林童年》对于普通读者的最大意义了——这是一块砖，喔不，玉石，让你用来敲开本雅明之门。

　　《柏林童年》动笔于一九三二年，直到一九三八年方才定稿，足足写了六年，真正出版则是一九八七年的事了。由于距离自杀时间很近，许多人认为这本书乃本雅明回首一眸，实具有"告别演出"的味道。而确实，在短短三十篇童年"经验与思想片段"之中，他使出浑身解数，为我们示范了如何瓦解连续叙事结构却又能迭合空间与时间为一文本？如何以个人经验点显出时代普遍特征？如何使用寓言形象与双关语？甚至，为了贴近读者，他还继《柏林纪事》之后，再度打破"永远不要使用'我'这个字，除非在信件中"的禁忌，再度以第一人称写成这本书。

此书纯以散文写就，好读易读，却处处耐人寻味。识途者看门道，当能从浓浓的童年乡愁之中，拨寻出本雅明的文学实践之道；初入者看热闹，一九〇〇年前后柏林老西区商店街的人物、色彩、气味、声音、光线，历历如缕，宛如就在眼前。阖书论定或可说，一如《忧郁的热带》之于列维 - 斯特劳斯；《旁观者》之于彼得·德鲁克，这本书说明了一件事：真正的大师总不会忘记普通读者，他总会记得送我们一个举重若轻的礼物！

瞬息的烛火

曾在某本关于书籍的书里，看到这样的说法：无须太尊崇经典。人类历史上所埋没足以成为经典的书籍数量，肯定比现存的多上许多。——你所看到的，未必是最好的。最好的还在明天，或昨天就被毁掉了。切莫以眼见为真！

阅读外国小说的最大乐趣之一，大概也类如这么回事吧。尤其对于那些无法直接阅读原文，或仅熟悉一二国语文的普通读者而言，没有翻译等于不存在；翻译出版后让人眼睛为之一亮的书，时不时总会突然冒了出来，让你惊叹相见恨晚！

理查德·福特（Richard Ford）是个好例子。

这位早在一九九五年便以《独立日》（*Independence Day*）成为第一位同时荣获"福克纳笔会"与"普利策"两项文学大奖，从而声名大噪，作品也早已翻译恐超过二十种文字，深获世界各地读者喜爱，因而经常成为网络八卦新闻主角的美国作家，如非笔路与雷蒙德·卡佛（Raymond Carver）相近，恐怕很难被译介到台湾来。再往前推，台湾的"卡佛热"，谁都不能否认与村上春树的风靡不衰有关。如此环环相扣，一位"拔萝卜"出另一位，这固然是一种阅读的群体乐趣，却也不禁让人想起一句台湾谚语："也要人，也要神"——再有才华的作家，如其机缘不凑巧，恐怕永远也只能是一个区域性作家。诺贝尔文学奖之可信而不可信，也正在此。

人有纵天之志，无运不能自通；马有千里之行，无人不能自往。理查德·福特之于台湾，大抵如是。如今，几经辗转，千里马、纵天人终于来到眼前了。他，到底有多好？好在哪里呢？

因《伊甸园之门：六十年代美国文化》（*Gates of Eden: American Culture in the Sixties*）一书而为世所推崇的美国文化学者莫里斯·迪克斯坦（Morris Dickstein），一九九一年曾写过一篇论文，归纳总结当时美国的一股短篇小说热潮。他论定这股潮流始于雷蒙德·卡佛，更对一九八〇年代相继过世的约翰·契弗（John Cheever）、伯纳德·马拉默德（Bernard Malamud）、唐纳德·巴塞尔姆（Donald Barthelme）、卡佛等致敬，认为他们的小说虽然风格多样，各擅其长，却有一个共同点，便是"追求寻常"，也就是着力书写寻常百姓、庶民人家的世界。其中自以卡佛的成就最大，得能继承这一衣钵的，不过数人耳，理查德·福特实乃其中佼佼者。

这一论断，似乎也可从卡佛这边获得证明。早在一九七六年福特的第一部长篇小说《我的一片心》（*A Piece of My Heart*），便直言是"几年来我所读过的最好的书！"后来又说过"我非常肯定，这个国家现今仍在写作的作家中，理查德是最棒的。"最后干脆在一篇题为《友谊》的文章里，一整个倾倒地说："我很尊敬他。我甚至希望我能是他，因为他显然是我缺乏的一切！"

"一寸长，一寸强；一寸短，一寸险"，中国传统的武器评论。小说创作约略若是。前后不过一万字的短篇，尺幅千里，要把故事讲得有头有尾，起承转结一样不漏，靠的是一股气，又名"张力"，一旦气泄，那就没什么好讲的了，故谓之"险"；相反地，长篇小说浩浩荡荡，如黄河之水天上来，要求的是曲折多姿，高潮迭起，靠的是调息，或说叙事铺陈，那是"功力"，得慢慢锻炼，绝非一蹴可成，是之谓"强"。

短篇小说维持张力的方式，概分二途，像欧·亨利（O. Henry）那样，以机智（wit）取胜，叙事过程中，逐步埋下伏笔，设下圈套（trick），结尾时流波一转，绳索一拉，让人恍然大悟，拍案惊奇，其阅读快感常如"本格派"推理小说的"解谜"。另一种则是契诃夫的散笔写法，若无其事，闲闲说去，乍看琐碎一如流水账，一股悬疑却自然而然凝聚，最后亦无太大逆转，戛然而止，该停就停。然而仔细一思索，危机四伏，含不尽之意俱在言外。其阅读快感则像"社会派"推理小说，重在"动机"，案子破了，事情往往还没了结。

雷蒙德·卡佛的小说创作，毫无疑问走的是契诃夫的路子，社会派的，他笔下所描绘的，类皆浮世男女的爱憎悲喜，进退失据，仿如困在蛛网里的苍蝇般卑微不足道的生命。偶有的欢喜，仔细一看，也是黑色的，满满都是荒谬，或更巨大的荒凉。这样的深沉的事物，卡佛却能以海明威式的简约文字，类如白描般的对话，一步步往前推进，两者的反差遂形塑出某种无以名之的张力：一切是那么日常、平常，可背后那个无常却仿佛随时会从字里行间跃出，一口把人给吞噬净光。

这些特质，理查德·福特也几乎都有了。两人最大的不同是——还是莫里斯·迪克斯坦的话——卡佛的简约主义是一种

"经过现代主义的怀疑与绝望情绪所锻造出来的现实主义"，卡佛和福特的区别则在于：卡佛彻底绝望，而福特在绝望的缝隙里，埋藏着不易察觉的怀疑和微弱渺小的希望。而这，或许就是读多了卡佛，常让人感受到一种对于世界、对于人生的无力感，遂不想（或不敢）一读再读了。反之，每读一次福特，你总能多看到一点东西，也许是一株绿芽，也许是一线光亮，远方的那道地平线，但总之，即使对生活满怀希望的你，最后被"一个又一个的倒霉衰运"所绊倒，甚至击碎，你却能哀而不伤，总相信有一个明天还在前方等着自己。

灭了罢、灭了罢，瞬息的烛火！
人生不过行走的影子，舞台上比手画脚的那个可怜演员，
登场片刻悄然而逝；无非愚人的话语，满是喧哗与愤怒，
实则毫无意义。

莎士比亚《麦克白》第五幕的名句。阅读卡佛，阅读福特，不免想起这一段话。两人笔下，人生荒凉早成定局，所不同的，或仅是"真的毫无意义"与"未必毫无意义"的差别而已吧。

我的另一个妻子，《罗马帝国衰亡史》

　　爱德华·吉本原来并没有打算写《罗马帝国衰亡史》，虽然他从小就立志成为一个历史学家。

　　一七六一年起，他曾想过要写法王查理八世远征意大利史、瑞士人民自由史、佛罗伦萨共和国史，乃至查理一世、黑王子爱德华、亨利五世，最后还几乎选定了伊丽莎白女王朝的瓦尔特·罗利爵士（Sir Walter Raleigh）作为对象，几经思索，却因"我还得担心牵扯上英国现代史，因为在这里，每一个人都是一个问题，而每一名读者呢，不是朋友便是敌人。在这里，人们认为作家都是替某一党派树旗帜的，因此就由敌对党将他打倒。我在国内可能得到的待遇，就是这样。"而放弃了。

　　"朝抵抗力弱的方向前进"，几乎就是吉本一生所显现的人格特质。这位有着一颗大头颅，身体肥胖却行动敏捷，其貌不扬而衣着华丽的历史学家，从小体弱多病，终身为疝气所苦。一辈子爱读书的他，进了牛津大学竟一事无成，最后还被开除了。当军人，他不算出色，进入国会，也只投票，不发言，原因是他自认"无论从天禀上或教育上，我都没有得到勇往直前地发挥心智和辩才的能力。"可私底下，他却是以吐属高雅，滔滔不绝而成为社交名流的。从这些事情看来，年轻时父亲棒打鸳鸯，拆散婚事，他那句解嘲名言："作为恋爱者，我叹息；作为儿子，我遵命"，几乎已道尽他一生作为"生活的弱者"的命运了。

然而，人生面向多元，生活的弱者未必即是生命的弱者，吉本这位商人之子、情场逃兵，在学术上却是绝对的强者，就是他凭一人之力，一下子把欧洲史学从"传统人文式的经典考证"带入"近代缜密的历史叙述"，从而展现"现代"特质的。

那是在罗马，一七六四年十月十五日，我正坐在朱庇特神殿山的废墟上沉思，忽然传来神殿里赤脚僧的晚祷声，我的心中首度浮出写作这座城市的衰亡的想法。

吉本自传里所描述的这一幕，不论纪实或虚构，都已成为西洋史学史上"过去与现在永无止尽的对话"的经典镜头了。自此以往的二十年时间里，吉本孤独地沉浸于远古的历史事件、久逝者的心灵与笔墨、错综复杂的章节安排和比对考证，最后终于写成了六大卷七十一章，叙事纵横一千两百五十年，脚注超过八千个，征引学者四百零九人，参考书籍八百余种数逾千册的《罗马帝国衰亡史》。"大体上讲，《罗马帝国衰亡史》已经在本土甚至海外深入人心，而且一百年后还将不断地遭受诋毁。"书出之后，洛阳纸贵，抢购一空，吉本因为"我的书出现在每张桌子，甚至几乎在每位仕女的梳妆台上"而不无得意地说。

"许多于平常人十分重要的东西对他失去了意义。当他的目光超越了眼前景象而投向辽远的群山，当他专注于'我的另一个妻子,《罗马帝国衰亡史》',而对一个活生生的女人视而不见,他的人生观也就与众不同了。"一百多年后,深谙写作之心的弗吉尼亚·伍尔芙如此论述《历史学家与"这种吉本"》,没有诋毁,只有体贴,她认为"如果没了他的讽刺与不敬,他的庄重兼狡猾,他的宏丽壮伟兼机动灵活,还有比渗透全书并赋予其整体感的坚定理性更重要的一种言外之意,《罗马帝国衰亡史》就会成为另外一个人的手笔了。"

经典的意义未必仅止于其内容所闪现的熠耀灵光,更在于作者的风格与魅力,而后者,或许才是让人更愿意接近这六册厚如砖头的史籍的主因吧!

念念不忘，必有回响

安·泰勒（Anne Tyler）一直在写。从少女写到少妇。如今老矣，还是写。年轻时，由早写到晚，中午休息十分钟不到，匆匆吃个三明治，又写起来了。现在节奏慢些，可每天还是把自己关在房里，逼自己写。"真要等灵感来才写，那什么也办不成"，这是她早早就学会了的事。

安偶尔也写散文，甚至绘本故事，但主要还是小说，长短篇都行。她的写，是真正的写。即使到了电脑泛滥的今天，她还是拿支笔，取张白纸——没错，不划线的空白纸张——一个字一个字慢慢地"编织"出一本书来。写完了，她从头到尾念一次，录音再听，不顺的，再修再改，如此认真如此细心。十九岁大学毕业，没当成艺术家，一头栽进文字世界，廿三岁出了第一本小说，五十年过去，写了十九本小说，两三年一本，很准时，很老派。

说安老派，还真是老派。十九本小说，前三本之后，她便只写一个城市，巴尔的摩；一个阶级，中产阶级；一个主题，家庭。她的小说，不黄不暴力，没有邪恶轴心，没有阴谋诡计。讲的或者是一个更年期的热心母亲，期待未过门媳妇生个好孙儿；一名跟家人外出度假无缘无故失踪了的妇女；年过九旬的老翁忽然想要找回离家数十年的同父异母弟弟；抛家弃子，不告而别三十五年的父亲突然回来了……说来说去，无非是些就算上了报纸社会版也挤不上头条，三五行就能写完的，谁家里都可能发生的一些俗世琐事。可安就想写这些，且有办法写出这些琐事之美，写得让人动心，让人起共鸣。她的文字干净利落，一气呵成；情节悬疑，结构严谨，更不时杂以幽默隽永的话语，一头栽进去，就会被牵着鼻子走，读到终卷始后已。

半个世纪以来，安就是这样写，得过大奖，常上畅销排行榜，作品也改编电视电影，她的粉丝固定而忠心，甘愿与她一起老去，且年年都有新读者加入，让人很意想不到的是，就连当红的英国作家尼克·宏比（Nick Hornby）都迷她迷得要死，直说安是最好的，安的《意外的旅客》（*The Accidental Tourist*）启发了他，他最大的野心就是要当个"男版安·泰勒"（the male Anne Tyler）。

不过就是家庭故事，不过就是悲欢离合，她却为何能写得这样迷人呢？

"幸福的家庭都是一样的，不幸的家庭则各有不同。"安年轻时醉心读过的俄国文豪托尔斯泰名著《安娜·卡列尼娜》的经典开场白。但莫说幸福的家庭就没有不幸，不幸的家庭就没有丝毫幸福。更进一步说，幸福家庭里未必人人都幸福，不幸的家庭里，痛苦程度当也各有差异。家庭看似简单，其实复杂无比，矛盾、冲突所在多有，偏偏血缘像一个枷锁，牢牢把成员给捆绑住了，轻易逃脱不得。其中的辛酸无奈，点滴在心头，剪不断理还乱。

从另一个角度来看，家庭与个人一样，都在天地时间里流转浮游，祸兮福所倚，福兮祸所伏，事情随时在起变化，谁也不能保证明天一定会是怎样的。用佛家的话说，当即"无常迅速"四字，"成住坏空"不过转眼间事。有内忧有外患，家是堡垒也是牢狱，有苦有乐有欢笑有悲伤，谁没有一个家？谁没尝过其中苦乐？这或即古往今来中西文艺，"家庭"始终是一大母题的原因吧。

安的非凡之处，在她敏于"时间"感受，往往能从"大"的尺度（Scale）去看待家庭崩坏这一件事情，因为存有距离，遂产生了一种美感。时间冲刷涤荡，仿佛纯化了一切：可恶的不再那么锐利，可怕的不再那么近逼，可恨的不再那么偏激，人人坦露苦衷，了然性格得失，一种悲悯遂油然而生。家庭再次成为回归的方向，孤独的依靠，也是亘古不变的一种价值所在。许多人认为，"思乡"（homesick）乃是安·泰勒文学的最重要特质，但若抽掉了"时间"这一因素，恐怕也就不那么强，或仅通俗肥皂剧而已。

其次是对于"微物"的特殊掌握。安似乎有种天赋，很自然能理解家庭成员之间那种微妙的感情变化，无论亲子、手足、夫妻，她总能掌握得恰到好处，于是许多"对错"的绝对问题，都被消融成为"合适与否"的相对意见。因为相对，遂有了宽容的空间，悲悯再次油然而生。因这悲悯，一切遂都有可能了。"我妻子死了，但她又回到我身边。"这是她第十九本小说《学着说再见》（*The Beginner's Goodbye*）的开场白。看似荒谬，但假如你相信于逝者（生者），其实生者（逝者）皆有心愿未了，一切便不是那么难理解了。"情不知所起，一往而深，生者可以死，死可以生。生而不可与死，死而不可复生者，皆非情之至也。"汤显祖《牡丹亭还魂记题词》这段话，当可为此下一脚注。安的幽微深刻，于此亦可知矣。

关于家庭，关于婚姻，关于感情，关于生者逝者，一本书一个作者，或许都跟人生一样吧。——念念不忘，必有回响。而安，恰恰即是那个提醒你如何、为何念念不忘之人！

得了编辑病的那个家伙！

二〇〇一年小林一博《出版大崩溃》上市，东瀛出版人黯然无语，不得不面对残酷的现实。一九九七年起，日本出版界营业额连续大幅下降，退书如潮涌来，形成周转的压力，许多出版社被迫赤字经营，整个九〇年代里，总共有超过一万家的出版社、印刷厂、书店、发行商相继休业、转让，乃至倒闭了。

"目前持续蔓延中，将来也难以避免。"正如此书封面所说。平成大萧条的威力，压得出版人简直抬不起头来，很难想象明天过后，将会是怎样的局面？

大崩坏时代里的造山运动

然而，就算再怎么不景气的时代里，照样有人赚了大钱。"用不服气对抗不景气"，这是一句老掉牙的话。在日本泡沫经济破灭的年代里，还真就出现了这么一位出版怪杰。他晚至一九九三年才投入出版业，却迅如旭日东升，光芒四射。攻城略地，毫不手软。公司出版品叫好又叫座，可以摘下芥川奖、直木奖，更能红火畅销大热卖。最让人惊奇的是，十三年的时间里，该社曾出版了十三部畅销百万本的超级大书，年年抢元。

无怪乎"豪腕"、"敏腕"的称号都加诸这个以"异端者"自居的家伙身上了。

"在日本出版河边走了近二十年，耳闻目睹，好像只有一个幻冬舍勃然而兴，突飞猛进，十年后上市。"八〇年代中期便旅日的出版观察家李长声这样说。诚然若是。这位从小便对自己长相一点信心都没有，如今却成为媒体焦点，不时便要与这位那位企业家上电视对谈的生猛出版人乃是幻冬舍社长见城彻——一九九三年，他以一千万日元创业，二〇〇三年股票上市，市值四百亿，十年之间涨了四千倍，简直就像大崩坏时代里的造山运动！

见城彻出生于一九五〇年，来自传奇黑道人物清水次郎长的故乡静冈县清水港。高中毕业后，上京就读于庆应义塾大学。跟村上春树一样，都是在"安保斗争"年代成长的年轻人。这一时代之风，对他日后"勇于跟别人不同，敢于打破出版传统"的行事风格，当不无影响。

大学时代，见城彻便想做出版。毕业后，遍投履历都进不了他中意的大出版社，只得委身一家专门出版实用书籍的"广济堂"。但没多久，他便崭露编辑天分，某次跟女朋友约会，看到"公文式数学研究会"的招牌，好奇了解之后，竟构思出一本大畅销书《公文式数学的秘密》，一卖卖了三十八万本。更重要的是，这一甜美经验启发他思索畅销的条件，最后归纳出："原创、易懂、特异、感染"这四项原则。大体而言，幻冬舍创立后，无论选题编制、企划营销，都是遵此药方炮制的。

从角川书店出发

　　见城彻一战成名后，因缘际会进入了几乎就是随着日本"泡沫经济"成长的角川书店，角川春树一掷千金，结合影视的豪迈出版经营作风，日后都可在见城彻身上一一见到。然而，对于这位怪才而言，角川生涯的最宝贵资产，却是他在主编《野性时代》与《月刊角川》这两本杂志时，广结善缘累积了的丰厚人脉。见城彻自称，三十岁之前，他从来没有在凌晨三点之前回家过，几乎都在跟作家喝酒应酬博感情。白天则拼命编书，"三百六十五天里，天天都是精神的殊死搏斗。不是一两个，而是至少百十个作者的名字在头脑中打转。"

　　这些从喝酒续摊过夜半开始，最后却成为无所不谈知心相交的作家，日后都成了幻冬舍的助力。至今为人所津津乐道的一个故事是，某天，作家中村健次突然开口跟见城彻借三十万元："等我得了芥川奖就还你！"原来他在酒吧打架伤及无辜，得赔三十万才能了事。见城彻当时刚好领了五十万元年终奖金。二话不说便借了出去。来年，中村真的拿下芥川奖，如约还钱，还把得奖后的第一个作品发表在《野性时代》，让见城彻颜面大大有光。见城彻这种飒爽论交，急人之急的个性，数十年如一日。就连他所写的《编辑这种病》、《异端者的快乐》，最后是由"太田"而非"幻冬舍"出版，据说也是因为这种"男子汉的交情"的缘故。

　　一九九三年，见城彻率领手下六名编辑，独自创业。作家五木宽之帮忙取了"幻冬舍"这个社名，社徽则据说是以见城彻本人为原型，一个长发披肩，腰围布裙，高高举起一把标枪，正要投向人们的野人剪影。来年，首次推出包括五木宽之、村上龙、筱山纪信、山田咏美、吉本芭娜娜、北方谦三等六人的作品，由于阵容坚强，立刻一炮而红。这六位，几乎都是见城彻在角川时代所结交的响当当作家朋友。

无人可比的"书感"

丰饶的人脉，当然是见城彻最重要的资产。但若就此以为他仅是"因人成事"，那可就大错特错了。编辑是一种微妙的手工行业，得失存乎一心。好编辑就像好球员天生便有"球感"，往往也具备了"书感"。好球员会预先知道球往哪边掉怎么接，好编辑则知道书要怎么编怎样卖。就"书感"而言，日本出版界里，大概少有人比得过见城彻。一九九八年歌手乡广美与见城彻喝酒，忍不住透露心事："我八成要离婚了。"向来不曾跟乡广美要求过什么的他，随即说服乡广美把这一心路历程写成书，并选择在消息披露的当天上市。更惊人的是，见城彻把起印量定为五十万本。公司同仁简直吓坏了，生怕一失手就要失业。事实证明，见城彻是对的。透过媒体渲染，此书成了热门话题的一环，大卖一百万本。循此模式，日后唐泽寿明、藤原纪香也都成为幻冬舍的百万作家。

对音乐人、歌手、影星有一套，对于文人作家，见城彻还是很行。以五木宽之为例，他因为喜欢五木的作品，报上任何关于五木的报道，他一篇不漏，读了又读，然后提笔写信，说出自己的看法。一封、两封……直到第十八封时，五木回信了；二十五封，答应见面。而后，二十五年深交不疑。五木宽之

《大河一滴》由幻冬舍出版也就顺理成章，大卖二百五十四万册则是锦上添花了。石原慎太郎、渡边淳一也都是以类似方式所结交的作家。大家先是朋友，彼此有了信任基础，机会来了，再谈合作。"编辑是无中生有，把'人的精神'这一肉眼看不见、无形的东西制作成书籍这一商品，并由此获益。"说到底，这是一种比变戏法还不可靠的行业。因为得无中生有，因为不可靠，所以更需要互相信任。见城彻没说出来的话，应该是这样的吧。

不景气正好考验一个人的才气。见城彻的传奇，至今还在上演着。梦想、热情、行动力创造出了"幻冬舍"这一让人不得不敬佩的出版社。"重点在于，书要让读者感动才行。为何夏目漱石的书总有人读，因为有趣啊。当出版社都不在乎'有趣'这个关键词时，文字当然变得僵硬难读了。"此时此刻，见城彻这一简单而明白的说法，或许值得华文世界所有出版人再三深思吧！

用文字画漫画的作家

　　无论在日本或中国台湾，若说"梦枕貘"是与"三岛由纪夫"同等级的作家，大约很多人会发笑；但若说梦枕貘是与三岛由纪夫是同等级精力过人的作家，大概无人能说不。三岛由纪夫一辈子兴致勃勃，学剑道、空手道、长跑、演戏……F104战机他想飞一飞；摩天大楼开放，他也要抢先跑到顶楼望一望。同样的，好奇宝宝梦枕貘，钓鱼、登山、旅行、冒险、歌舞伎，尤其格斗，也就是台湾人夙知的"职业摔角"，他同样沉迷不已，只差没上台跟猪木、马场摔一摔而已。二〇〇七年出版的《格斗的日常生活》，记录了他多彩多姿的日常生活，让人惊奇不已："这家伙，怎么有这么多时间'不务正业'？"与此同时，却也不免相信，虽然都是"热血一族"，梦枕貘毕竟还是不要跟三岛由纪夫相提并论的好。三岛由纪夫装腔作势到处秀，活像个特做作的布尔乔亚。梦枕貘则反是亲切的邻家大叔，爱其所爱与君同乐，《乌龙派出所》阿两警官庶几近乎之。

从笔名说起

　　梦枕貘是十岁就立志当作家的那种人，高中时在同人杂志上写诗、写幻想小说，并且开始用"梦枕貘"这个笔名，四处投稿发表作品。据说，"梦枕貘"三字是一种有机的组合：睡到"枕"头上，做个有趣的"梦"，化身为"貘"把梦吃掉，醒来后，写下成为作品。这还是立志的渴望，化约成一句话就是"要写出像梦一样的故事"，如今已是梦枕迷们所耳熟能详的了。

貘，是中国传说中的动物。《抱朴子》记载，它爱"啖铁"；《神异经·西荒经》则说它会"食人脑"。后来不知怎么流传，"食人脑"变成"食人梦"，竟转成了笔记小说里的"食梦兽"，且跨海东征，传到了日本。可能还满脸青春痘的高中生梦枕貘对"食梦貘"产生兴趣不足为奇。比较让人惊讶的是，他竟能因此想出了"梦枕貘"这样一个笔名，还自成了一套说法——大家不要忘记，"貘"之外，"枕"也是中国古代传说中的一个重要器具。我们不能排除，少年梦枕貘很可能也读过来自中国的唐代传奇《枕中记》故事——追索"梦枕貘"笔名的由来，我们可以发现，日后"梦枕书写"的二大特色之一：从传统汲取养分，并将之整合转化，早在此时便已可隐见其端了。

从传统汲取养分

梦枕貘在台湾声名大噪，跟两部作品很有关系。一是《阴阳师》，一是《沙门空海之唐国鬼宴》。两者大约创作于同时，都是以日本古代传奇人物，阴阳师始祖"安倍晴明"跟佛教东密真言宗创始人空海为"主角"，另外搭配一位类如"福尔摩斯探案"之"华生"角色的"源博雅"与"橘逸势"，然后开始了与天地阴阳神鬼妖魅斗法的奇幻旅程，间杂两位伙伴之间，有时令人发噱，有时发人深省的对话。这一旅程，一走就是十多年，逐篇连载，同时结集出版单行本。整体而言，人物刻画相对简单，故事架构虽不能说千篇一律，但看多了，一如电影《蝙蝠侠》或时代剧《水户黄门》，也可归纳出一定的套数出来。

这种写作跟出版方式，从某个角度来看，互为因果地决定了"梦枕书写"的特质。由于连载时间太长，故事人物也没太多变化，为了让题材保持新鲜，梦枕貘遂大量引用传统笔记小说、古籍文献的资料，将之吞食消化之后，回吐成章，写成了好看的故事。以《阴阳师》为例，主要根据的便是《今昔物语》、《伊势物语》和《宇治拾遗物语》，同时视状况将《古今和歌集》中的和歌融入。例如《阴阳师》第一卷的"白比丘尼"便是民间传说"八百比丘尼"；"飞天卷"中的"是乃夜露"出自《伊势物语》；《龙笛卷》的"虫姬"是《堤中纳言物语》的"虫姬"。长篇《生成姬》来自能乐剧目；最新长篇《泷夜叉姬》则是"平将门"传说。同样的，眼尖的读者也不难发现，《沙门空海》中的幻术情节，也可以在中文志怪小说、笔记丛谈找到踪迹。不同的是，《沙门空海》是个大长篇，故事情节起伏非常重要，不能不小心构思铺陈。这或许也就是为何梦枕貘认为《沙门空海》写作远较《阴阳师》更艰辛一点的原因吧。

从"作家"到"漫画原作者"

就此而言，梦枕貘其实也不过就是一个"新瓶装旧酒"的作家，类似的写作手法，无论日本或中国，实繁有其徒，他又凭什么脱颖而出，受到读者这样的欢迎呢？一言以蔽之，梦枕貘是用文字在写漫画的作家。这也是"梦枕书写"另一重要特质。

翻读梦枕貘的作品。许多人的第一印象便是文字量太少了。怎么那么爱用短句？又那么爱换行？熟知日本文坛状况的人，甚至会误以为梦枕貘是师前辈之故智，以"灌水"换稿费。原因是，日本稿费是以"枚"，也就是稿纸张数，而非字数计算的。换行换得越多，稿费就拿得越多。然而，如果你是一位熟读漫画者，看到了下列文字，或许会有不同的感受：

此刻太阳正往中天移升，秋草仍留存着残余朝露。

行进间，衣袖、衣脚都被露水濡湿，显得有些沉重。

然而，风吹过来，袖口鼓胀，水气便蒸发到空中去了。

白龙和丹龙两位少年，肩上各自扛着一把锹。

前行的方向，往右手边看，便可望见骊山陵。

也就是秦始皇的陵墓。风一吹起，野草便随之摇动。

除了这三人，四野杳无人迹。

男子身上的衣袖、发梢，也像杂草般随风飘摇。

　　　——《沙门空海》第三卷《胡术》，徐秀娥译

傍晚，有人敲门。

然而也不能因有人来访而开门。玄德不回应，躲在家中。

他以为来客大概会死心归去，但访问者反倒激烈敲门。

玄德命下人自门内问对方。

"是哪位？"下人问。

"是平贞盛。"对方回道。

平贞盛的话，是玄德的老友。可是，即便是友人也不能随意开门。

"主人玄德目前正处于严谨物忌中。"

下人向门外说，若有事，小的代主人在此恭听。

结果，贞盛说："今天是我的归忌日。"

所谓"归忌日"，观念跟物忌类似，但必须做与物忌完全相反的事。

忌讳回家——也就是说，物忌是禁止外出且禁止开门让外人进屋，归忌则是禁止归家。

碰到归忌日，当天不能回家，必须在别人家过一夜，翌日才回家。

——《阴阳师·泷夜叉姬》，茂吕美耶译

文字节奏，明白就是漫画节奏。短短几句话，简单明了，没有太多细腻的描写，仅仅勾勒出最重要的局部动作，随着对话，故事不断推进。更仔细地看，每一行话，几乎就是一个"分镜"。有长镜头的全景，有局部特写，还有 OS 旁白。这种"现场感极其饱满"的叙事手法，与其说是电影式的，倒不如说是漫画式的。可以说，这种"宛如漫画"的写作风格，让梦枕貘很容易就被看漫画长大的日本和台湾年轻人所接受，热烈爱戴，人气一流，但也因此在文坛上地位始终只局限于"通俗作家"之流。"梦枕书写即漫画书写"的另一个有趣证据是，在现役日本作家中，作品被改编成为漫画的比率，恐怕少有人比得上梦枕貘了。跟梦枕貘合作过的，包括《恶狼传》的谷口治郎、板垣惠介、《阴阳师》的冈野玲子、《荒野に兽働哭す》的伊藤势等，都是在日本号称"实力派"的漫画家。甚至，如果我们了解漫画在日本出版产业的地位，我们或者也可想象，假如史蒂芬·金是开创"小说还在写，电影就准备开拍"的出版影视综合体产业，那么梦枕貘继续写下去，会不会也开创出了"小说还在写，漫画就同时开工"的另一种产业模式呢？

结语

一九六六年，日本漫画杂志《少年快报》开始连载《巨人之星》，发行量突破百万。二年后连载《小拳王》，除了漫画家川崎のぽる、千叶彻弥之外，还赫然署有"梶原一骑作"、"森高朝雄作"等字眼，标志着"漫画原作者"正式登上了漫画舞台，从此编剧成为分工越来越细腻的漫画产业重要的一环。台湾人并不陌生的梶原一骑（也就是森高朝雄，歌手白冰冰的前夫），成为炙手可热的脚本编剧后，甚至说出了"我的原作，谁画都会卖钱！"这样自负得很是狂妄的话。接下来的小池一夫，同样深化了日本漫画，从《带子狼》到《哥尔哥13》，由原作→漫画→电视→电影，创造了惊人的利润。台湾读者也许还不了解的是，梦枕貘，正是被拿来与这二位相提并论的"漫画原作者"，他所以在日本备受瞩目，为人所看好，与其说是其作品的文学成分，倒不如说是他"用文字画漫画"的能力，以及潜在的无限可能性。

香蕉花盛开的时候

关于吉本芭娜娜,有二则趣闻。一则据说是她的父亲吉本隆明所说:芭娜娜刚出道,人家介绍她,总说是"吉本隆明的女儿";如今人家介绍我,却都说是"吉本芭娜娜的父亲"。吉本隆明说这话,大约是上个世纪九〇年代初"芭娜娜现象"形成之时。那时节,芭娜娜小说大热卖,简直跟抛售日本人最爱吃的香蕉没两样,多则一两百万册,少则五十万。吉本家女儿锋头盖过引领战后左翼风骚的文化评论家父亲,也实现了"父亲活着的时候,两人名字同登杂志封面"的梦想。

一九八九年,两年内一下子出了五本小说的"芭娜娜旋风"也吹到了台湾,《鸫》被翻译成了中文,改名《燕子表妹》,作者姓名则译成"吉本香蕉",很是无厘头,这是第二则趣闻。自然,这本书并没成功,此后十年,芭娜娜在中文世界里浮浮沉沉,有点闷住了。前不久宣布结束营业的香港博益出版集团算是最早有计划经营她的作品的,一本接一本出,台湾有些"香蕉迷"等不及了,纷纷跨海抢购。一九九九年,时报出版公司化零为整,开始出版"吉本芭娜娜作品集",香蕉花大红盛开,配合二〇〇一、二〇〇五两度访台,吉本芭娜娜遂与村上春树成为台湾读者最熟悉的两位日本作家。

芭娜娜从小便立志当作家，原因之一是无法像后来成为漫画家的姊姊宵子一样，画出很厉害的漫画，只好用文字来创作。天生弱视的她，幼年时有一阵子几乎看不见，直到今天，主要还是靠右眼观看。从小在几近黑暗的世界成长的她，想象力丰富，触觉与听觉也非常敏锐。或许因为如此，"异常"的事物，格外吸引她，也成了她的小说主题，譬如超能力、自杀、乱伦、离异、变性、同性恋等。最叫人印象深刻的，则是对于"死亡"的偏爱。她的小说，往往一开头就是死亡，主人翁失去了至亲或至爱之人。《厨房》的开场白："这个家如今只剩下我，以及厨房。"如今算是名句了，一路读到其续集《满月》，男女主角的小小世界或这样或那样或必然或突然竟死了七人之多。有人算算她的代表作《哀愁的预感》、《白河夜船》、《N·P》、《甘露》等，断言真的可以组成死亡俱乐部了。

对于偏爱死亡这一主题，芭娜娜曾说："我的兴趣在于描绘（受伤的）心被疗愈的过程，而不是死亡本身。"证诸其作品，隐约也可归纳出一套公式：遭遇不幸之主角→邂逅神秘之媒介→透过仪式之再生。此一公式的氛围常数则是"哀愁"与"孤独"。这种"孤独·哀愁／死亡·救赎"的文字旋律，以漫画分镜式的节奏在九〇年代初现时，引起了极大的共鸣，正如芭娜娜所言："让那些日常生活里永不相涉的、疲惫不堪的人们，至少在书中息息相关，永远获得慰藉。"从而创造出一种"消灭了小说与漫画的界线"的新文学，让人寄予厚望。

只是，相对于始终不停尝试创新的村上春树，从少女漫画出发的"芭娜娜文学"，蜕变速度缓慢。二〇〇〇年时，她还在写青春小说，少女漫画的视角不变，新一代的年轻人依然喜欢她，拥抱她的"疗愈"。老读者却有些不耐烦了，当年新作《身体都知道》里《马虎》的女主角最后那一句："深刻地考虑就很麻烦，所以我不再考虑了。"仿佛成了一种罪状。有人说得直接：三十六岁了，世界却还是这样不可思议，少女漫画真有点像恐怖漫画了。

也是在这一年里，自言"因为交太多男友被指责"、"不适合婚姻"的芭娜娜结婚了，对象是一名整脊推拿师。来年，她偕同新婚夫婿来到台湾度"蜜月"，逛玉市、算命、脚底按摩、大喝"烧仙草"（黑凉粉），据说因为到苏澳泡了冷泉，回到日本后便怀孕了。结婚生子继续创作，芭娜娜的脚步似乎逐渐走向正常的家庭轨道。

如今，已经写作三十几本小说的她还在努力。"人生一辈子都在疗程当中，有时舒服一点，有时痛苦一点。治愈和受伤是并存的。"对于曾经说过这样的话的芭娜娜来说，写作应当也是一种疗程吧。在疗愈读者的同时，也在疗愈自己。若果真如此的话，作为一名治疗师，只要疗程有效，要否需要不停更换药方？好像也就不那么重要了。

关于山冈庄八

在日本大众文学界里，山冈庄八的成就与评价，显然不及吉川英治、司马辽太郎二人。然而，就影响力而言，山冈的作品，尤其是《德川家康》、《织田信长》、《伊达政宗》这几部小说，绝对不比吉川的《宫本武藏》、《三国英雄传》、《私本太平记》或司马的《宛如飞翔》、《龙马》、《阪上之云》来得逊色。日本著名的《文春周刊》一九九八年曾对各界名人发出问卷，选出最畅销的十部"时代小说"，山冈庄八的《德川家康》排行第九，总销售量竟超过三千万部！

山冈庄八本名"山内庄藏"，一九〇七年出生于日本新潟县，这儿是出了名的贫穷农业县。比起"阿信"的故乡，也就是紧临的山形县，好不到哪儿去。由于自然环境艰困，民风强悍坚毅，刻苦耐劳成为特性。日后山冈曾因吉川英治说话不算话，一怒之下，跑到吉川家中，痛揍他一顿；以及孜孜不倦，以十七年时间念兹在兹地完成《德川家康》这部大河小说，与此或许不无关系吧。

山冈十四岁时，高小都还没有念完，就只身离家到东京闯荡天下，辗转学过通信、印刷。一九三三年担任《大众俱乐部》杂志总编辑，开始其文学生涯。写作六年之后，小说《约束》

入选《每日周刊》的"大众文艺",总算崭露头角,真正踏入文坛了。不过写来写去,似乎都是些男女爱情小说,并没有写出什么好作品来。

二次大战期间,山冈被征召入伍,成为"海军报道班员"。所谓"报道班",是战争时期,日本政府要求作家"奉公出征",到前线各地,撰写战地报道、战争文学的一种动员组织。山冈因此走遍华北、华中、华南,甚至远赴泰国、马来西亚等地,写出了不少"样板作品"如《军神杉本中佐》、《御盾》、《山本五十六元帅》等。这些作品深受军方赞许,获得不少奖赏。战后山冈一度曾被摒弃于文坛之外,猜想应该与此有些关联才对。

其实,就算是日后重回文坛,并以"时代小说"浴火重生,成为文坛名人。山冈的政治态度却始终是右倾的,这在左翼当道的日本文坛毋宁是个异数。他乐于出席皇家例行歌会、园游会;满眼含泪高唱军歌;将自己的茶室取名"空中庵"以纪念特攻队队员;担任"天皇即位五十周年庆"执行委员等等均可见出一斑。就连其毕生代表作的《德川家康》,其写作目的,也是希望以文人的一支笔来为日本战后的复兴与和平效命。

一九五○年,山冈庄八的《德川家康》开始在《北海道新闻》连载。刚开始时并未受到多少重视,谁知越写越旺,一百五十回之后,重要的报纸便纷纷同步连载了。当时日本正处于败战后的虚脱状态,百废待举。山冈选择"德川家康"这个坚苦隐忍,终底于成的历史人物为写作对象,自有其时代意义。尤其是他在书中特别强调夹处于代表新兴势力的尾张织田家与一心向往京都文化的今川家之间,被认为是土里土气,毫不显眼的骏河德川家如何顺应时代潮流,不为其所吞噬,进而能踩住其浪头，步步为营，一步一脚印，取得天下的过程。对于面对趾高气扬的占领军，以及国际间种种轻视眼光的落寞日本国民，自有一种奋发自雄的鼓舞作用。因此广受欢迎，欲罢不能，足足连载了十七年之久。

与此同时，更掀起了一股"家康热"，关于德川家康的经营策略、领导统御乃至人生哲学的书籍，一本接一本出现，足足可以蔚成一门媲美"三国学"的"家康学"。昔日逐鹿天下，力取而得之的德川家康，借"书"还魂，摇身一变，竟成为与松下幸之助、本田宗一郎等企业家平起平坐的"经营之神"了。

一九七八年，山冈以七十二岁高龄病逝于东京，日本政府还特别授以勋位。日后讲谈社为他结集出版"山冈庄八文库"共一百卷，近年来更由读者上网留言评论。有趣的是，描写战国群雄的《织田信长》、《丰臣秀吉》、《伊达政宗》等三部作品都获得五颗星评价，惟独压卷之作的《德川家康》只得到四颗星而已——这或许是居网络族多数人口的新世代新人类，对于近半个世纪以来，已经被塑造成为某种"教养典范"、"经营楷模"的德川家康的一种潜意识反抗心态也说不定吧！

荷风习习，屐声叩叩

荷风家很富有，他一辈子不曾为钱操过心。明治维新大时代，有人上去，有人下来，浮浮沉沉。荷风的父亲久一郎出身尾张藩，早早就嗅出时代气氛，毅然赴美留学，普林斯顿大学毕业后，返国进文部省当会计课长。后来不做官了，一转身成为日本邮船会社高阶主管。他是新官僚，也是实力派商人。时代宠儿，既得利益者。吃穿不愁，想的仅是望子成龙。

长男荷风，不算坏也不太好，高校考不上，却对落语（单口相声）、三弦、汉诗这些旧东西兴致勃勃，还想写小说过活。前面那三样，不能说不好，至少也是种教养，久一郎便是出了名的汉诗诗人，酬答唱和，总是个交际工具。可后一样，那是新玩意儿，红尘滚滚，没听过谁能靠这谋生？

久一郎伤脑筋了。到上海任职，把荷风也带去见见世面，这一下似乎也引出了兴趣，回到东京，进了外国语学校念中文。谁知没两年就因缺课太多被开除，还正式拜师学落语，平日眠花宿柳爱冶游，跟一班文青混得开心，出了几本小说集子。说他纨绔，或还不至于，但实在看不出有何长进。

这样不行！向来独断的久一郎决心把他撵出洋去，换个环境，好好学洋文，看看新天地学会新实业？要出洋，美国当然是首选，荷风却一心想到法国想去巴黎。劝了好几回，他才总算点头，听凭父亲安排。这一年，一九〇四，都二十五岁，不年轻了。到了美国东晃西荡，还是很文青，照样写他的文章，学法文读法文小说。这一晃，几年又过去，老嚷嚷要去法国，久一郎压了又压，最后实在压不住，爱子心切，帮他在正金银行里昂分行弄了个位置，随他去了。法国混一年，不耐烦当行员，回家了。前后四年，花了一大把钱，也不知学了些什么。还好，总算法语、英语称得上说写流利。

回国那一年，二十九岁，年近而立，还是喜欢文学喜欢老东西旧事物江户种种。这一年，荷风连着出版《美利坚物语》、《法兰西物语》，深获好评，看来有些起色，久一郎遂管得松些。等到森鸥外、上田敏推荐他进庆应大学当教授，有了社会地位，总算无忝尔所生之后，便大体放手，只除了要求他跟自己所中意的人家联姻。

一九一二年，荷风奉父命结婚。来年一月父逝，二月立刻离婚。来年，把新桥艺妓八重次带回家中同居。一九一六年辞去庆应教职，离家别居。到了一九二〇年，麻布那栋蓝色"偏奇馆"盖成后，他干脆离群索居，我行我素，一整个耽溺到文人世界、江户文化之中了。他还写，但只为自己写，不想为也不用为稻粱谋，真是好命！"我喜欢不断地做自己想做的事。因为是喜欢的事，之后就不会后悔。"他曾这么说过。那，他喜欢的又是什么呢？

呜呼，我爱浮世绘，苦海十年为卖身的游女的绘姿使我涕，凭依竹窗茫然看着流水的艺妓的姿态使我喜，卖消夜面的纸灯寂寞地停留着流水的艺妓的姿态使我醉。雨夜啼月的杜鹃，阵雨中散落的秋天树叶，落花飘风中的钟声，途中日暮的山路的雪，凡是无常、无告，无望的，使人无端嗟叹此世只是一梦的，这样的一切东西，于我都是可亲，于我都是可怀。

荷风在名篇《浮世绘之鉴赏》里的一段话。此处"浮世绘"不妨当作一个代名词。实际上，他对日渐褪去的江户文化，有着一种夕阳骸骨般的迷恋。此种迷恋的代表作，自非《日和下驮》莫属了。

《日和下驮》，"下驮"是木屐，"日和"则指晴天。日本木屐大略可分两种，高脚的是"足驮"，雨天使用。大家所熟悉，破帽敝衣老斗篷，几乎就是战前日本旧制高校生的标志。"日和下驮"屐齿较矮，晴天才穿，但下雨也无妨，"齿是用竹片另外嵌上去的，趾前有覆，便于践泥水，所以虽称曰晴天屐而实乃晴雨双用屐也。"与永井荷风年岁相去不远，留学过日本的周作人解释说。

荷风爱散步，少年已然。初中走读，便爱在路上晃荡，到处乱看。跟少年沈从文很有些相似。一九一四年前后，父亲死了，婚也离了。"无特别应尽之义务和责任，换言之，一身宛如隐居者。日复一日，不在世间露脸，不花费钱财，也毋需朋友，独自随心所欲，慢活过日子，种种思虑后的结果之一，即为漫步市内游荡。"到处趴趴走，看到什么，想到什么，回到家，兴致来了，发而为文，在《三田文学》逐月连载，一年后出书，共十二篇，又名《东京散策记》。"散策"是汉语，拄着拐杖去散步。"策"指拐杖，苏东坡诗："散策尘外游，麾手谢此世"即是。可写文章时，荷风才三十五岁，风华正茂。他的"策"，不是拐杖，是也能撑持也可遮雨，很有些西洋绅士派头的蝙蝠伞。

荷风这一系列散步文章，论者多半将其内在渊源联结到十九世纪法国诗人波德莱尔继承大笔遗产后，颓废度日，逡巡漫步暗夜巴黎街头，从而将其惝恍不安，创作成《恶之花》、《巴黎的忧郁》等杰作，且因其"奇特的，悠闲的，孤独的"特质，论断其所具备的现代性。

这一"脱亚论"阅读自有其论述根据。然而，若从东方角度来理解，这位被吉川幸次郎评价其汉文根柢为夏目漱石以降，文士第一的荷风，无论其生活情趣，嗜好品味，相当程度上，几乎就是中国明清文人那一套：薄有家产，好狎邪游，听戏唱曲，舞文弄墨。只因留过洋，眼界更宽广了一些。关于这点，荷风自己也不否认：

> 我对日本现代文化常甚感嫌恶，如今更知难抑对中国及西欧文物的景仰之情。
>
> ……之所以能住在日本现代的帝都，安度晚年，只有不正经的江户时代艺术，如川柳、狂歌、春画、三弦……

由此切入，我们或更能体会晴日木屐啪啦啪啦响处，荷风的幽微哀愁了。这一哀愁不仅是"波德莱尔式的忧郁"，更有几分"张岱式的前朝梦忆"。只不过张岱是过去式，改朝换代繁华落尽后，回首前尘的色空感悟；荷风则是国土危脆朱颜改，无常在目的现代进行式了。由此上溯，《东京梦华录》、《武林旧事》、《梦粱录》、《洛阳伽蓝记》，册页乱翻，或皆荷风习习，也听得到屐声叩叩。

凡一种文化值衰落之时，为此文化所化之人，必感苦痛，其表现此文化之程量愈宏，则其所受之苦痛亦愈甚；迨既达极深之度，殆非出于自杀无以求一己之心安而义尽也。

陈寅恪先生《王观堂先生挽词并序》所言。荷风自不及自杀程度，但晚年的他，一人孤独过活，埋首只写《断肠亭日乘》，偶尔去浅草，跌倒了也不让人扶；居家外食，一壶热酒，一盘咸菜，一碗盖浇饭，即此充饥。最后孤身吐血倒毙居家，无人闻问。身后留下几千万遗产。他不是没钱，只是心死了。日本越现代，他心越死，随着他心爱的不正经江户艺术一步步落入地平线彼端。

旧书记忆：尾崎秀实片段

尾崎家不只三个男孩子，长大成人的却仅秀池、秀实跟秀树。

秀实生下来十天，父亲秀真便应前辈友人日据时期台湾民政长官后藤新平之邀，来到台湾，任职《台湾日日新报》汉文部。那是明治三十四年（一九〇一）春天的事情。三年后，母亲背着秀实，来台依亲，住进了日本第一任台湾总督儿玉源太郎出名的别墅，其实仅是茅屋数椽的"南菜园"里。当时后藤新平夫妻正在学脚踏车，常来菜园里练习，已经会跑会跳的秀实，曾指着后藤问："你就是后藤民政长官吗？"搞得秀真夫妻很是尴尬，后藤却不以为忤，把秀实抱在膝盖上玩，还一起拍了照。

再后来，叔父尾崎茂、大哥秀池也都来了。一家人和乐融融地在南方新故乡安顿了下来。秀实是名"秀才"，从小聪颖过人，自"总督府国语学校附属小学校"（今台北市立大学附设实验小学）一路读到"台北第一中学校"（今建国中学），都是优等生，考试成绩几乎不曾跌落第一名之外。中学毕业后，回到日本就读"东京第一高等学校"，随后进入"东京帝国大学法学部独逸法学科"。因长兄秀波此时也已考进明治大学商学部，一家两名大学生，开销浩繁，实在不是一介文士的秀真所负担得起，幸而此时已转任东京市长的后藤新平又慨然伸出援手，秀实方得顺利完成学业。

念大学时，两件事影响了秀实的一生。感情上，他演出了不伦之恋，爱上兄嫂英子，经过一番折冲奋斗，兄嫂离缘，两人则不顾世人眼光，于秀实毕业后，毅然结婚，成了一对革命情侣。说是革命情侣，则因一九二三年，受到无政府主义者大杉荣与爱人伊藤野枝、六岁外甥橘宗一同时遭到宪兵队虐杀，引发秀实对社会主义兴趣，埋首苦读，逐渐左倾，终而成为一名共产主义忠实信徒。这一切，英子初始不甚了然，日后渐渐知情，却一路伴随，始终无怨无悔。

"……我在决定和英子结合之时所发的誓言还记着吗？那不仅是遇到任何苦难都一同忍受的意思。我在当时已开始着眼新的人生，心知自己的前途苦难甚多，誓言中也有要把一无所知的英子当作苦难中伴侣的意思。——我一直都在暗暗观察时代如何前进，把自己的命运系在那上面，来决定如何行动。"一九四一年秀实被捕入狱后，曾写信这样告诉英子。

一九二六年，秀实中断研究所学业，进入东京《朝日新闻》，成为社会部记者。因为中文流利，加上时局所需，没多久便转到《大阪朝日新闻》"支那部"，更于一九二七年冬天奉派为上海特派员。据尾崎自述，当他与爱妻搭乘客轮接近上海时，看见长江大浪滔滔，一时心情激动竟流下泪来，久久不能自已。日后，他将独生女取名"扬子"，即因"扬子江"之故。

当时的上海，或因租界缘故，成了世界谍报之都，八方风雨会申江，尔虞我诈，风云诡谲。精通中、英、日、德语的秀实在此"魔都",可说如鱼得水,穿梭往来于各国人士之间。他一方面跟"左联"文人,如郭沫若、田汉、成仿吾、郑伯奇等人多所来往,透过内山书店老板内山完造,更与鲁迅有了交情:"有一个叫尾崎的新闻记者,精通德语,知识广博,为人也可靠。"夏衍在其回忆录《懒寻旧梦录》里更直接指出,尾崎秀实"表面上看来是绅士式的记者",实际上却是"上海的日本共产党和日本进步人士的核心人物"。

也正是在这个时候,他因美国左派记者史沫特莱(Agnes Smedley)的介绍,认识了以《法兰克福邮报》记者身份来到上海,实际上却是为苏联收集情报的德国人佐尔格(Richart Sorge),并加入其情报网,成为其中一员。

一九三二年,秀实回到了东京,上海的经历,以及精辟的分析报道,让他成为著名的"支那通",他不停写出各种掷地有声的评论文章、专著,尤其一九三六年"西安事变"的剖析预测,让他声望扶摇直上,最后成为近卫文麿内阁的"嘱托"(近于"高级顾问"),直接制定、与闻各种政治、军事决策。另一方面,则透过此时人已到了东京,且化身成为"德国大使馆"一员的佐尔格,不断将各种机密情报送往莫斯科。

据说,秀实最后所获取,恐也是最重要的一件情报是,一九四一年秋冬之际,莫斯科遭到德军攻击,岌岌可危。斯大林亟思抽调远东兵力西援,却忌惮日本关东军乘虚而入,而犹豫不决。秀实在侦知日本军部决定南进,发动太平洋战争,对英美宣战之后,即刻将此情报交由佐尔格转达莫斯科,斯大林方始下定决心调动远东军二十个精锐师回防莫斯科,从而扭转了整个战局。

但此事是否为真？至今聚讼纷纭。秀实的犯罪事实，法庭上所举的六十多件证据，内容泰半是分析政治情势的论文，说他"反战"，说他"赤色分子"，诚然事实，但若说他"卖国"，似乎牵强了些。加上尾崎被捕后两天，近卫内阁随即垮台；秀实刑期推定传言也随着太平洋战争进展，与日俱增，从十五年徒刑逐次加重，一直到了一九四三年的死刑。有人因此怀疑这一间谍案，或系军部与右翼势力阴谋酿造而成，为的是取得战争主导权。

"十一月一日收到岐阜寄来的明信片，得知你的消息。身体所患系何症，需找医生早日治好。听说你精神好，我便安心。……父亲搭便船返回台湾的消息令人感到悲壮，带着衰老身躯，冒险回到即将成为战场的台湾，我真想劝阻。他老人家或是想到留在台北的孩子们，才如此不顾危险而行的吧。人心可怜之爱，诚然令人悲痛。……父亲此次或者对故乡感到幻灭了。近来常有警报，希望你鼓起勇气应付内忧外患。天气渐凉，今年薪炭格外不足，想必很冷。我也正准备提起勇气与寒冷对抗呢。"

一九四四年十一月七日。俄国十月革命纪念日。秀实自鸭巢监狱发出第三十六封明信片后，三十分钟过去，狱卒打开牢门："出来吧。"他听后，安静地换衣着装，跟着狱卒走向刑场。喝过一杯日本茶后，从容走上绞首台，很淡定地跟一干人等告别："再见了，再见了。"

——这一声再见了，想必也包含他曾度过少年岁月的南国故乡台北吧！

"……通过这本书，台北的山川，我幼小的时候生活过的淡水河边的模样，以及我最喜欢的'中国汤面'的香味，都伴着昔日父母的音容笑貌，朦朦胧胧地浮现在了眼前。"

也是那三十六封明信片之一。在读完鹤见佑辅《后藤新平传》后，秀实曾如此告诉他的妻子。

二〇一三年，整理书店新收日文旧籍，偶然得见尾崎秀实所著《支那社会经济论》，纸面精装，书脊脱损经补，书页泛黄焦脆，幸得内文完好，版权页里，版权浮贴犹存，"尾崎"朱红印文判然。此书出版于昭和十五年（一九四〇）六月，正是秀实以政论家身份活跃于日本政坛之际，但恐怕也就是他的最后一本书了。

无冕的文豪

　　松本清张曾经很想当一名记者，终其一生，却似乎都没能如愿。原因倒也不难理解，就算到了今日，记者地位早从云端跌落泥地了，一名小学毕业者，想要进入报社工作也还是戛戛其难，更何况是记者尤为"无冕之王"的一九三〇年代、更何况是在一切讲究学历身份的日本社会。清张没能当上记者，或许是个人生涯某个时刻的某种遗憾，然而，证诸其后的发展，却不能不说是一整代读者的幸运了。

在鄙夷的眼神中默默长大

　　按照中国的说法，清张实乃"窭人之子"，根正苗红的无产阶级子弟。父亲峰太郎半生潦倒，辗转流离于中下阶层讨生活。拉过黄包车，卖过麻薯红豆饼弹珠汽水豆皮寿司，一爿小吃店开开倒倒，曾以讨债维生，还在服装店打杂帮客人摆鞋子。贫贱夫妻百事哀，妻子阿谷则永远忙着替"暗暝全路数，日时没半步"的丈夫收拾善后。身为独生子的清张从小在"一到冬天，冷风就从木板墙的缝隙灌入，粉雪冉冉飘在蒙住脑袋的棉被上。梅雨季节则有数量惊人的蚯蜒从潮湿的泥土间爬上来"

的陋巷仄屋里成长，真正能够陪伴他的只是终日虾着腰干活，最终却失明了的老祖母。清张在回忆录《半生之记》里坦言，我的青春没什么好玩的，就是污浊跟黯淡而已。在追忆祖母的名篇《骨灰坛的风景》则慨然说道：

从小，我没有受过任何人的特别宠爱，也没有人替我加油打气。我总是被冷漠对待，在鄙夷的眼神中默默长大。这种处境至今似乎依然未变。但，我之所以能够没有与社会严重脱节，有时候想想，好像真的是因为祖母在天上守住了我。

出身贫贱的清张，尽管受到父母的疼爱，尽管喜欢文学爱读书，但形势毕竟比人强，小学高等科毕业便不得不辍学入社会，当工友、印刷学徒，一度曾对人生充满绝望。所幸大概是遗传到父亲峰太郎的乐观天性，即使环境再恶劣，清张还是坚持阅读，不改其对文学的喜好。一九二九年，因为文学同好涉及购阅左派思想刊物《战旗》、《文艺战线》，十九岁的清张遭到牵连，在三月寒晨里，从热烘烘的被窝，被特高刑事一把抓到警局拘留拷问，十多天后，方才放了回来。回到家时，却发现忧心忡忡的父亲，早把他所有的文学藏书烧了个精光，且不许他再搞文学了。清张的文学之梦，至此暂时封印，这一封就是二十来年。

文学的天空虽被遮蔽了，印刷学徒出师，也结婚为人夫、人父的清张，却始终未能忘情这件事。一九三七年，《朝日新闻》在小仓开设九州分社，清张因缘际会进了报社，但不是当记者，而是广告部的临时雇员，负责描图完稿。当时日本大企业彻底实施学历主义，《朝日新闻》也不例外。正式社员得大学毕业，储备社员／高校（专校），雇员／中学，清张算是破格录用了。因为学历低且不擅于交际，他在社内颇受冷落，有次因社方对雇员的不平等待遇，甚至在办公室抓狂，怒骂出"畜生"这样的字眼。据说，努力四年后，终于升为正式社员时，他还激动得流下了眼泪。因为学历不高、出身低下而遭受漠视，始终是清张心头的痛。三十四岁接受教召入伍时，竟然因此认为不分贫富年龄身份地位，所有新兵一视同仁的军队，才是职场所看不到的，一切平等的"人间存在"，觉得真是"太奇妙了"。

清张火山大爆发

直到一九五〇年，也就是父亲峰太郎焚书封印二十一年之后，年届不惑的清张，生涯第一篇小说都还没能开张。当时已是三个孩子的父亲的他，每天到报社上班，闲时打打麻将下下棋，受到喜好考古的同事影响，有时也去踏查九州的古坟遗址。至于创作，写的少画的多，算是北九州商业美术联盟的活跃分子。接下来的故事，一如大家熟悉的流言传闻：平日爱读报章杂志连载小说的清张，读着读着，越读越不爽："写这么烂，还好意思写。光这样写，我也会！"满腹牢骚，一肚子不服气的他，说到做到，写了一篇《西乡纸币》，参加杂志社的"百万人的小说"征文比赛，一举中的，得了三等奖。这一奖让不甘蛰伏的中年欧吉桑信心大增，再接再厉写出了《某"小仓日记"传》，且夺下了一九五三年的芥川奖。自此，清张火山大爆发，炽热岩浆喷薄倾泻而下，昭和一代文豪长达四十年的文学生涯于焉开始。

用"文豪"两字来称呼松本清张，到了今天，几乎已是日本的定论。原因大概有几：一是无论作品数量或写作态度，清张都足当得一个"豪"字。四十三岁才敢期望以写作为业的他，颇有自知之明："我入行晚，所以不敢浪费时间在应酬交际上。"这是清张日后常挂在嘴边的一句话。事实证明，天道酬勤，往后的岁月里，他总共写了一百多本书，创作约八百种作品，包括长短篇小说、评论、随笔、论文、传记、戏曲等。文艺春秋出版社为他所出版的《松本清张全集》多达六十六卷，放到书架上，可以占上一整柜了。

关于清张的勤于笔耕，另一个传说是，他经常同时在好几家报章杂志连载小说，每天都有编辑在他家客厅寒暄聊天，等待取稿。清张则在楼上书房埋头苦写，字数够了，就以藤篮从二楼垂下，拿到稿子的编辑，急忙回去发稿。清张文思敏捷，可同时构想好几个故事，每天写个九千字不成问题。七十岁之后，一年还可出版二三本书。正因为他能写又勤写，整个七〇—八〇年代，日本作家的收入排行榜，他总是数一数二，名列前茅。"清张革命"的威力，于此可见一斑。

清张革命

所谓的"清张革命"，一般所指，就是松本清张打破当时疲态已现的日本"本格派"推理小说创作窠臼，独树一帜，高揭起了"社会派"的大旗，以"人性"为出发点，强调犯罪的

"社会性"动机，而不在意犯罪手法的解谜。这一创作手法，扩大了日本推理小说的视野，也让日本文学的多元面向更加丰饶多姿。其所探讨的范围，包括麻疯病人、游民、赛马、司法不公、污染公害、车祸赔偿、官商勾结、黑金政治、企业社会责任等，无一不成为清张笔下的主题。这种开创性的魄力，也是清张之所以为"豪"的原因。

然而，光是写得快写得多写得出一家之言，日本文坛实不乏其人，更何况"推理小说"这一类型阅读，在日本热则热，卖则卖耳，却毕竟是大众文学，其地位远逊于纯文学，松本清张又有何能耐，独能当得上"文豪"两字？

走自己的道路

一九五六年，已经举家搬迁到东京的清张，经过二年多的适应后，决心辞去报社工作，当一名全职作家。此时的清张似乎面临了一个抉择，到底是当一名纯文学作家呢？还是在大众文学走出一条自己的道路？松张的文学天赋几乎是跨越这二者的。世人都知《某"小仓日记"传》为他夺下属于纯文学的芥川奖，较少人知道的是，这篇作品也入围了同一年的直木奖，也就是说，从大众文学角度来考虑的评审们，同样青睐这篇作品。

清张最后是如何取舍或根本没有挣扎，仅是顺着感觉写去就对了，我们不得而知。不过，从他一九六二年的随笔文章《实感的人生论》所强调：家族的牺牲绝非文学的意义所在，自己以对社会道德秩序、家族制度等人间要求的忍从为文学的一部分。或可推知，以大众文学为入世之媒，写出畅销小说，毋宁是这位学历背景均不如人，只身而需撑起八口之家生计的四十七岁新手作家的自然选择了。

然而，选择以大众小说为出发点的清张，却几乎没有被"畅销"、"流行"等字眼所局限、羁绊。由于他在推理小说这一领域的成就实在太巨大了，名利双收的聚光效应，让一般读者，尤其外国读者看不清楚他的其它成就。大体而言，清张的文学版图始终都是三线并行，只不过此强彼弱，随着时间的不同，而有主从之分而已。那就是早期的历史小说，中期的推理小说，以及晚期的时代小说。但这仅是"虚构"（Fiction）的部分，在"非虚构"（Non-Fiction）领域里，他的成就更是惊人（"兴趣太多，时间太少"也是他出了名的口头禅），从古代史、近代史、现代史到人物传记、戏曲等，他样样都来，且屡掀波涛，对社会、学界造成重大冲击。

一九六〇年，五十一岁的松本清张，以《点与线》、《眼之壁》、《雾之旗》等作品确立"社会派"推理小说地位之后，方向一转，与编辑藤井康荣合作，奔走调查，写出了《日本的黑雾》，推理"下山国铁总裁谋杀论"、"日航木星号班机坠落事件"、"帝银事件之谜"、"谋略朝鲜战争"等日本当代悬案，矛头直指"GHQ"（盟军总司令部），并透露出美国中央情报局CIA介入的讯息，直接触犯政治禁忌。此时正是"安保斗争"学生运动如火如荼之际，此书一出，群情哗然，为本就一片紊乱的政局火上加油，"黑雾"一词成了当年的流行语。当道对于清张的观感，不言可喻。清张却并未因此而稍有退却，随后又写出了《现代官僚论》、《昭和史发掘》、《深层海流》等书，继续推理日本现代史，揭露种种历史可能，猛烈批判当权者。与此同时，他的推理小说也大力揭发社会种种不公不义现状，引发读者共鸣，让清张成为日本最具人气的畅销作家，引领一时风骚。

不甘心只当一名"虚构"作家

松本清张不甘心只当一名"虚构"作家。其来有自，他的出身，让他饱受人间冷暖，从而激发其社会正义感，终其一生，始终没有忘记阶级立场，总是为弱势者发声，与当权者对立。这一执念，也让清张成为战后一片右倾风的日本文坛的"在野"异端，始终置身"非主流"边缘地位。一九六六年，美国《华盛顿邮报》刊登呼吁反越战广告，日本作家少有人敢联署，不怕风吹雪打头者，松本清张，其中之一也。一九六八年，更干脆访问北越，单独会见了范文同总理，表明其支持立场。

从另外一个角度来看，松本清张的文学疆域尽管幅员辽阔，兴趣无所不在。但隐藏在作品底下的，仔细查看，还是可以看得到一颗火热的记者之心。或者可以说，他是以新闻记者的态度来从事创作的。他喜欢亲临现场，喜欢采访相关人等，喜欢检视出土文物，喜欢爬梳文献资料，更喜欢抽丝剥茧，循着一个线头，在一团迷雾中拨乱反正，找出可能的答案。最重要的是，他所做的这一切，总是希望能体现社会正义，让人间秩序、道德有所进展。清张的记者性格，还可以从他往往紧咬住一个题目，长期探索，不断追究，时间可长达几十年一事看出端倪。其中最有名的当然是一九五二年日航木星号班机坠落于伊豆大岛三原山事件，谣传是某方为了暗杀机上某位涉及战后美军侵占大批钻石事件的一名女性所致。一九六〇年，清张将之列为《日本的黑雾》之一章，三十二年后的一九九二年四月，脑溢血病倒的前一刻，他根据新发现的资料与研究成果，正在写的竟还是《一九五二年日航机"击坠"事件》。

关于现代史写作如此，历史小说写作也是这样，像只牛头犬般穷咬不舍。一九五六年，初出道的清张以战国名将甲斐之雄武田信玄为主角，写出了一系列短篇小说，鲜明刻画出信玄的人间形象，结集后出版，是为《信玄军记》。事隔三十年，一九八七年，他又出版了《信玄战旗》，此书号称"长篇小说"，事实上，"非虚构"的成分远多于"虚构"，清张运用了大量的史料跟历史研究成果，从系谱学、目录学、社会学、军事学，甚至企业组织的角度来剖析、描述武田信玄从崛起到陨落的一生。尺幅千里，横空而出，其学识之深厚，令人叹为观止。更让人佩服的是，人情练达的他，总能处处贴近历史人物的处境，合情合理推论，更且，不时以西洋历史类比，使数百年之后的读者更容易进入其历史情境，从而理解历史人物所面临的困难与挑战。仔细阅读此书，或者可以让人理解，事实上，晚年的松本清张早已跨越"虚构"与"非虚构"的鸿沟，融文史成一家，在时间的长河里，冷眼看古今，平心论人间了。

结语

一九六四年，日本中央公论社编纂《日本的文学》全集。编辑委员包括谷崎润一郎、川端康成、伊藤整、高见顺、大冈升平、三岛由纪夫等人，当时讨论到该否收录松本清张作品？最后却遭到谷崎润一郎、川端康成、三岛由纪夫等所谓"纯文学三人组"的排斥。据说三岛由纪夫还以清张的"文章粗杂，毫无文学性可言"，坚决不让清张入选。此事对清张一生影响甚巨，日后清张在日本文坛上的孤高身影与"反权威"的立场，至此更加确定了。

决心走自己的道路，把眼光放在社会阴暗里巷的松本清张，论其文学成就与受欢迎程度，早具获颁"国民作家"或"文化勋章"的资格，却因一路走来，始终如一的左翼立场，不为官方所认可，而与这些头衔无缘。清张的人生是否因此有憾？谁也不知道。一九九二年夏天，松本清张因肝癌病逝，享年八十二岁。葬礼当天，曾与他共事的中央公论社总编辑宫田球荣搭乘出租车到青山墓地悼唁，出租车司机告诉他："我非常喜欢清张先生的作品，他的书我都读过了，真是幸福啊！"——无冕的文豪松本清张，或许会更在意普罗读者口中说出的这些话，且因此也感到无比的幸福吧！

这些书那些人

纸房子里的人既藏且读，把每一本书的书眉、空白之处，都写满了心得。他不与俗同，他金钱、心力两抛，忧爱结缚，无有解时……

胡适的宝贝

胡适书多，却没有"藏书家"之名。原因不明。胡适对此也没多少感觉。晚年演讲曾公开说："我不是藏书家，只是一个爱读书能用书的书生。"但胡适其实很爱买书，"有书癖，每见佳书，辄徘徊不忍去，囊中虽无一文，亦必借贷以市之。"《留学日记》卷四之《余之书癖》讲得清清楚楚。一九二二年五月三十一日的日记甚至记载：

今天是旧端午节，放假一天。连日书店讨债的人很多。学校四个半月不得钱了，节前本说有两个月钱可发，昨日下午，蔡先生与周子廙都还说有一个月钱。今天竟分文无着。我近来买的书不少，竟欠书债至六百多元。昨天向文伯处借了三百元，今天早晨我还没有起来，已有四五家书店伙计坐在门房里等候了。三百元一早都发完了。

人们谈起民国时期北京琉璃厂好书最多的来熏阁书店，谈到它的老顾客，老板陈济川的挚友们，胡适这名字总也跟钱玄同、刘半农、马隅卿、周作人、陈垣、郑振铎、谢国桢……并列。有次他很想买一部明刻的《水经注》，先打预防针，嚷嚷买不起太贵的书。陈济川干脆直说："别人需六十万元，胡先生买，我只要三十万元！"

胡适天生好人缘，一辈子与人为善，三教九流都乐意跟他当朋友，遂有"我的朋友胡适之"这句话到处流传。一九二〇年，他曾以五十银元买了一部百二十回本的《水浒传》。有位朋友提醒他：这书买贵了，书商是以两元买进的。胡适听后一点也不后悔，反而有点阿Q地往好处想："未必吃亏，只要有人知道我肯花五十元买一部古本《水浒》，更好的古本肯定都会跑出来了。"这种看得开的乐观个性，让他买书时占了不少便宜。许多书真的不用他开口，自动会找上门，一如他那首《我的儿子》诗里所说："我实在不要儿子，儿子自己来了。"

一九二七年初夏，花了一年工夫，到欧美日绕了一大圈回到上海的胡适，某日收到一封信，说想出让一本《脂砚斋石头记》给他，此人当也读过几年前胡适所发表的考证文章，知道他对《红楼梦》感兴趣。"那时我以为自己的资料已经很多，未加理会。"胡适日后回忆说。

没多久，胡适跟徐志摩、邵洵美等人合办"新月书店"，广告登上了报纸，那人知道后，不死心，竟直接把书送到书店，要求转交胡先生。书不请自来，书生胡适岂有不看的道理？一翻之下，大为吃惊，立刻重价买下。来年发表了一篇长达一万八千字的《考证红楼梦的新材料》，说明这一刘铨福旧藏的"脂砚斋甲戌抄阅再评"的《石头记》旧抄本，乃是世间所存最古老的《红楼梦》写本，里面所提供的资料，包括眉批、夹评、小字密书等，足可考知曹雪芹的家事、死亡年月日，甚至原始稿本状态。文章一出，轰动一时。世人方知旧抄本的重要，于是陆续有己卯本、庚辰本、戚序本、甲辰本……的出现，让"红学"研究往前迈进一大步。

这书的珍稀，无须多说。胡适却不太当一回事，绝不藏私。一九四八年国共内战正激烈，一名燕京大学学生周汝昌写信给他，说想研究《红楼梦》，胡适"许他一切可能的帮助"，与周仅见过一面，便把这书借给他。后来周汝昌兄弟私自影写了一个副本，胡适也笑笑没说什么，让学生与老师共享这一最古老的版本。"慨然将极珍罕的书拿出，交与一个初次会面的陌生青年人，凭他携去，我觉得这样的事，旁人不是都能做得来的。"日后成了红学权威的周汝昌曾感念地说。

尽管胡适的书都是要读、要用的，他对这部书情有独钟，却也很明显。一九四八年十二月十五日，蒋介石派专机到北京接运围城中的胡适夫妻，当时胡有一百多箱书。离开前几小时，他"曾经暗想：我不是藏书家，但却是用书家。收集了这么多的书，舍弃了太可惜，带吧！"兵荒马乱，飞机容量有限，当然不可能，"结果只带了一些笔记，并且在那一二万册书中，挑选了一部书，作为对一二万册书的纪念"。被挑中的就是这部书。"这是我的宝贝！"他说。自此书与人相随，流浪到天涯，直到一九五八年回台湾接任"中央研究院院长"。

一九六〇年十二月胡适七十岁寿诞，台大校长钱思亮在家里为他祝寿，寿宴里，胡得知"中央印制厂"也能套印书籍，当下决定影印出版《乾隆甲戌脂砚斋重评石头记》，以广流传。这一决定，或与此前胡适读到北京中华书局《红楼梦书录》关于这书的记载有关：

此本刘铨福旧藏，有同治二年、七年等跋；后归上海新月书店，已发出版广告，为胡适收买，致未印行。

这话有些恶意，听起来仿佛胡适藏书自珍，阻挡出版。但其实胡适曾说过的"新月书店的广告"系指"新月书店（成立）的广告"，与书无关。写的人误解，且衍推了。胡适对此颇不以为然，澄清了好几次。——大陆倾力清算批判"思想家胡适"，他一点不在意。这短短一行话，却让胡适耿耿于怀：说我思想不行无妨，说我阻碍知识流传，那可不行！

此书出版，胡适全程参与，试印稿、题签、出版缘由、跋文、样张、印数定价（初版五百部，每部一百二十元，预约七折八十四元），还亲自写信给香港友人，请代为经销。预约广告出来，五百部订购一空，急忙追加，最后加到一千五百部：香港五百部，台湾九百部，自留一百部。胡适忙得不亦乐乎，或因过于劳累，竟引发心脏病，差点一命呜呼。一九六一年五月，新书送到，急着翻看，"拿出台静农刻的图章，在这部影印本上下两册的第一页上都盖了印，说：'这是影印第一部，我很少在自己的书籍上盖印的。'"欢喜之情，溢于言表。

那几个月里，胡适不停分送"宝贝"给友人，赵元任、李方桂、董作宾、高天成……都得了一部。他还特别送了时任"总统府"秘书长的张群一册当生日礼物，并有信一封：

近日我影印了我的《乾隆甲戌脂砚斋重评石头记》，送上一册，补祝老兄的大寿。这是世间最古的《石头记》写本，得中央印制厂用朱墨两色套印，颇能保存原本的样子。

还是欢喜，还是得意。过两天，张群复函致谢，胡适又说："我想赠一部给介公和蒋夫人，倘蒙老兄代为转呈，不胜感激！"

　　到了暮秋十月，分身宝贝都送光。来年春天二月，胡适也走了。正身宝贝据说先寄藏康乃尔大学，然后有一天突然成了上海图书馆馆藏。是购是赠？世人莫知，台湾人少有兴趣知。

用三十年热情追踪一本书

新书可贵，因为天地广阔，知识难得；旧书可爱，因为人间有情，相逢即缘。如今有一本新书，讲的却是旧书之事。一方面告诉你一个科学典范的递嬗过程，另一方面更带着你走遍世界角落，拜访各个图书馆、藏书家，四处追索可能"没人读的一本书"的下落。这样"上穷碧落下黄泉，动手动脚找东西"的一本书，既可贵又可爱，我们应该称它为什么呢？称什么都没关系，但，这肯定是一本有趣的书。

《追踪哥白尼：一本彻底改变历史但没人读过的书》（*The Book Nobody Read:Chasing the Revolutions of Nicolaus Copernicus*）就是这一本书。妙趣横生，寓意深远。

此书出版于二〇〇四年，但其缘起，则要回溯到将近六十年前的一九四六年。彼时大战方结束，一名叫作金格瑞契（Owen Gingerich）的十六岁美国少年，跟着父亲和一群牛仔，驱赶着一大批牛只，搭乘货船远赴波兰，执行基督教会与联合国共同发动的"小母牛援助计划"，为历经战乱，千疮百孔的波兰重建尽一分心力。

十多年后，少年已贵为哈佛大学天文学教授。偶然机会里，他读到匈牙利作家柯斯勒（Arthur Koestler）所写的《梦游者》

（*The Sleepwalker*）。这是一本讲述早期天文史的书，作者为了提高开普勒（Johannes Kepler）的地位，刻意贬低哥白尼跟伽利略的地位，认为哥白尼那本被世人视为"改变历史的书"：《天体运行论》（*On the Revolutions of the Heavenly Spheres*），根本是一本"没人读的书"。

对于哥白尼故乡的印象，对于柯斯勒说法的疑问，像是两颗种子，深深埋藏在金格瑞契的内心。一直等到一九七〇年左右，也就是哥白尼五百岁冥诞（一九七三年）前几年，始终困惑不知能为本行祖师爷哥白尼的大日子做点什么的他，在英国爱丁堡的皇家天文台，翻读到一本注记得密密麻麻的《天体运行论》，又一人生的偶然，促成了内心种子的萌发。他于是决心找到所有现存原版的《天体运行论》，仔细看看，哥白尼这本书，到底是否真的是没人读的一本书？

事情发微如此，相对于"发现新行星"、"观察星云爆炸"，这位哈佛天文学教授似乎很有些小题大作，向后不向前之嫌。然而，他却硬是花费了三十年的人生岁月，从丹麦到中国，从葡萄牙到爱尔兰，从澳洲到俄罗斯，从瑞士到美国，竭尽一切可能，把世界上现存的《天体运行论》第一、第二版的下落，一本一本查出来，并且翻读一过，整辑排比，镜别源流。最后在二〇〇二年写成了《哥白尼运行论研究与评注（初版与二版）》（*An Annotated Census of Copernicu's De Revolutionibus*）这样一本深受学界赞赏的科学史兼书志学的专业著作。《追踪哥白尼》则是该书副产品，类如电影的幕后故事（Inside story），记录了这三十年中，整个追寻探索的经过。

因为是"幕后故事"，所以此书充满幕后传奇（或说八卦）。

功不唐捐的一点是，金格瑞契如愿证明《天体运行论》绝非没人要读的一本书。他在全书最后痛快地大声宣告："（柯斯勒）大错特错！"历史上拥有或读过这本书的，包括圣徒、贵族、藏书狂、地痞流氓、音乐家、电影明星和医界人士。现在残存六百多本的分布，则遍及包括亚洲日本、中国、菲律宾在内的四大洲数十余国家。相当程度上，说明了"私人藏书"对于文物保存的贡献，以及天主教会对于知识传播的助力和阻力。

更重要的是，透过天文学家收藏和眉批注记过的版本，金格瑞契追索出了"太阳中心论"从出现到被接受的漫长过程。一个"新典范"是如何先在一个小圈子中扩散蔓延，天文学家的手泽本如何在辗转更迭中，形成一个"隐形学院"，攻防论辩造成危机，也逐渐形成共识，让天主教会充分感受其威胁，最后不得不出面禁绝。而这已是从哥白尼（一四七三——一五四三）到开普勒（一五七一——一六三〇）、伽利略（一五六四——一六四二），整整两代人的事了。就此而言，金格瑞契不愧其专业，隐约呼应了著名科学史家库恩（Thomas Kuhn）的典范说法，《科学革命的结构》（ *The Structure of Scientific Revolutions* ）的影子微光闪现。

只是，就普通读者而言，阅读此书的最大乐趣，恐怕还是其中的侦探推理成分。看着哈佛老教授上法庭作证，侃侃而谈如何判定善本书价，如何以其版本知识折服两造，神乎其技地从书名页的一个蠹虫蛀孔中，立即看出古书归属，不免令人兴致勃勃，拍案叫绝。再如跟随很有些疯魔的老教授遍游四大洲图书馆，报出"哈佛"名号，独享尊荣，登门入室，亲手碰触一本又一本常人难得一见的珍本古籍，再从其批注笔迹中，解答出一个又一个的谜题，串联起点滴的线索，最后终于让真相大白于世。其精彩之处，同样不输给福尔摩斯探案，甚至兼具"CSI 犯罪现场"的刺激感。

"好书太多，时间太少"，尤其是在一个信息爆炸，新书如潮涌现的时代里，"什么书值得一读"确是一个大问题。"知识性"与"娱乐性"，往往是鱼与熊掌，很难得兼，幸而包举，肯定值得一读——《追踪哥白尼》正是这样一本书，拨出时间读一读，肯定有收获！

吓坏了克林顿总统的那一本小说

一九九六年一月某日中午，美国首都华盛顿某泰国餐厅。

海军部次长丹齐格（Richard Danzig）带着助理贝柯斯基（Pamela Berkowsky），与国防部助理部长约瑟夫（Stephen Joseph）相约午餐。这次午餐的另一位主角，是《纽约客》（*The New Yorker*）杂志专栏作家，也是畅销小说《伊波拉浩劫》（*The Hot Zone*）的作者普雷斯顿（Richard Preston）。两位部长与他餐叙的目的有二，一是希望透过他的影响力，辗转说服军方同意波斯湾地区的美军接种疫苗。其次则是想了解，他正在写什么呢？

进餐气氛良好，讨论热烈。普雷斯顿爽快地答应跟陆军副总司令葛瑞福将军夫妇共进晚餐，并说好会赠送一本《伊波拉浩劫》给葛瑞斯福太太，让她了解病毒的极度危险，从而影响将军，使答应下令美军官兵接受注射炭疽热疫苗，以便反制伊拉克的可能攻击。

接下来，话锋转到普雷斯顿的下一本书。约瑟夫早有耳闻，普雷斯顿正在撰写一本关于生物武器攻击的书。由于其中可能涉及敏感国防机密，因而迫切想知道内容大要。只是，普雷斯顿不太愿意谈这事，仅含糊其辞地说，新书与恐怖分子细菌攻击有关。丹齐格闻言后建议，能否不要以小说形式发表，以免引发大众过度恐慌？普雷斯顿解释了实际困难：若以"非虚构"形式发表，便得注明消息来源，偏偏这书的许多消息来源，都是无法具名的。双方相谈甚欢，但没有太多结果，包括后来葛瑞斯福将军还是反对接种疫苗一事。所以，普雷斯顿继续写他的小说去了。

事实上，关切这本小说的，不仅美国军方。曾协助普雷斯顿撰写《伊波拉浩劫》，同时让他产生新书灵感的美国著名微生物学家，也是诺贝尔奖得主的莱德博格（Joshua Lederberg）在得知他将以"恐怖分子以生物战剂攻击大城市"为故事主轴时，便曾力劝他放弃，原因也是担心挑起平民大众无谓的恐惧。甚至联邦调查局人员也曾来关切，最后普雷斯顿答应把"炭疽热杆菌"改为"经过基因改造的超级病毒"，以加强虚构成分，降低其真实性。

为什么美国军方跟情治单位如此关切这本书呢？这跟当时美国国内外情势有着密切关系。

一九八九年十一月柏林墙倒塌，一九九一年苏联瓦解，冷战结束。然而，西方盟国的噩梦也从此开始了。冷战时期，东西方长期军备竞赛，双方都制造、储存了大量的武器装备。如今苏联解体，这些分散储存在各个加盟共和国里的军备，其管制状况如何？会否在动乱中，被私运出境，变卖给类如朝鲜、利比亚、伊朗、伊拉克等这些美国人口中的所谓"流氓国家"呢？这种担忧绝非没有道理。日后证明，苏联瓦解时，乌克兰总共部署了一千枚 X-55 巡航导弹，这种导弹射程远达三千公里，按照计划，其中半数应该归还俄罗斯，另一半则予以销毁。

然而，某些不肖的前乌克兰政府官员后来却硬是偷偷将其中的十二枚卖给伊朗。

问题还不止于此，武器之外，制造武器的"人"，更是状况连连。由于民生凋敝，经费紧缩，苏联国防研发单位纷纷裁并，研究人员流离失所，自谋生路。具有制造核子、生物武器能力的专业人员，正不断移居到一些急于有所突破而愿意提供优厚待遇的国家。二次大战后期，美国制造原子弹，很大一部分靠的是为了逃避纳粹迫害而落脚美国的犹太科学家。如今旧戏重演，首当其冲的，却很可能是美国本身了。

一九九三年一月克林顿总统入主白宫，三十五天之后，纽约世贸大楼发生爆炸案，恐怖分子引爆了一辆转载一千二百磅炸药的卡车，导致六人死亡，一千余人受伤。纽约最精华地带一片烟雾弥漫，陷入黑暗之中。美国本土遭受恐怖攻击，这当然不是第一次，但由于发生在动见观瞻的纽约市，加上死伤颇有，因此格外震撼人心。

恐怖分子改变攻击策略，直接以美国本土为目标。这当然是美国政府所担心的。但私底下，他们更害怕的是，万一用来攻击的不是一般炸弹，而是生物武器，那该怎么办呢？当年十一月，卫生部举办了一次代号"Civex'93"的演习，测试纽约市遭受炭疽热杆菌攻击的反应能力，结果证实纽约市的防护极其脆弱，一般百姓几乎毫无招架之力。

与此同时，有关伊拉克病菌工厂的传闻不断出现。两相联结，于是，无论美军或美国本土遭受生物武器攻击的可能性似乎越来越高，深刻了解全盘状况的莱德博格不断敦促国防部把平民百姓纳入生物战防御系统之内，原因一如他在写给当局的信中所警告，生物武器已经扩散，"纽约和华盛顿是全世界最肥美的目标。"——他万万没想到的是，东京比纽约和华盛顿早了一步。

一九九五年三月二十日上午，东京地铁遭受恐怖攻击，奥姆真理教恐怖分子在五列人群拥挤的通勤列车上施放沙林毒气，造成十二人死亡，五千余人受伤。这一恐怖攻击，让美国官员看得胆战心惊，终于开始重视恐怖分子生化攻击这一议题。谁知就在一个月后，俄克拉荷马城的联邦大楼又遭到炸弹攻击，造成二百人死亡，包括许多儿童。几天后，有人威胁要在复活节周末以化学武器攻击迪斯尼乐园，联邦调查局全面戒备，幸而证实只是虚惊一场。

一九九四年，普雷斯顿的《伊波拉浩劫》出版，始终高踞《纽约时报》畅销书排行榜之首，这跟当时风声鹤唳、草木皆兵的"病毒攻击热"不无关系。以他的写作能力跟专业背景，各方关切他接下来的新书内容，及其可能引发的震撼，也是可想而知的了。

普雷斯顿出生于麻州康桥，长在波士顿。在普林斯顿大学攻读学位时，受到《纽约客》作家麦克非（John McPhee）的教导与启发，下定决心要当个专业作家。一九八三年获得英美文学博士学位后，随即展开写作生涯。

普雷斯顿虽然出身文科，却以非文学创作著称，尤其科普书籍写作，为他带来了极高的声誉。雷普斯顿每次写作，事前总要极尽所能地采访相关人士，大量阅读资料，感受其所感受，了解、判断可能的状况。采访、阅读过程中，还勤做笔记，据他自称，每本书平均得用掉六十本笔记本。正式写作时，他会不断打草稿，一再改写，有时光一二章篇幅，就写了二十来次，直到感觉对了为止。

　　凭借敏锐的观察力以及如此认真的写作态度，普雷斯顿很快便从《纽约客》崭露头角，成为耀眼的作家。虽然著作不多，写作速度也不算快，他却因为其作品而陆续获得了美国物理学会奖、美国科学协会西屋奖、麻省理工学院麦克德莫特奖（人文类），也是惟一获得美国疾病管制中心颁发"防疫斗士奖"的非医疗人士，甚至，美国天文学会还以他的命字来命名一颗小行星。

　　一九九七年，普雷斯顿的新书完成了。透过分子生物学家文特尔（J. Craig Venter）的推荐，当时正因绯闻缠身的克林顿总统急忙找到这本名为《眼镜蛇事件》（*The Cobra Event*）的小说一读。据说为了这本书，克林顿连着两晚彻夜未眠，先是欲罢不能，畅读了一整夜，隔天却又因其内容而焦虑得睡不着觉。他甚至在白宫国家安全会议里，特别提到这本书，询问其可信度，包括恐怖分子能否透过基因改造方式，量身订制出一种特别的病毒？纽约遭受生物恐怖攻击的几率，乃至普雷斯顿到底是如何获得这些讯息的？相关官员被问得哑口无语，允诺"会找一百个上校在明天清晨以前读完这本书。"第二天，一份报告送达白宫椭圆形办公室桌上，说明此书并非根据政府机密文件写成，但书中情节理论上可能会出现在现实生活之中——话说得很含蓄，但已够克林顿吓坏了。

　　受到此书刺激，克林顿总统陆续召开各种会议，深入了解美国生物战防御系统状况，了解得越多，他便越担忧。其急切之情，可从他在一九九九年二月接受《纽约时报》专访得见一斑。他毫不讳言地透露本·拉登可能已握有生物武器，未来几年内，恐怖分子很有可能对美国本土发动生物攻击，因而警告所谓的"流氓国家"跟恐怖分子，若有谁胆敢以细菌攻击美国，美国至少会回以等比例的反击，甚至是不成比例的报复。他也誓言将动用军方、执法单位、研究机构，以及公共卫生体系的一切资源与力量，以防范这一迫切的危机。剑及履及，说到做到，隔天，克林顿果然向国会提出了一个一百亿美元的预算案，以备打击恐怖主义。其中二十八亿将用以强化公共卫生系统、训练紧急应变人员、研究危险病毒、研发新疫苗以及侦测辨识罕见疾病技术等等。

二〇〇一年九月十八日，"九一一事件"过后一星期，全美国惊魂未定，余悸犹存。有人从新泽西州特伦顿附近的一间邮局，寄出了一封装满干燥炭疽粉末的信件，收件人是国家广播公司的新闻主播汤姆·布罗考（Tom Brokaw）——噩梦成真，美国遭受生物恐怖攻击！"克林顿的战栗之网"随即发挥防护作用，在病菌扩散之前，控制住了情势，让美国不致陷入雪上加霜的困境。《眼镜蛇事件》一书以及普雷斯顿在书中最后所引用希腊史学家修昔底德（Thucydides）的名言，也因此深深烙印在许多人心中：

希望是一种昂贵的商品，提前准备总是对的。

时代往哪里走？通俗就往哪边去！

出版的多元化与"类型阅读"的深化，有着密不可分的关系。台湾推理小说一脉，自上个世纪七〇年代《侦探》、八〇年代《推理》杂志鼓动风潮，以刊养书，而于九〇年代，自东徂西，由东洋推理小说逐渐扩张到西洋类型推理，从本格派、社会派、冷硬派、历史推理，一路扩张到警察办案程序、法医凶案现场，终而于新世纪蔚为浪潮，惊涛拍岸，成为最红火的类型阅读。二〇〇六年被业界人士戏称为"疯狂推理年"，据非正式统计，几乎每一到二天，便有一本新的推理小说出版问世。

杀头生意有人敢，赔本生意没人玩。从经济学来说，此之谓"需要决定供给"，推理小说的兴盛，证明其阅读人口的扩张。台湾读者越来越爱读推理小说，且是越来越血腥的推理小说，到底说明了什么呢？

若说阅读是一种替代，潜意识里无法满足的欲求，透过阅读的洗涤、净化，从而获得纾解与发泄。七〇年代的工厂女作业员向往梦幻一般的罗曼史，所以琼瑶翩翩正当行；八〇年代的白领、学生族企望走出台湾去天涯流浪，所以三毛引领一时风骚。推理小说所推之理，无非"命案"，本质即是"杀人"。

台湾人如今喜欢看杀人游戏，连广播名 DJ 都成为"连续杀人魔专家"了。证诸新世纪里台湾的政经紊乱、治安败坏、贫富差距拉大，谋生大不易的压力，或许让每个人都有一肚子"暴力"想宣泄，满脑子期待"正义与公理"获得伸张吧。现实的不可能，转而于阅读之中求得。然则，推理小说的当道不衰，或恐还得继续好一阵子才是吧。

阅读脱离不了社会的脉动，每一位作家，尤其以最大多数人阅读为目标的通俗小说作家，对于社会脉动的掌握，乃至引领，更显得重要。共鸣者生，走调者亡。几乎就是畅销作家的宿命。《偏执狂》（*Paranoia*，中译本由脸谱出版）作者约瑟夫·芬德（Joseph Finder）正是这样一位善于体察时势，求新求变的畅销作家。他的写作，从间谍小说入，从企业惊悚小说出，性格上，则不失推理小说本色。

芬德生于一九五八年，在阿富汗与菲律宾度过童年。耶鲁大学毕业后，进入哈佛大学俄罗斯研究中心就读，一直到现在，都还是《纽约时报》、《时代周刊》、《华盛顿邮报》撰稿人，专门撰写国际关系解析文章，且保有美国"退役情报官协会"会员身份。一九八二年，他改行写小说，处女作是描述 KGB 与戈尔巴乔夫对抗，造成苏联瓦解的预言小说《莫斯科俱乐部》（*The Moscow Club*），一炮而红，征诸其出身背景，其实也不太令人意外。

即使跟间谍小说天王勒卡雷（John le Carre）一样，身上可能流着真实的蓝色间谍血液。但写作与出任务，毕竟是两码子事。出身好，不过比别人先得到一张度牒，成仙成佛？还得看自己的修为。芬德大概对此深有理解，因此，就算一出手便自不俗，受到各界瞩目，但他还是小心翼翼，不肯多产。相对于其他畅销天王天后，每年一本甚至组成写作班子，以生产线方式宁滥勿缺大出其书。芬德二十五年的写作生涯里，总共只写出了八部作品，平均每三四年才写一本。每一本写作之前，他总要耗费大量时间搜集、研究、访谈各种资料。前四本从中情局的卧底间谍写到 FBI 的跨国政治谋杀，从苏联的权力斗争写到猎杀恐怖分子。如此珍惜羽毛且顺应世界局势变化的写作方式，为他博得了不少掌声，也闯荡出自己的一片天地。

只是，一如所有间谍小说作家所碰到的困难一样，上个世纪末，冷战结束，苏联瓦解，使得间谍小说顿时丧失了"邪恶帝国"标靶，瞬间陷入"为何而写？以何为敌？"的困惑之中。许多作家刀锋一转，将目标指向了恐怖分子、毒枭，乃至日本等国的新兴威胁等，但似乎都未竟全功。转型换挡的不易，在在考验作家的才情，汤姆·克兰西（Tom Clancy）的千呼万唤无所出、勒卡雷的欲振乏力，自是锐气消沉的例子。然而，芬德却在二〇〇四年之时，从容抽梁换柱，将其小说场景由"一切独占的国家"转变到"足以购并国家的企业"，陆续写出了《偏执狂》、《组织杀人》（Company Man，中译本由脸谱出版）、《杀手本能》（Killer Instinct）三书，且依然笑傲江湖，深受好评。

关于企业科层组织的压迫疏离、商场之间尔虞我诈的猎杀购并，很早就有人以此为类型，写出所谓的"商战小说"，然而其格局总是脱离不了财经波动、金融操作、白领犯罪等等。芬德的高人一等，乃是将"企业"的位阶提高到"国家"层次，让企业之间的明争暗斗，成为具有改变或反映社会现实面貌的力量，从而将间谍小说中的各种惊悚元素、诡计手法，一一摆布入局，让人读得如痴如醉，欲罢不能。——作为一名畅销小说作家，从"体察时势"到"浪头弄潮"，芬德的才气，确实当得"聪明而准确"一词。

我们花了十分之九的篇幅，兜圈子谈推理小说，介绍芬德其人其事，却无一语提及《偏执狂》内容，自是囿于推理小说之行规：凡介绍作品者，不得泄露其关键情节。但即使如此，我们依然可整理出几个重点，用以彰显此书之独特：

一、当"血腥"已然成为推理小说主流之际，这部小说从头到尾却只死了一个人，并且还是病死的。此书却不因此而"贫血"失色，相反地，第一页开始，读者便被吸引入局，一步一惊，老是觉得接下来就会要人命的。

二、从"间谍"而"反间谍"，从"反卧底"而"反反卧底"，间谍小说的本质，无非身份的迷失。在企业对决之中，这样的元素该如何铺陈得如羚羊挂角，不露痕迹？是为此书一大关节。作者却硬是有办法牵着读者的鼻子走路，直到最后一刻。

三、小说不离人生，好的小说深刻反映人生。浮生若戏，人生如歌。"人间事事不堪凭，但除却无凭两字"，一本通俗小说而能尺幅千里，让人于情节之外，浮想联翩，其功力当也不可小觑矣。

总之，阖书终卷，你不免对作者的才情巧思多所佩服，相信即使不透过"血腥屠戮"的阅读，也可快浇块垒，得纾郁结，但更可能的是，你的内心里，对于那些每年营业额远胜世界多数国家总预算的跨国大企业的冷酷无情，深有体悟，从而打从心底滋生出某种厌恶的情绪。而这，或许才是芬德最想要的，如此这般，一个新的"邪恶帝国"正在成形之中，不是吗？

关于纸房子里的人

之一

萧伯纳说："人生有两种悲剧，一种是得不到心之所爱，另一种是得到了。"（There are two tragedies in life. One is not to get your heart's desire. The other is to get it.）纸房子里的人的悲剧，属于后者。

之二

关于藏书，始终争论不休的一件事是：到底要不要读？小说家 E.M. 佛斯特相信"读比藏重要"：

书中真正重要的，是里面的——文字，生命之美酒——而非装帧或印刷，不在于版本价值，更非藏书狂所引以为珍、未裁切的毛边。

哲学家本雅明（Walter Benjamin）则显然认为"藏比读重要"，甚至说"不读书是藏书家的特征"：

曾经有个庸人赞美了一番阿纳托尔·法朗士的书房，最后问了一个常见的问题："法朗士先生，这些书您都读过了吧？"回答足以说明问题："还不到十分之一。我想您也并不是每天都用您的赛佛尔（Severs）瓷器进餐的吧。"

纸房子里的人既藏且读，把每一本书的书眉、空白之处，都写满了心得。他不与俗同，他金钱、心力两抛，忧爱结缚，无有解时，悲剧于是几乎注定要发生了。

之三

盖纸房子的方法有二，一种是有形的，你可以不断地购买、收藏各式各样的书籍杂志，被印刷上了文字的纸张，最后四壁皆书，环堵典籍，纸房子渐渐成形；另一种是无形的，你可以不停地阅读到手的书籍，吞噬入目的文字，读到你记忆不堪负荷，于是必须笔记下来，一本、两本……"搜、读、写"三位一体，然后，有无相通，你亲自设计、只有你能自由进出的纸房子也就宛如人间乐园，巍然耸立了。

之四

纸房子是人间乐园，却超乎人间之外。原因在于它是以"字纸"搭盖而成的。字纸有灵，人所尽知。四方上下曰宇，古往今来曰宙。生而为人，只要有钱有闲有心，"空间"限制不大，然而，"时间"的拘缚，却为凡人所不免。时光一逝永不回，往事只能回味。逝者如斯，谁也没办法。此世间惟一能穿梭时空往来，纵横古今无碍的，舍"字纸"无它。但丁、司马迁早逝矣，但凭借汇聚成《神曲》《史记》的一张张字纸，两人英灵不泯，音容宛在。字纸有灵，此所以仓颉造字之日，"天雨粟，鬼夜哭"的原因；字纸有灵，此亦所以纸房子里的人自乐其乐而不能之时，"字纸"便转而成为"咒符"，且是无解的诅咒之缘故。

之五

阅读是一种解码的过程，此一过程，既是消解，也是累积：不停拆解的同时，也在不断地识别，化旧砖为新砖，一块块叠成新墙，造出新屋。读得越多、越深，造的房子也就越高、越大。"译码"所凭借的是"系统的记忆"，只是此一系统未必稳定，心理、生理因素，尽皆可能造成影响，一旦系统不稳，译码无能，风吹雨打之下，墙倒屋倾也就不可避免了。纸房子里的人意外失去其编目索引，已经得到了的"心之所爱"，瞬间消失无踪，满室典籍，一无可解，"你可以得到我的身体，却永远得不到我的真心"，通俗肥皂剧的台词，于是成了字纸迷宫里阴森森的告白了。

之六

贯穿《纸房子里的人》的线索是康拉德的《阴影线》(*The*

Shadow-Line），康拉德是实，《阴影线》是虚。如果你也想译码，也想盖起一栋纸房子，或者可以这样想想："阴影线"之划定，始于"黑暗之心"（Heart of Darkness）。欲望是更自然、更基本、更有力的，它潜藏在人心之中，与原始自然相呼应，无坚不摧。"人在爱欲之中，独生独死，独去独来。苦乐自当，无有代者。"顺藤摸瓜，漫漫追索的结局，"恐怖啊！恐怖啊！"（the horror. the horror.）于是成为纸屋里的人沉默的遗言，于白纸黑字之间载浮载沉了。

之七

不是很有名却很好的美国小说家萨洛扬（William Saroyan）讲过一个故事：有名少年几乎天天到图书馆，却终日望书，只是眺望浏览，并不把书抽取入手。管理员很好奇，终于忍不住问他：你不读书，整天在这里看什么？少年回答：太难了，实在读不了。但书里装满了世界上千奇百怪的事情，这样望望也像是在探险哩。管理员闻言大笑，那你就看吧。——阅读是危险的，纸房子或即火宅。有时候，随缘闲看更安全。书各有命（Habent sua fata libelli），实在不用担心它会怨你！

基地的想象

关于时空旅行，人类曾经有过许多想象，无论"回到未来"或"走过从前"，真正最接近的，只有"阅读"这件事。阅读让人得以自由穿梭时间、空间之中，上下千亿年，纵横百万里。大至宇宙未生前的面目，小到人类基因符码序列；远的像侏罗纪恐龙大灭绝，近的如同时代作家的碎碎念——只要你愿意，拿起一本书，随时都能走出去、走进去旅行窥看一番，直至倦而后还。

那么，图书馆或书斋，就应该算是时空旅行的"基地"了。基地应该包括哪些设施？如何盖？怎样搭配？有哪些范例足为参考？甚至，隐藏在基地硬件背后的"理念"、"本质"又是什么呢？光想象这些，就已够叫人兴奋的了。更何况，如今还有一个娴熟"基地"乃至"时空旅行"的专家要来为我们解答这些问题。

阿尔维托·曼古埃尔（Alberto Manguel），一个全世界爱书人都不陌生的名字，更是许多人认为，其甘醇度更在艾柯（Umberto Eco）之上的书人。自从十六岁时成为盲眼诗人博尔赫斯的朗读小友之后，曼古埃尔在心灵上就不曾与这位前阿根廷国家图书馆馆长、写过《巴别塔图书馆》的魔幻写实小说家分离过。甚至，我们可以相信，相当程度上，这本书他依然还是在向那位已逝的老友致意。"我心里一直在暗暗设想／天堂应该就是图书馆的模样。"曼古埃尔肯定举双手赞同博尔赫斯这句名言的。

此书原本想取名《在自己房间里的旅行》，却因早在两百多年前就被用过了，乃改以《深夜里的图书馆》（*The Library at Night*）定名。但无论前者或后者，其基调都有些哀伤。哀伤根源自于"生也有涯而知也无涯"的喟叹，以有涯追无涯，即使不用走出户外一步，这番追求终归注定要失败的。"夜深人静时，我从日常的束缚中解放出来，眼睛和手恣意在整齐的行列中漫游，恢复了混沌状态。……如果早晨的书斋象征这个世界一本正经且相当自以为是的秩序，那么，夜间的书斋似乎就沉浸在这个世界本质上混沌的一片欢乐之中。"苏东坡说："人生忧患识字始"，王国维感喟："人生过处惟存悔，知识增时只益疑。"大约他们也都曾像曼古埃尔一样，在夜晚的书斋里摩挲、畅读过一本又一本的新旧书本吧。

只不过，即使命运早定，曼古埃尔却仍深信，"探索本身"就是值得的、自有其意义，所以决心写下这本关于人类探索的故事。他从神话、分类排序、空间设计谈起，旁征博引，溯及埃及、希腊、阿拉伯、罗马、中国一直到Google，娓娓道来，旧学深邃，新知加密，《阅读史》里那个让人着迷的"说书人"，一下子又跳到我们眼前了。曼古埃尔的好，不仅在于他的记忆力，总是能指出别人所看不到的历史角落，告诉我们这个有多么好玩；更在于他的想象力，像图书馆／书斋的"岛屿性"、"藏书的遗忘"、"想象的藏书"，乃至如何"以书海为家"这样充满趣味却不好捉摸的东西，可不是谁都能说得清楚的。

"有的书，我们乐得翻过就好，读了后一页就忘了前一页。有的书，我们读来敬谨以对，未敢妄加置喙……更有的书，止住了我们置喙的妄动；因为这些书，我们爱之久、之深，可以逐字复诵；因为这些书，我们读得都烙在了心版上面。"这是曼古埃尔在他另一本名著《阅读日志》里的一段话，拿来形容他的中文新书，再适合不过了。这本书，未必能让每个人都爱深读久逐字复诵，却肯定可以"止住我们置喙的妄动"，因为他的博学、他的想象力。甚至，在读到"来访的客人常问我是否读遍所有藏书，通常我的答复是：我肯定翻过每一本。事实上，无论书斋大小，未必遍读方有用。每一个读书人都是从知与无知、记得与遗忘之间取得均衡而受益的。"这样通彻的话语时，我们更会相信，这人不仅是位学者，毋宁更接近智者了。

"夜已深了，外面下着大雨，我睡不着，于是晃进书斋里，从书架上抽出一本书来读。遥远的地方的一座断垣城堡，堡内阴影处处，寒风从城垛门窗裂缝吹了进来，里面住了一位有名望的年老伯爵……"混乱的时代里，人人都需要有个基地，基地让你休养整备，得以重新出发，无远弗届无涯限，人生也因此有了更多转圜的余裕。所以，如果你有一间房，酒柜可以不要，书架不能不多！

不要摆脱这本书

　　"对话"似乎是西方较为熟练的一种沟通模式。两个人站在平等地位，倾其所知，你一言我一语，有时抬杠，有时咏赞，喋喋不休，其乐融融。西洋传统里，此事其来有自，可远溯自苏格拉底教学法（Socratic method）、柏拉图《对话录》，到了近世十七、十八世纪，"沙龙"兴起，那就不仅对话，更且有机智美貌的女主人充当引言，好让野马顺缰，话不离题。

　　东方人不时兴对话，重的是"语录"，成篇累牍的"子曰"，努力宣扬自我理念。偶见"答客问"一类文体，那也仅是周伯通的把戏，一人分饰二角，自问自答，目的与语录相似，都是有沟无通，只灌不汲，单向道式的。语录不容人插嘴，若想介入，仅能"批注"、"笺释"，以己之心，揣摩圣人之意，代圣人发言耳。

肯定行的对话

　　或许因为这一传统背景的差异，遂致不少中文读者，读起"对话"形式的书籍，总有格格不入之感，甚至觉得芜杂无根，抓不到重点。实者，好的对话宛如"从山阴道上行，山川自相映发，使人应接不暇"，或者说，就像一本杂志，也许无法讲得太深入，但总能让你的视野开阔起来。运气更好的时候，吉光片羽的洒落，只字词组的点醒，竟能让人顿悟猛醒，豁然开朗，得见一片朗朗晴空。——当然，这还得看对话的是什么人？若是安伯托·艾柯（Umberto Eco）与尚-克洛德·卡里耶尔（Jean-Claude Carrière）的话，那肯定行！

艾柯大名满天下，才情高妙，意趣深远，乃达芬奇一脉的"文艺复兴人"（Renaissance Man）。他既是学者，也是小说家，能写专业人士才看得懂的符号学论文，也能创作出雅俗共赏的畅销小说、随笔文章。更重要的是，对世界充满了好奇心，任何新玩意出现，他总要设法看一看。一九八〇年代，个人电脑方才出笼，他即刻搬了一个回家，埋头玩了起来。那时，他五十出头，现在都快八十了，依然兴致勃勃，与网络为友，乐此不疲。

这样一个似乎只能"采访"，只可"我说你听"的大师级人物，又有谁能与他"平等"对话呢？卡里耶尔大概是少数之一了。

卡里耶尔比艾柯大一岁，是西班牙导演布努埃尔最欣赏的编剧，也是法国国家电影学院创始人。他写过七个舞台剧，三十本书，八十个电影剧本。米兰·昆德拉（Milan Kundera）的《布拉格之恋》（*The unbearable lightness of being*）、君特·格拉斯（Gunter Grass）的《铁皮鼓》（*The Tin Drum*）都亏他出手，方得在银幕绽放光芒。与他共事的，布努埃尔之外，英国的彼得·布鲁克（Peter Brook），日本大岛渚，均属大师级人物。此人虽以电影、戏剧著称，实乃狄德罗之流"百科全书式人物"，关于这点，从他能将印度史诗《摩诃婆罗多》改编成剧本，还可与高僧对话佛学，即可略窥一斑。

势均力敌，相激相荡

卡里耶尔得以跟艾柯平起平坐，呛声吐嘈毫不在乎，随声附和不卑不亢，多年交谊之外，根本原因还在于两人都是重量级的书痴，嗜书如命，家中收藏，无论质量，差可比拟。论学识之渊博，见识之多广，只怕谁也不输谁。也因此，谈起"书与阅读"这件事来，势均力敌，相激相荡，你一个掌故，我一件往事，唇枪舌剑，妙趣横生。内行的，自有门道机锋可看可想，对西洋文史不是那么娴熟者，光撷拾两位老先生的如珠妙语，也可闹热滚滚了。

《别想摆脱书》浩浩荡荡，尺幅千里。两位老先生上下千余年，纵横了无碍，先从电子书谈起，论及最红火的纸本书命运，然后由文化载体的变迁、信息与记忆的过滤、被遗忘的作家与作品、搜罗珍本古籍的经验、珍藏之最爱、虚荣的出版与文本所见的蠢话……一路谈到禁书封网焚书、藏书的整理，乃至最后身为爱书人几乎都必得告白的"人死了，书怎么办？"信手拈来，不是故事，就是学问；机智幽默，遍地开花，让人叹为观止。然而，其言外之意，或说智者之所以为智者的本质，或更有值得一谈。

电脑兴，网络起。人类以十倍速往前冲决，信息不停爆炸，既有知识体系正在逐渐消融重整。从另一个角度来看，此前一个知识人的生命，"过去"、"现在"、"未来"三等分，均衡缓慢前进。如今形势丕变，"未来"一直来，"现在"仅能招架，"过去"则被遗忘在用后即弃的信息废堆之中。换言之，身处信息革命之中的现代人不停向前看，拼命"更新"，不断压缩"现在"，认定"未来"就是答案，毫不在乎或说不自觉地竟与"过去"断裂了。此种断裂所带来的结果，便是往往以"有限的视野"去论断时代的趋势，用白话说，就是"短视"！

艾柯与卡里耶尔的对话，最让人印象深刻地，或由于其年纪，但更可能是其智慧，就是视野宽广，总能以一个更大的时间尺幅去看待正在发生的事件，从而判断可能的趋向。最明显的，当然就是"书的命运"一事了。

尽管未来学家们信誓旦旦宣称关于未来十五年的"四大预言"：一、原油价将飙升至每桶五百美元；二、水资源严重短缺，水将成为可交易商品；三、非洲将崛起；四、书将彻底消失。两位老先生却异口同声反驳："书不会死！"原因是，从历史来看，书历经过一次又一次的焚火浩劫，风吹雨打雪满头，始终屹立不摇。没有理由在这一次里挺不过去。艾柯认为：

> 书就跟汤匙、槌子、轮子或剪刀一样，一旦发明了这些东西，就想不出更好的了。……书已经通过了考验，在同样的用途上，我们看不出要怎样做才能做出比书更好的东西。或许书的组成要素会有所演变，或许那些书页不再是纸做的。可是书终究是书。

卡里耶尔则从其专业立场，回顾磁带、CD、DVD 的变迁过程，再以朋友家中地窖保存了十八部老电脑好播放老电影软件为例，说明了"不停更新升级"的电子产品形式，有多么不可靠。最后更直指死穴发招："未来我们有没有足够的能源可以让这些机器运转，都还是未知数呢。""相对地，当所有视听类文化财产都消失的时候，我们都还可以读书，白天可以读，或是晚上点着蜡烛读。"

多闻阙疑的读书人本色

这种宽广的视野，字里行间随处可见。譬如，两人时不时总会谈到记忆与历史的过滤筛选这件事，不断提醒我们，今天我们所读到的经典，其实是经过时间披沥的，得能存留下来，当然珍贵。但更好的作品，也可能躲不过时间的淘汰，已被丢弃掉了。顺着这个脉络，卡里耶尔又一拳打向电脑：

如果现在我们掌握了一切的一切，不经筛选，我们在终端机上拥有无限量信息，那么记忆是什么？这个词的意义为何？当我们身边有个电子仆人可以回答我们所有问题，甚至连我们问不出来的问题它也知道答案，那还有什么是我们该知道的？当我们的辅助器具什么都知道，无所不知，那还有什么是我们该学的？

仅此看来，两位老先生仿佛是"反科技论者"，其实不然，他们只是典型"不疑处有疑"而已。要不，艾柯也不会斩钉截铁地说，一旦失火，他抢先要做的是"拔下我 250G 的外接硬盘，里面有我这三十年来写的所有东西"。

多闻阙疑，可说是两位老先生的读书人本色，对话精髓所在。因为"阙疑"，于是有了一种宽容，能以更大的胸襟去包容天地万事万物，包括此书最有意思，两人都爱收藏的"荒唐书"，从而"歌颂蠢话"这件事。这些愚蠢的文本，包括过去几百年里关于科学的、政治的、种族的、文学的各种偏见与谬误。这些为人所嘲弄乃至不屑的古籍，早经盖棺论定，又有什么好珍惜的？两人的回答意旨悠远：除了可以审视研究"书的神圣化"这一命题，更重要的，乃是理解"人的限制，人的缺陷"，提醒自己，"我们关于过去的知识来自白痴、笨蛋或敌人"者所在多有。这样做，艾柯说："其实是非常有益健康的。"

"人死了，书怎么办？"这恐怕是所有爱书人、书商或图书馆长都想从艾柯跟卡里耶尔这种重量级的藏书家口中套出答案的一个问题。对话最后，两人也都老实回答了。一个将交由妻子和女儿全权处理，一个仅希望成套藏书不要分散，捐给图书馆或拍卖，都无不可。缘起缘灭，书聚书散，这是书的命运，没什么好说的。但不管怎么散，总也有一两本是一路相随，最后才分手道别的。这种书不多，需得智慧满溢，耐读耐思索才行。读者诸君手边若还没有，容我提醒，你正要看的这本即是，千万不要摆脱！

野在骨子里的冒犯

　　有容易读的小说，有不容易读的小说。容易读的小说，让读者一气呵成，如鹰瞬转盼，往往终卷了，思索才要开始。更可能的是，读完了，气都透不过来，遑论去想，只得一整个让作者牵着鼻子走路。这种作品，类型小说，尤其畅销的类型小说居多。它的功能一如商业电影，消遣多于其它，像桑拿浴，痛快刺激！

　　不容易读的小说，读来宛如"孔雀东南飞，一飞一回顾"，时时逼你思索，让人伤透脑筋。"逼"的方式，或者以艰深晦涩的修辞，或者以极其特殊的叙事形式。但无论如何，开卷之时，某种对话已然开始，作者/读者之间有时情投意合，有时反目成仇，最终也许东风压倒西风或反过来，过程却绝不和谐，很吃力。这种作品，往往文学质量相对高些，像艺术电影，也许不太懂，却让人老想，回味无穷，一如日式"泡汤"，慢慢泡，温醇入肌骨。

　　《大唐李白》不是容易读的小说，而不到"难读"地步。它很有些特立独行难归纳，尤其摆在今日来看。

　　就修辞、叙事而言，乍看《大唐李白》实不易读，因它的文字古雅，对话文言。一般对于古代汉语，或说昔时教养汉文没基础、无兴趣的读者，恐要费些功夫，耐住性子才好进入其语言脉络。然而，这一难，却因其叙事结构"哏"、"典"并用，而被充分抵消了。

私意里，"哏"与"典"的区别，"哏"可以掰，天马行空，天花乱坠，掰得精彩，人人大声说好；"典"是"典故"，只能解说，无法创作。说得清楚，讲得明白，酿成故事，同样让人读得快乐，看得开心。小说是虚构（fiction），"哏"是节点，关乎情节的起伏，节奏的变化，说严重些，小说行不行？"典"可有可无，关键在于梗（关子）卖不卖得出去？

《大唐李白》全书二十余万言，厚达三百八十页，泛泛读去，论情节不过"李白拜师，李白作诗；李白上山，李白下山"，因仅第一册，一切才开始，尚难窥其堂奥，莫说精妙；论收获则因作者清通阐释，才识俱妙，让人于唐朝典章制度、中国诗论字解、古人物用行止，多所领会，长了许多见识，得了许多欢喜，精彩处甚至不得不拍案叫绝。

只是，对于一本小说，尤其暌违多时张大春的小说，我们所期待仅是这样"述而不作"就好了？欢喜认得几个字就够了？我们那位能为将军立碑为四喜忧国，一手打造城邦暴力团，胆敢撒谎的信徒，富贵窑里很有"哏"的欢喜贼野孩子大头春，都到哪里去了呢？

"减法尚未充分褫夺小说活力的那个时代，小说像稗子，还很野，很自由，在湿泥和粗砾上都能成长，它只拥有也只需要第一块拼图而已。"读过《小说稗类》的人，对于这段话当印象深刻。进入小说这一行当，从不自觉到自觉，张大春创作风格一变再变，念兹在兹的信属此言。这段话，点明了两件事：

一、他对小说被视为"小道"这一中国传统多有不满；二、他相信小说自成体系，可以与"正确知识"、"正统知识"、"主流知识"、"真实知识"相抗衡，甚至"颠覆"了事。

为了遂现这一"颠覆阴谋"，以二〇〇〇年《城邦暴力团》为转折点，之前他所使用的武器，乃是外显张扬的"魔幻写实"，炸得满地开花，欣羡尾随者络绎于途；二〇〇〇年之后，他看似回归中国"说部"传统，不停从笔记小说、古典文学汲取养分，先讲后写，可骨子里依然不折不扣是个"大说谎家"。未完成的"春夏秋冬"四部曲，或仅牛刀小试，而《大唐李白》方是他要实践"小说所能冒犯的还不仅是知识而已"这一句话的大手笔。

他的此次冒犯，一言以蔽之，历史学家拿文学当工具，"以诗证史"，相信所求"确然真实"，世人也多翕然景从；他则要拿史学当工具，甚且不时自造工具，"假史为文"，证明"虚构是惟一的真实"，让世人陷入迷糊阵仗，简直不知该拿历史怎么办？而这，或即是《大唐李白》最大的哏，最狂野的一种企图。——当然，前提是全套一定得写完，让读者得窥全豹，别再望断颈脖等无下文了。

请勿担心！大头春犹在，还正野着，只不过随着年龄增长，野到骨子里去了。你得更用心与他对话才行。

我们再也回不去了

《小团圆》摆在桌前，都快一个月了。本来要看，结果没看，最后读了十七页"前言"就先搁下了。原因是，书之外的比书之内还更热闹。

二月中旬吧，天还冷冰冰的。上海朋友来信：祖师奶奶最后一本书要出了，一出来，赶快寄两本给我哪！此事非同小可，急忙查好出书日期静静等待。盼呀盼，两周过去到月底，书未铺，记者会先发布。一干人等排排坐，你一言我一语：这本书为何不出却又出了，本该销毁却又缩手，原因复杂煎熬多多，总而言之言而总之，一切为读者，一切为文学！

政治经济全让开，报纸版面都给这消息占满了。有华人处就有得聊，还没看到书，网络火花早已迸出，大体而言，兵分两路，两路化四方：一是该不该出？二是祖师奶奶还行吗？摸瞎蒙闹了几天，八卦不死，捷报跟着传出：预约红火高居榜首啦、还没发书就再版啦，挺吓人的。等呀等，终于书铺到了店面，一下子买了三本，二本寄出一本自用。上网再看，果不其然，师祖奶奶一出手便自不凡，飞檐走壁，瞬间攻上排行榜最高峰啦。一切为读者，一切为文学！

书本佳人，难得祖师奶奶还魂，供奉书桌上，几天没去碰。

为的是要找出大段时间，洗个澡泡壶茶，好整以暇再来恭读膜拜。书没读，每天夜里可没闲着。网络冲浪到处逛到处看，"古狗大神"一搜索，我的天哪，几十万条目齐发，金光闪闪，瑞气灿烂。祖师奶奶客厅、祖师奶奶吧、祖师奶奶论坛……本自热闹的处所，这下子全炸锅啦。更吓人的是，才几天，"索隐"都出来啦，谁是谁一目了然。事实证明，"人肉搜索引擎"，活人有效，死了照样跑不掉！"乘着拥挤，忽然用膝盖夹紧了她两只腿"，胆敢性骚扰祖奶奶的是谁？"你有没有性病"的是谁？这下子大家全了啦。一切为读者，一切为文学！

索隐乃八卦之母，八卦则是推动人类文明前进的原动力。有了索隐，为了文明，很有点憋不住，正想选日不如撞日，就此读将起来之时，千不该万不该，先收了信，朋友转来台大张小虹教授的告诫：祖师奶奶这书乃"合法盗版"，作为祖师奶奶的忠实读者，"在伤心难过与愤怒之余，也只能以'拒买、拒读、拒评'"，聊表对祖师奶奶写作生涯最基本的敬意。原因是：一、祖师奶奶的文字遗嘱未经"公证"。二、祖师奶奶死得孤独凄凉无人可跟她确认这书要不要出？三、惟一可以确认的是，祖师奶奶还在修改，但终归没能修完。四、祖师奶奶一辈子爱漂亮珍惜羽毛，没修好的东西说什么也不会拿出手。出版社理由再多，毕竟只是"合法盗版"，如今既然无法要求出版社尊重祖师奶奶最明确的交代："应该销毁，不予出版"。也只好怀着孤臣孽子般的悲愤，"拒买、拒读、拒评"，以示伦理，以明是非。一切为读者，一切为文学！

再读友人的评点：祖奶奶一辈子就认这家出版社，可几十年来，祖师奶奶的书，封面丑装帧差版型不好不打紧，好长一段时间，版权页还打迷糊仗，版次注记总是："初版：某年某月某日。这一版：某年某月某日"，谁也不晓得祖师奶奶的书到底印了多少？卖了多少？祖师奶奶过世时，户头只剩两万美金，多少人都觉得事有蹊跷。出版社还出了名难缠，专以"存证信函"伺候祖师奶奶，谁用张照片刊篇旧文章，马上会出事。其他人也就算了，连祖师奶奶亲弟弟舅老爷回忆祖师奶奶也不行，照样给来这么一下，上市的书都得回收……新仇旧恨，一泻千里。这样的出版社，行吗？这书还能看吗？看完信，又犹豫啦。一切为读者，一切为文学！

就这样，书继续摆着。也不是舍不得读，而是舍不得热闹，网络上花样百出浮想联翩的口水八卦，真是有趣哪。最后，堪称当代最是黠慧麻利的上海女作家毛尖出手啦。书评一出，千家转寄，人人都说好：此书"最大的创新就在于它有力地发展出了和群众的关系"，"所以让我们现场问问普罗大众吧，这书应该怎么读？因特网会排山倒海告诉你：验明正身！查明真相！"如今麻烦的是，我书还没开始读，正身却已验得差不多，真相也呼之欲出了。这下子，to be or not to be，那可真是问题啦。但幸好，一如书到最后，祖师奶奶"她醒来快乐了很久很久。"我也快乐了好一些时候啦。书，就等日子凉些再说吧。——这就是读者，像我这种；这就是文学，网络上常有。我们再也回不去了！

阅读像是一场降灵会

阅读像是一场降灵会，很多时候，好的、有趣的作品所能招来的鬼魂特别多。《英格力士》这书名，是新疆腔普通话发音的"English"这个字。或许因为有这层关系的缘故吧。它所招来的鬼魂，也就格外驳杂。洋鬼子、本土角头都来了。先是北京的《动物凶猛》，然后，台湾的《好个逃课天》，美国的《顽童流浪记》、《麦田捕手》纷纷露脸。接下来，德国《少年维特的烦恼》、英国《大卫·科波菲尔》也悠悠忽忽身影飘现。这些鬼魂，都有个名字叫作"我"，在书的第一页时，都还是个纯真的野孩子。后来，从身上丢失了一些东西，到了最后一页，灵魂老去转大人，便再也回不去了。

"转大人"便再也回不去了，或者说，成长是幻灭的开始。《英格力士》所要讲的就是这样一个故事。一九六〇年代，新疆乌鲁木齐一个建筑师家庭里的独生子的成长故事。"文革"中严峻的政治情势当然是全书重点，然而，作者不直写批斗场面、不明讲派系斗争，不花力气去写血淋淋地打砸抢，却只让这头怪兽像块乌云，悬疑地笼罩在全书每个人、每个家庭的头上，不时扑下来吞噬努力过生活、在夹缝中寻找一丝值得活下去的原因的人们。乌云每降下一次，就是一次幻灭。先是建筑师父亲无屋可盖，成天只能涂画伟大领袖肖像。孩子边看边发现说：少画了一只耳朵。父亲用绘画透视理论告诉他耳朵为何不画。儿子方才听懂。下一分钟领导同志来了，也发现少了一只耳朵，下令要父亲补上去。父亲再度解释，却毫无用处，被训斥推倒在地后，不得不画了上去。知识是无用的！幻灭开始，扭曲显形。从此，便是风，便是雨！

从此，便是风，便是雨！离家的父亲，失贞的母亲。无助的儿子将少年孺慕转射到新来的英语老师身上。来自遥远上海的男子，他的穿着打扮，他的留声机，他的英语腔调，甚至连身上所喷洒的香水，都让儿子渐渐着迷了。从拒绝到拥抱，只要一切正常，儿子与老师，或许不难像古希腊的哲人长者与少年一样，在有些暧昧的关系中走过青涩惨绿岁月。然而，不正常的时代里，黑云就在你头上，随时降落。北京的蝴蝶拍动翅膀，乌鲁木齐便下起暴风雨了。混沌的政治最后让每个人不知不觉都接受／变成了自己所害怕的那种人。"每个人天天都在犯法，我为什么就不能犯法！？"当儿子向父亲这样抗议时，恶兆早现，少女敢找人毒杀母亲的情人，少年好友将因一本字典而酿出一死一疯的悲剧，大约也都可想而知了。"心事浩茫连广宇"，这是作者的苍凉怀抱，"于无声处听惊雷"，则是作者的高明手段——当政治成为生活的全部，不讲政治，只讲生活，也可以讲得惊雷轰隆，入耳皆惊！

惊雷轰隆，入耳皆惊！幻灭接踵而至，悲剧一桩又一桩，每一场悲剧都成为一次考验。"诱惑→出走→考验→迷惘→顿悟→失去天真→认识人生和自我"，就成长小说（Novel of initiation）的叙事模式而言，此刻的主人翁当也可以顿悟成长，了解世界并没有那么美好了。只是作者或许觉得主人翁在幻灭旅程中所受到的折磨实在太苦了，因此很戏剧性地安排了一场好莱坞式的地震，让主人翁在陷落的地洞里与梦中情人发生关系。论者多以此为败笔，觉得画蛇添足了。实则不尽然，从某个角度来看，透过"失去童真"这一仪式象征（对象且是老师所求之不得的情人），主角才总算跨过人间最是幽暗难测的"死亡与性"，真正"转大人"，从此可以跟昔日形象高大、难以企及的老师平起平坐。而全书最后，老师那一句"把我的字典还给我"也因此有了着落。要不，老师又该如何跟学生索讨一本破字典呢？

"我等本是善良的孩子，有一天走了出去，不知为什么，被一拳打倒在地，从此便再也拼凑不回原来的自己了。"好的成长小说，读来总是让人有些唏嘘。"风尘肮脏违心愿"，然而，岁月在走，时光日日在催，谁也不得不抛弃童真，抹去野性，走向肮脏的风尘世界，接受束缚，成为一个"文明的成人"。

只是，偶然回首丢弃一地的风景，无论是此书主角刘爱口中闪闪发亮的"月亮河"、或《麦田捕手》霍尔顿"站在悬崖边上守望着麦田里游戏的孩童，捕抓失足跌落者"的身影，还是《红楼梦》书末贾宝玉对着"一片白茫茫真干净"的大地的那一拜，无不让人想起就心痛：那里，处处有我！——成长小说于是变为一种乡愁的渴望，而阅读成长小说，也就成了不断召唤出一个又一个的"死去的我"的降灵会了。

闲话《威尼斯日记》

之一

江湖是这样传说的：阿城是人精，"全国每人都必须追星，我就追阿城。"（王朔）、"那真是所向披靡的名字，耕者忘其犁，锄者忘其锄。……能无视阿城的人总让我们肃然起敬。"（毛尖）、"应该有人扛一台摄像机每天跟拍阿城，一定是部特棒的片子。"（查建英）、"阿城打到的高度至今还高悬在那里"（朱天文）、"不随流俗起舞，不为流言所动"（侯孝贤）……

阿城是谁？何至于此！？ "大家怎么过活，我就怎么过活。大家怎么活着，我也怎么活着。有一点不同的是，我写些字，投到能铅印的地方，换一些钱来贴补家用。但这与一个出外打零工的木匠一样，也是手艺人。因此，我与大家一样，没有什么不同。"一九八四年阿城以小说《棋王》掀起海峡两岸暨香港滔滔浪时，他这么说着。很朴实，很无华。踵事增华的时代里，这最平常的，却成了最奇崛的声音。

写完《棋王树王孩子王》，写完《遍地风流》，势正红火，时正看俏。他便几乎不发表小说，至今二十多年了。"我不为别人而活，别人希望我拿出好东西来，我就一定要拿出好东西来？我不是替别人活着。我没有状态，乱写我就是替别人活着。"

阿城不为别人而活，读者却愿为他而读。一读再读。旧的版本不符需要了，遂有新的版本。新经典版《威尼斯日记》于是出版。距离一九九四年的麦田版，恰满十八年。

之二

十八年后重读《威尼斯日记》，美好如旧，却疑窦新生。譬如这书是怎么写成的？当然，顺书读下即可知，一九九二年阿城便以电脑创作此书，且很可能是一部"笔记本电脑"。要不，他怎会"在车上发现有电源插头，大喜，于是打开电脑写起来。"阿城生于一九四九年，彼时已过不惑之龄，在电脑还不如"家电"普及之时，他便欣然接受了，这真不能不让人讶异！

或因有了电脑，即使 Google 诞生尚要六七年时间，阿城即能兴风作浪，人在威尼斯，犹可大谈特谈中国犹太人变迁、"知识分子"词源、人种混合历史等等显然光靠记忆还不够的考据闲话，让整本书熠耀生光。——把电脑耍得团团转，当代华人作家里，阿城该算数一数二的先锋了。

只是，电脑也会反扑。九〇年代有次大宕机，所有存盘资料一去不回头。阿城借事练心，或者笑一笑挥挥手便过去了，可累得百千得知此事者，无不捶胸叹息，猛猜想那到底都是些什么？一百万字耶！

之三

　　"阿城的小说读来如行云流水，仿佛不着一力，细看则颇有讲究。"这是王德威说的。何止小说，就是这松散到极致的日记，也一样"讲究"。这讲究，绝非"造作"，而是"派遣"的成分大。人是那样的人，恰当有"元气"，且在"状态"里，内劲顺势而发，这里派几个字，那里遣一个词，便不着"腔"了。于是三个月五十七篇的短札记，处处有趣味（或说智慧）在流淌着：

　　"老板用日本话问我要哪一种？我虽然中国话说得最好，想通了，操英吉利语说：我是中国人呀。"

　　"因为头骨的造型，意大利人的脸到老的时候，越来越清楚有力，中国人的脸越老越模糊，模糊得好的，会转成一种气氛。"

　　"唐朝没有产生哲学家，也没有思想家。带思想的狂欢多尴尬。"

　　"厨子身上总要有厨房的味道，苏童却像电影里的厨师，没有厨房的味道。"

　　"今日□□，三年了。"

　　……

　　世人论阿城笔下，有称"清婉简淡"，有称"冷隽深邃"，都对都中！但都不如日记里他提到《教坊记》写法："古人最是这简笔好，令文章一下子荡开。"荡得开、荡得远了，荡成他北京德胜门内老家所挂郑板桥那副对联："删繁就简三秋树，领异标新二月花。"

之四

到了今天，事情或已很明白。天生阿城，存此劫后幸存人，用为证明"中华艺道，毕竟不颓"，让这文化留点元气。他自报家门，心仪的是沈从文、汪曾祺，认定自己是生活者，是自己的鉴赏人，一脉隐隐，顺着摸寻过去，在威尼斯的阿城，他走着看着，过了这桥进了那巷，看到醉着走直角的老人，看到深夜寂寞走过的猫……竟有了一九二〇年代那个边城少年的模样，赶着看"对河杀头"的心情或者与熬夜看"NBA 总冠军赛"的期待有些相似，都成了"在安全地方看恐龙打架"。

天地不仁，人自作主。威尼斯的水这样荡着，长河的水依然流着，人继续活着。"手边的钱，若仅够糊口，一定先买大饼，次及典籍。……起早通常是为了赶路，不是为了看花。虽然也喜欢坐在院子里看月亮，到该睡的时候，还是蒙头大睡，并不舍不得室外的清光。"这是吴鲁芹，当也是阿城的世俗。生涯懒立身，腾腾任天真。逝者如斯夫，不舍昼夜。那就，读它去吧！

幸好我们还有"狼"

　　台湾当代读者的集体阅读记忆里，"狼"的意象，大概是随着"狼来了"、"小红帽"、"中山狼"、"吉普林的丛林故事"、"杰克·伦敦的白牙"、"西顿的狼王罗伯"、"沈石溪的狼王梦"，逐步成长演变，从狡诈残暴的"寓言童话"终而回归到万物平等的"动物故事"之中，而在金庸《天龙八部》乔峰胸前的狼头刺青戛然画下休止符。只是，作为一种指涉暧昧的象征符号，关于"狼"，"人"总是有许多话可以说的。新世纪以来，三本"狼小说"的出现，又让"狼"成了"人"的注目焦点，甚至引发了一连串的讨论，或说，争吵。从意识形态的煽动、商业竞争的堕落，一直到人类命运的困厄，通通都有。

从《狼图腾》到"狼崇拜"

　　二〇〇四年暮春，长江文艺出版社推出姜戎所著的《狼图腾》，内容描述上个世纪七〇年代前后，北京知青插队蒙古草原，得见草原狼生态，从而引起的文化震撼。全书由几十个"狼故事"连贯而成，夹叙夹议，从人狼斗争的过程追索游牧民族的特质、成吉思汗帝国的战斗力，进而质疑华夏文明的血脉根源。由于题材新颖，且出版社操作手法纯熟，此书扶摇直上，不旋踵即攻克各大排行榜，成为炙手可热的畅销书。来年九月北京国际书展，在号称销售总量突破一百万册的同时，"企鹅出版集团"也以版税百分之十，预付十万美金，前所未有的高价，买下全球英文版权，此书盛况达到了最高潮。此后，韩日法德文版权陆续售出。到了今年十一月，以"放大亚洲作家在英语世界的音量"为宗旨的"曼氏亚洲文学奖"，又将其首届殊荣颁给了《狼图腾》，但其实仅能说是锦上添花耳。

《狼图腾》的成功，自然引发出版跟风，一时之间，《狼道》、《狼魂》、《酷狼》……纷纷出笼，形成了所谓的"狼崇拜"。与此同时，来自各界的反面声音也出现了。最常见的批评是，将"草原文化"与"农耕文化"对立，其实是一种简单化约，由此而衍生的种种议论，根柢脆弱，经不住真实的检验。甚至有人还直接以《河殇》为例，认为两者都是概念先行的作品，看似对传统"龙图腾"的批判，其实背后同样是另一种意识形态在作祟。这一说法的极致，便是德国汉学家顾彬（Wolfgang Kubin）二〇〇六年接受"德国之声"采访时，直言这本书"对我们德国人来说是法西斯主义。这本书让中国丢脸！"

另一种声音则担心过度的"狼崇拜"，将使原本就因改革开放而陷入高度竞争的中国社会，有了合理化"弱肉强食"等畸形发展的根据，譬如受到此书影响，某些企业培训时即高倡"与狼共舞必先为狼"的所谓"狼原则"。这一担忧，可以《光明日报》的评论为代表："'狼崇拜'的文化张力，正是资本原始积累的野蛮性，更是社会转型期浮躁心态的恶性膨胀。'狼文化'使处于困境的社会弱势群体受到了最大的精神伤害……"

藏獒 PK 狼图腾

对于《狼图腾》的批判，不但以评论行之。二〇〇六年，同样在青海草原生活四十余年，后来成为记者、作家，但作品始终浮沉不定的杨志军，出版了《藏獒》一书。尽管作者与出版社都声称此书此时出版纯属巧合，绝无与《狼图腾》打对台之意，但由于内容极力歌颂有"中华神犬"之誉的"藏獒"，强调其忠贞与道义，奋不顾身、大义凛然、先人后己、任劳任怨的美德，恰恰都与《狼图腾》形成强烈对比。整部作品结构虽较《狼图腾》紧密，议论也少，却同样加入大量草原传说、生态现状，且由人民文学出版社竭尽全社之力，拥护上市。因此"藏獒 PK 狼图腾"的说法甚嚣尘上，网络上两造读者壁垒分明，你说我是法西斯根源，我说你是雷锋样板，唇枪舌剑，好不热闹。而一如经验所知，"争议"只会让畅销书更畅销，雪球越滚越大，《狼图腾》遂成为新世纪以来中国最红火的畅销书，水涨船高，《藏獒》也在上市一个月后，宣称销售量突破十万册。"人类一掺和，动物界的许多规矩就会变成坏习惯"，杨志军在书中所说的名言，似乎也在真实世界中有了着落。

其实，撇开意识形态的争论不说，无论《狼图腾》或《藏獒》，在题材与写作上，均有其新鲜特色，切中都市人困守水泥丛林，渴望出走草原而不能，乃至对于少数民族异文化的好奇心理，透过"狼"与"犬"这二种动物，将之杂糅成篇，确足以跨越文化鸿沟，获得普遍共鸣。此或所以洋人肯花大钱买版权，繁体中文版出书后，照样畅销不已的原因吧。

可我需要狼！我需要狼！

此二书热卖之时，连带让人想起了早在二〇〇〇年时便已出版的另一本小说，即著名作家贾平凹所写的《怀念狼》。此书历经三年写作，四易其稿始定。论寓意深远，文学成就，自然不是《狼图腾》或《藏獒》所能比得上的。小说描述一名记者与二名猎人结伴同行，为陕西南部商州地区仅存的十五只狼拍照存档，旅途上遭逢的种种妖魅奇遇故事。在揭露西部农村贫穷落后的同时，也惊心动魄地点出了黄土高原生态破坏所带来的文化冲击。全书最后，十五只狼在劫难逃，尽遭歼灭。老猎人因为无狼可猎，四肢萎缩变细，逐渐变成"人狼"。作者则回到单调无聊的都市生活，不时对着窗外高声呐喊："可我需要狼！我需要狼！"——因为有狼存在，人才能意识到自己是人，没有了狼，人也就失去了自我，真正悲剧于焉开始。此三部狼小说的意义，或许也在这里：幸好，我们还有"狼"！所以还能争吵，不会单调无聊。

鱼，我爱你而且非常尊敬你

"鲇"（あゆ），读若"Ayu"，淡水鱼名，体背苍黑，体侧褐黄，腹部银白，鳍色橙黄，外形类似鲑鱼。这种鱼特爱干净，惯常以水苔为主食，成熟后，身上会散发出一种独特的瓜香，一般称为"香鱼"；在台湾，民间多以"桀鱼"称之，可能是由于其狡"黠"多智，不易入网上钩所致。"香鱼"是一种冷水性溯河鱼类，仅有一属一种，分布于东北亚。日本北海道以南、韩国；中国东北、东南，一直到台湾，都可见其踪迹。

香鱼通常于晚秋时分在河口孵化，幼鱼逗留沿海一带吃食浮游生物过冬。来年暮春二三月，又群聚河口，等待春水涌涨，河海温度相近时，便开始逆游溯河而上，沿途先以水生昆虫为食，到了四五月，河水温度更高，水中岩石长满青苔，这时便躲在岩石之间，以水苔为食，悠哉度过夏天。待到秋风吹起，河水温度下降后，再度展开旅程，顺游而下，来到河口浅滩处产卵，然后结束一生。生死循环，恰恰一年，所以香鱼，也称"年鱼"。

台湾的香鱼

　　古早台湾，北从宜兰武荖坑溪，台北淡水河流域，南到新竹头前溪，苗栗中港溪、后龙溪，野生香鱼，随处可见。尤其新店溪上游坪林的香鱼，更是首屈一指，号称"名品"。日据时期还曾进贡到东京，得蒙天皇嘉奖。台湾气候温和，水生昆虫、水藻青苔茂密，香鱼生长得特别好。据记载，春雷惊蛰时，半寸长的幼鱼便会出现在淡水河出海口，开始努力向上溯游，游到关渡一寸长，游到社子一寸半，过了台北桥便已两寸长了。"六月六寸，七月七寸，八月八寸，十月一尺"，这是流传在香鱼老钓手之间的说法。到了白露前后，过完暑假的饱满香鱼开始降返海口，此时动辄十两一斤重，身长多在三十公分上下。相形之下，日本香鱼，受限于气候，多半只有二十三、四公分左右。也因此，本书中所说"半公尺"的香鱼，在台湾并不算罕见，但在日本，那就是"天霸王"的了。

　　日据时期，是台湾香鱼鼎盛之日。总督府有整套的护鱼措施，每年十一月一日到来年五月三十一日严禁钓捕，一经抓到，每尾罚款五十圆。当时公务员一个月薪水不过十六圆而已。且就算在解禁期间，还得请领执照，方许钓捕。另外，在设计水坝时，也都留有鱼梯，以供洄游鱼类跃越。如此配套保护，新店溪香鱼生生不息，名闻遐迩，前辈文人连雅堂在其《稻江冶春词》中便曾吟咏入诗：

　　春水初添新店溪，溪流停蓄绿玻璃；
　　香鱼上钓刚三寸，斗酒双柑去听鹂。

所可惜的是，光复之后，台湾河川污染日趋严重，加上水坝设计不良，在在不利野生香鱼存活。早在一九六〇年代中期，这一逐清水而居的"女王"，便已在台湾绝迹。近年所见到，吃的，多半日本冷冻来台；放流、养殖的，则是引进日本"陆封型"，也就是琵琶湖一带的香鱼，其大小、品质较之"一经煨烤，满室芳香"的野生种，实不可同日而语。

香鱼钓法

香鱼战斗力特强，性喜溯溪，肉质鲜美，鱼刺细软，清香扑鼻，人称"清流女王"。由于其性情狡黠，钓趣特佳，钓鱼老手格外沉迷，每年鱼季到来之时，早就摩拳擦掌，好整以待了。此书所描述那种跃跃欲试，甚至疯魔不醒的心情，绝非虚构。大体而言，常见的香鱼钓法，可分两种：

一种是友钓法。香鱼有强烈的地盘排他性，一见外来入侵者，便会攻击驱逐。钓手利用此一特性，事先购得一尾活香鱼当"饵鱼"，以钓线穿过鼻孔，再穿过腹鳍，后面连系两枚上翘的鱼钩。"饵鱼"入水后，香鱼自然来攻击，钓手控制"饵鱼"游窜，抖竿一甩，巧妙地让鱼钩"锉钩"住攻击者的鱼鳍鳃嘴，如此这般，便大功告成了。

另一种就是本书主要谈到的"毛钩钓"。毛钩钓与台湾读者较熟悉，曾在《大河恋》一书及同名电影中所看到的"飞蝇钓"（fly-fishing，有时也称"西式毛钩钓"）相近，但略有差异。两者使用的，虽然都是用人工假饵，但"飞蝇钓"必须挥舞钓线，模仿飞蝇的动作吸引水中鱼儿注意力，让它们以为是不小心掉进河里的昆虫，张口去咬。因此抛投甩弄钓线的技巧非常重要。"毛钩钓"的抛投则与一般溪钓相去不远，重点在于"拟饵"的选择。

为了因应不同的河川、季节、气候、水温的变化，钓香鱼所用的毛钩，种类多达上千种，色彩不同，各有专门名称，如书中所提的"黑水仙"、"暗乌"、"夕映"等。初春香鱼溯游时，喜好咬食水生昆虫，这时红、黑色的毛钩较受用。夏天时，香鱼以水苔为主食，懒得追捕昆虫，这时素色钩为佳。同样的，阴晴朝晚的水影也有不同，针对其差异，钓手也得选用不同的毛钩，才会有好收获。此外，毛钩多以人工制作，选材、配料同是一门大学问。笼总相加，变幻无穷，趣味盎然，所以格外受到钓友喜爱，也衍生出了"灯笼钓"、"滚钓"等钓法。此书所以选择此种钓法为主轴，从而衍生出许多类如武侠小说的传奇人物、钓具、招数，乃至如幻似真的情节，也就不难想见，绝非无的放矢的了。

梦枕貘的香鱼

《香鱼师》单行本出版于一九八九年，写作前后花费了四年功夫，也算是久的了。跟作者此前在台湾大受欢迎的奇幻作品《阴阳师》、《沙门空海》最大不同处，是毕生热爱户外活动，一听到"钓鱼"，眼睛就为之发亮的梦枕貘，把疯魔于溪钓者那种"明知其不可，偏偏难自拔"的矛盾心情描绘得入木三分，"玩物丧志"、"败家"云云，引人会心一笑，不免想象，这难道会是作者夫子自道的"忏悔录"吗？另一方面，此书维持"梦枕书写"的一贯风格，也就是现场感特强的叙事节奏，透过长短句的更换，三言两语，仿佛具有催眠的符咒，阅读者似乎就能亲自看到、闻到作者所要描述的场景与气味，从而一头栽进故事之中，被人物带着走，非至终卷而后已。自称"想写梦一样的故事"的家伙，确实有其独到之处！

此书讲的是人与鱼的故事，涉及特殊嗜好，内文颇有些专门术语，但因骨子里讲的还是人与人、人与自然之间的关系，"知识"因此不曾造成障碍，反而是好奇的开端，譬如毛钩的制作、钓点的选择、钓法的差异等等。在溪流遍布的台湾，这样的户外小说，自有其让人跃然心动之处。而掩卷喊停之时，回溯所来，细心的读者或许还会发觉，这书与同样酷爱钓鱼的海明威所写的《老人与海》当有相通之处，让人浮想联翩，想要找出拿来对证的，不单是老人所说："鱼，我爱你而且非常尊敬你，但是今天天黑之前，我会杀死你。"更要紧的是这一句：

人不是为失败而生的。一个男子汉可以被消灭，但不能被打败。

中国人与日本人

日本文学史上，曾有两位台籍作家得过直木奖，一为甫过世的邱永汉，他在一九五五年以《香港》得奖；另一位是陈舜臣，一九六九年获奖，得奖作品为《青玉狮子香炉》。邱永汉毕业自东京大学经济系，后来回到本行，专心理财投资研究，成了"赚钱之神"；陈舜臣则继续创作不辍，写啊写，一路得奖，什么"江户川乱步奖"、"每日出版文化奖"、"日本推理作家协会奖"、"读卖文学奖"、"吉川英治文学奖"、"大佛次郎奖"、"朝日奖"、"井上靖文化奖"……大概除了"菊池宽奖"之外，日本最重要的大众文学奖都被他得光光，成了"日本最会得奖的作家"。

陈舜臣祖籍台北新庄，新庄老街沿大汉溪而筑，绵延似笔，传言文风必盛，要出大作家。如今看来，大约就应在他身上了。陈舜臣家族世代务商，日据时期，祖父渡海到神户做生意，父亲跟着去了，陈舜臣在日本诞生，日后毕业于大阪外国语学校，与司马辽太郎同学，两人同时闯荡文坛，感情弥笃，终生不渝，成了一段佳话。

陈舜臣成名不算早，尽管兼通中、英、日、印、波五国语文。战后大半时间，却都在家从商。一九五七年动了写小说念头，连写四年，始终乏人问津，无甚起色。直到一九六一年，以《枯草之根》获得"江户川乱步奖"，方以"本格派推理小说家"身份崭露头角。这一年，他已三十七岁。

陈舜臣文学生涯当以一九六九年获得"直木奖"为一个分界线。此前作品多为推理小说，之后转向历史小说。这一转变与复杂的身世有关。一九九四年他在小说《甲午战争》中文版座谈会上曾感叹："我原该是台湾人，因甲午战争而成为日本人。大约二十岁时，又变回中国人。实在想探究如此玩弄我的命运的究竟是什么？"这种特殊历史命运转换所引发的漂泊感觉，让他的文学创作隐藏着就连他自己也未曾察觉的主题，某位日本评论家便一针见血地指出："陈舜臣的推理人物往往是在寻找自己的身世，这就是他大部分作品的主题。"

虽以小说创作为探寻人间身世之道，撰写小说之余，陈舜臣也经常写随笔，有时应邀特稿，有时整理思绪，编排解读小说史料，这本《日本人与中国人》大约就是这样写成的。

中日两国一衣带水，近世以来，恩怨情仇难分难解，彼此都想理解对方，比较两国文化、民族性书籍所在多有。黄遵宪的《日本杂事诗》、戴季陶《日本论》，足为中方其代表，至如日人所写，更是车载斗量，层出不穷。以"在日台湾人"身份写成而深受重视的，此书为最。再就属邱永汉所写，书名恰好颠倒的《中国人与日本人》。

《日本人与中国人》的写作方式，与同类书籍并无太大差异，都是从语言、社会、家庭、宗教、建筑、教育等各面向切入，就现象一一分析比较。换言之，即从相同或相异的事物、制度等去探寻民族性的不同，譬如"血统"、"种族"，对中日文化的影响；譬如"科举"有无，所造成的政治差异……然而不然的是，取径虽同、文献无等差，陈舜臣却偏可看出别人所见不到的东西，这就不能不归功于他那洞若烛火的历史眼光了。

"倭夷惯为蝴蝶阵，临阵以挥扇为号。一人挥扇，众皆舞刀而起……"，明人胡宗宪《筹海图编》短短几句话，陈舜臣却可从其中分析推敲出中日双方不同的战术取向、群体意识、思维根性，甚至文学本质。其"大胆假设，小心求证"的史识与推理能力，足让人叹服不已。

陈舜臣是台湾人即中国人，最后成了日本人，特殊的身份转变，使他在观察中日双方时，格外能维持某种"距离的美感"，这一美感，追究到底，不外"同情的理解"，以及"冷静的追究"。他不遽下断言，说好说坏，只是把他所见到、所归纳出来的一一表明。几乎人言言恶的"文化大革命"，经他的眼睛看出去，遂有了另一层意义，乃延续清末自强运动、民初五四运动以来，另一次大规模的"说服运动"："说服大家与旧时代、旧思想诀别的运动"。——这样洞彻的视角与另类理解，恐难见诸身在局中的中国人或身在局外的日本人。

同样的，解读幕府制度与中国封建体制时，他一针见血指出，前者依靠"血统"凝聚，武士离不了藩，且世代承袭；后者虽称封建，其实费尽心思，避免文士与地缘发生关系，不得于原籍任官。这一思维差异，最终导致日本的"家元主义"，形成一小而凝聚力极强的文化性格。相对不重视血缘、种族差异的中国，自来以"文明"为人我／夷夏的判别标准，抟成混融的结果，形塑成了大而松散弹性特强的文化性格。

飓风每起于萍末，文化解读即是一种追索，需得几分学识，

166

见得出飓风之大，更要有几分聪慧，探索得出其行走轨迹，最后，还得有几分胆识，敢于论断其所见。陈舜臣终日与历史为伍，长于推理，加上特殊的身世际遇，其所解读，遂不同于一般，却又丝丝入扣，让人叹服矣。

"陈舜臣这个人，存在就是个奇迹。首先，了解、热爱日本，甚至对于其缺点或过失也是用堪称印度式慈悲的眼光来看待。而且，他对中国的热爱有养育草木的阳光一般的温暖。再加上略微脱离了中国近现代的现场，在神户过日常生活，也成为产生他观察与思考的多重性的一个要素。对中国的爱与对神户的爱竟不乖离，合而为一，真叫人惊奇！"陈舜臣的挚友司马辽太郎曾如此说到他这位老友。这段话，直接点明了特殊身世际遇所带给他的文学养分，没直说破的则是作为一个"永远的异乡人"，陈舜臣是如何克服种种歧视、轻蔑，而成其大的——"印度式慈悲的眼光"＋"观察与思考的多重性"，这，大约也就是《日本人与中国人》这本书最大特色，也是最让人折服之处了。

江户大姐头，平成国民作家

　　日本"国民作家"，为数不多却代有人出。上个世纪里，战前的夏目漱石、吉川英治，战后的司马辽太郎、松本清张，均属实至名归。之后，一度难产。一九八〇年代末期，泡沫经济崩溃，"平成大萧条"把日本富裕社会打回原形，stay at home, read a book，成了艰难过日，俭约自娱的最好方式。大家更爱读书了。或因如此，一九八七年出道，风格自成的宫部美雪乃有机会成为第一位攫取"国民作家"封号的女流作家。

　　想当"国民作家"并不容易。既称"国民"，就得老少咸宜，雅俗共赏。换言之，文学性太强，过于阳春白雪；文学性不足，流于下里巴人，通通不行！大体而言，几个条件是必备的：一、写得快，产量多，销量大，足以流通全国各地，有井水处就有其作品；二、写得好，能得奖，能让人感动，引起共鸣，成为大众媒体，乃至一般人茶余饭后话题；三、性格少瑕疵，可以有个性，不能没品行。敬业乐群无绯闻，不怕狗仔队，人品无亏。

　　要符合这些条件一或二项，倒也不难，三项全能，那就不容易了。宫部美雪这位经常耽迷电子游戏，一辈子怕出国的东京下町之女，出身庶民，大学都没念过，成名前当过 OL、速记员、收过煤气费，最终却成为平成时代最红火，也是最有人气的畅销作家，其传奇亦可知矣。

直到二十四岁之前，宫部美雪从没想过要以写作维生。会走入这一行，纯然因当时法律事务所速记工作太闲了。"闲闲美代子"的她，白天闲到把判例日报一字不漏看个尽，晚上报名讲谈社写作教室，排遣下班时光。小学、中学作文都不出色的她，却在这一才艺补习班迸出火花，且如野火燎原，一发不可收，烧红了大半个日本天空。

宫部美雪有多神奇？一般多以一九八七年《邻人的犯罪》获得《ALL读物》推理小说新人奖为其出道之年，此后几如横空出世，光彩夺目，先是把几大推理小说奖几乎得个精光，然后在五度入围直木奖后，于一九九九年摘下这一大众文学桂冠，至若行内人恐更注意的吉川英治奖、山本周五郎奖、司马辽太郎奖，也陆续被她拿到手。最风光的二〇〇一年，她以上下册厚达一千四百页的《模仿犯》一举拿下日本史无前例的"六冠王"宝座，并创下畅销一百三十万册的纪录。这项成就，此后大概很难被打破，堪称"宫部美雪障碍"了。

光芒会遮盖本质。功成名就容易让人陶醉、迷失了自我。另者，虚名荣衔也容易让外界把作家想象、礼遇得"伟大"、"了不起"。两相激荡，盛名之累，往往成为作家的灾难，此或即所谓得奖"死吻"之由来。但这现象几乎不曾在宫部美雪身上出现过。她奖照得、书照卖，日子照样过，即使被封为"松本清张的女儿"了，依然故我，还是维持着特有的"爱凑热闹、爱吃爱玩、爱抬杠爱说笑"的"江户子"（概指三代落户东京下町者）特质。——《平成徒步日记：宫部美雪的江户散步之

169

旅》，恰恰就是最好的说明了。

　　一九九六年前后，出道将近十年的宫部美雪，早已成为一方角头。她写推理小说，也写时代小说，还写奇幻小说，写得其乐融融，伏案不问疲。"对我来说，做一件工作，一定要流汗用力，才算是工作。"她接受访问时，曾这样说。言下之意，无论如何疲惫，写写字总不会流汗，实谈不上是"工作"（或更准确一点，劳动吧。）

　　也因她这一特质，加上个性亲切开朗，容易相处没架子，杂志社有何特别企划，常会找上她。这一"徒步日记"便是她与《小说新潮》编辑们，在工作里游戏，把游戏当工作所完成的第一部非小说作品。全书构想很简单：一、找出江户时代有趣的历史路线，二、像当时人一般，用自己的脚走一回。边走边想边谈，在时空之中散步旅行。循此原则，几年的时间里，这一包括作家、编辑、摄影的"徒步团"，总共走了七条有趣的江户散步路线：

　　忠臣藏复仇告成之旅。

　　江户死刑犯游街之旅。

　　箱根关卡冲决之旅。

　　江户城环绕之旅。

　　八丈岛流放之旅。

　　江户不思议之旅。

　　神佛混淆参拜之旅。

　　《平成徒步日记：宫部美雪的江户散步之旅》主要即是这七次出游的纪录。宫部美雪写时代小说出了名，积学深厚，深入浅出娓娓道来，江户历史掌故如流水淌出，穿梭古今，自有知识上的收获。更让人亲切的是，宫部与编辑们插科打诨的"斗嘴鼓"，年轻读者当有一种宛如漫画、电游画面的熟识感觉；更内行的读者，则可窥睹"落语"、"讲谈"等江户庶民娱乐的遗绪。宫部美雪无视"作家"之尊（在日本，作家是被敬称为"先生"（せんせい）的少数职业之一），一路搞笑到底，不但猛"亏"编辑，还不停自我解嘲，其"抖包袱"、"出梗"功力，直追昔日幽默搞笑出了名的已故狐狸庵主人、作家远藤周作。浓浓的"江户子"人情味，乃至日本作家／编辑特有的亲密互动，于此皆得略窥梗概矣。

小说读"事"（情节），非小说——尤其随笔——读人（性格）。宫部美雪的小说写得好，台湾读者粉丝满满一箩筐；翻译成繁体中文的非小说作品，此为第一本。读过这书，大概所有粉丝都会更加拥戴这位"天后"。她的平易近人，亲切可爱，几乎让"平成国民作家"这一头衔，除了这位江户欧巴桑，再不作第二人想了。

梦外之悲

　　写作对司马辽太郎来说，从来不是件轻松的事，即使他是"一目十行，博闻强记"的人。原因倒也不难理解：他写历史小说！历史小说虽也类属 Fiction，却无法"虚构"，只能"填补"。要想填补得无缝，那就得设法超越时空，进入历史现场才行。

　　司马辽太郎的进入法，一是大量阅读各种文献史料，把所有能找得到的，通通搜集过来。江湖传闻是这样的：一旦白发司马大叔选定了某个主题，隔天，神保町相关旧书便一扫而空，都到他的书房了。但光是"手到"、"眼到"仍不够，出身新闻记者的他，还讲究"脚到"，还得到现场探勘。即使事隔百年之后，他还是坚持亲临古战场、老寺院、旧坟地、倾圮的城堡、湮没的古道，去观察地形地貌，去感受残存的历史氛围。

　　"我在写作时，如果看不到那个人的脸，看不到那个人站的地方，那么我就无法写下去。譬如说，我写丰臣秀吉时，写到有一个使者到他前面来。此时，我虽然在小说中没写出来，可是我会想象丰臣秀吉的前面站着多少人？天气是阴是晴？这附近是否有松林？这松林是苍翠欲滴的幼松，还是苍劲挺拔的老松？"司马辽太郎说。这种"有的始放矢"、"欺身贴近"的

"想象"（Imagination）遂成为他的小说最令人着迷之处——他总可以把历史人物写得像是他熟识多年的好友一样。

或许因为每写一个主题，都得花费这样大的气力。厚积之后，一旦喷薄而出，也就很可观了。大体而言，自一九六一年辞卸记者一职，专事写作以来，司马辽太郎的历史小说创作，约略形成两个主轴，一是十六、十七世纪之交的日本战国时代，一是十九、二十世纪之交的幕末维新时代。两大主轴交叉进行，譬如整个一九六〇年代，前半期写作重心摆在幕末维新（《龙马逝》、《燃烧的剑》），后半期便兼顾战国时代（《关原》、《新史太合记》），整个一九七〇年代则交叉进行，直至一九八〇年代方慢慢消歇，转而攻略"街道漫步"这一新领域。

有趣的是，一如历史学者在撰写论文时，也会写些考证小文章。司马辽太郎殚精竭虑创作长篇之余，也常发表系列短篇小说，这些短篇结集起来，往往发挥绿叶之效，把长篇烘托得更加华丽壮观。说到这，人们立刻会想到的是《幕末》、《新选组血风录》之于《龙马逝》与《燃烧的剑》；《丰臣家族》之于《关原》、《新史太合记》，乃至《霸王之家》。

《新史太合记》写于一九六八年，故事终于秀吉以老母当人质，换来家康的朝觐臣服。两人把手言欢之后，全书倏忽落幕；五年之后，以德川家康为主角的《霸王之家》，同样在家康与秀吉会面后，即跳到"家康之死"。关于秀吉晚年得子、托孤病逝一直到关原之战、大阪冬夏之阵，乃至丰臣家的灭亡，除了一九六六年的长篇《关原》有所着墨之外，讲得最清楚的，就属一九六七的《丰臣家族》了——将此二书视同与《新史太合记》、《霸王之家》的三部作，当无不可。而"德川所以兴，丰臣所以亡"，司马辽太郎的见解，俱在其中矣。

　　司马辽太郎不喜欢德川家康，相对倾心于丰臣秀吉，这是众所皆知的。然而，就算再怎样倾心，"德川家康取得天下"乃是无从改变的历史事实，后人惟一能"填补"的，也仅是尝试解释胜败的根源，历史人物可能的心理活动了。《丰臣家族》一书便是从这样的角度去审视包括丰臣秀吉的一弟一妹、五名养子／犹子、大小妻妾等九个最亲近的家人，在面对秀吉老去前后，巨柱即将倾倒，历史洪流扑盖而来之时，各自的反应与结果。透过司马辽太郎独特的"鸟瞰"手法，将人在历史的能动性与局限性，表露无遗：丰臣秀次的狂乱冲突、小早川秀秋的一念之差、丰臣秀长的溘然早逝、骏河夫人的沉默无语……乃至北政所与淀姬无心栽柳的政治角力与派系斗争，无不让人喟然长叹：个性决定命运！进而承认"历史的合理性"与"悲剧的必然性"，且为司马氏不立"秀赖"专章，而以"淀姬和她的儿子"压轴带过的写法，深感高明得当。

　　一五九八年秋天，一世之雄丰臣秀吉抱憾而逝。所憾者，未及护持年甫五岁的幼子秀赖长大成人，坐稳天下宝座。"我身生也如露／死也似露／浮华纵逝梦中梦"，他的辞世诗如此写道。梦中之梦，及身而止。至于"丰臣家的人们"（豊臣家の人々），则如梦外之梦，非所逆睹，力所不及。于是有悲。

今年再不会有更好看的了！

　　一九八六年，隆庆一郎开始在《静冈新闻》发表长篇小说《影武者德川家康》，已经六十三岁的他，大概没想到，原本一年就要结束的连载，越写越热，欲罢不能，竟然足足写了三年多。更没想到的是，一九八九年十一月，好不容易连载完毕，来年十一月，他就与世长辞了。

　　所幸，过世前半年，《影武者德川家康》由新潮社出版单行本。书甫推出，即席卷书市，掀起一股热潮。读者手不释卷，接连通宵达旦读完而后已者，比比皆是。"真是太精彩了！""意想不到的巧妙情节！"赞叹之声，此起彼落。然而，最让隆庆一郎开心的，或许是评论家们认为他跨越了"时代小说"与"历史小说"的界线，将两者统一起来，为昭和时代这一类型书写，画下了圆满的句点。

　　一九八九年，平成元年。一个新时代的开始。也是八〇年代日本泡沫经济即将破灭之时，《影武者德川家康》根本否定关原之战以后德川家康的存在，似乎也隐喻了"平成大萧条"的到来。蓦然回首，隐然可见，似乎真有那么一条线索。让战后德川家康的小说书写，与日本时代轨迹紧密相扣，或说，根本反映了时代精神。

一九五〇年代，日本正处于败战后的虚脱状态，百废待举。山冈庄八开始写作《德川家康》，并特别强调夹处于代表新兴势力的尾张织田家与一心向往京都文化的今川家之间，被认为是土里土气，毫不显眼的骏河德川家如何顺应时代潮流，不为其所吞噬，进而踩住浪头，步步为营，一步一脚印，取得天下的过程。这对于面对趾高气扬的占领军，以及国际间轻视眼光的落寞日本国民，自有一种奋发自雄的鼓舞作用。因此大受欢迎，足足在报纸连载了十七年之久。与此同时，更掀起一股"家康热"，关于德川家康的经营策略、领导统御乃至人生哲学的书籍，一本接一本出现。昔日逐鹿天下，力取而得之的德川家康，借"书"还魂，摇身一变，竟成为与松下幸之助、本田宗一郎等企业家平起平坐的"经营之神"了。

如果说，美空云雀用她的歌声鼓舞了日本的复兴。那么，山冈庄八便是用《德川家康》这套书见证了日本的浴火重生。

一九七〇年代，日本经济起飞，概成定论。直冲云霄的日本人，意气飞扬。摆脱传统束缚，融入国际社会，成了当务之急。更且，随着战后的民主开放，多元社会逐渐形成。对于历史人物的评价，也有了不同的标准。司马辽太郎写作以德川家康为主人翁的《霸王之家》，序文第一句话便说："我并不是想写英雄传记，才动手写这本书的。"他认定日本历史上，从不曾培养出一个像中国式或欧洲型的英雄。德川家康仅是"一个很微妙、很狡猾、趁机抓住机会的人。""将这本小说命名为《霸王之家》，或许太夸张了。因为他不配称霸王，他没有霸王的爽快或暴虐。"

事过境迁三十多年之后，我们若以"霸王"两字来审视一九七〇年代的日本高速成长，乃至八〇年代泡沫经济化的"日本第一"，或许也可恍然大悟，果然，日本"不配称霸王"。司马辽太郎毕竟目光如炬，照近且照远！

一九八九年，二十年一轮，隆庆一郎的《影武者德川家康》上场了。如今已不是配不配，而是到底"霸王"存在与否的问题了。庆一郎认定霸王是假的，是虚的，根本就是个幻影。庶民的自由梦想，最终还是破灭了。决定天下归属的因素，经营策略、领导统御乃至人生哲学都不是关键。重要的是，你的特务机关——无论是挂羊头卖狗肉的柳生一家或外籍兵团的风魔小太郎家族——是否比对手更加强大，更为残虐而已。或者，我们该这么说，司马辽太郎断言"德川家康不配称霸王"，隆庆一郎进一步想找到"什么是霸王"的答案，答案却让人伤心欲碎。

隆庆一郎，本名池田一朗，一九二三年生，东京大学文学部法文科毕业。当了半辈子的电影、电视编剧。六十岁以后，厌倦了以往的生活方式，想写出"不输历史学家的小说"，最后，燃烧生命余光创作出《影武者德川家康》。中文译本全套厚逾一千五百页，主人翁德川家康却在第一册第二十八页就已死去了。剩下的一千四百多页，他该怎么办？一部让人惊叹其布局之巧妙，知识之渊博，节奏之明快，让你不禁说出"好幸福啊！"的历史小说。时间仅剩不到一个半月，我想，二〇〇九年再不会有更好看的了！

如梦

　　昭和九年（一九三四）九月一日黎明前际，日本信州富士见高原疗养所特别病房，病床上的中年病人向护士轻声说了："谢谢"之后，孤独过世了。差半个月才满五十岁，妻儿、情人、朋友、亲人无一在场。陪伴他的，或仅有存在脑海记忆里的过往一生，以及笔下身形纤柔，大眼含梦，却流淌哀愁意象的一个又一个永恒美人吧。

　　他是竹久梦二，"大正浪漫"象征。大正时期昙花一现的民主开放，迅速涌现的媒体热潮、商品经济、消费文化，在他身上交织编成璀璨的花火。他几乎不曾受过正式美术教育，仅凭天分作画，生前被视为"职人"的成分远大于"画家"，一辈子属于"非主流"。可他的图文诗集、插画、装帧设计、商业图案……却照亮这个时代，一扫战争阴霾，充满梦幻色彩。直到今天，说起大正时代，人们首先想到的，总是这位来自"中国"地方的酒人之子。

　　早年的梦二，与同时代万千"艺青"没什么不同。他从小爱画画，有天分，十八岁带着母亲、姊姊为他筹措的微薄盘缠，千里迢迢"上京"，要到"啥咪好康 A 拢在那"（什么好处都在那里）的东京闯荡。进入早稻田实校，勤工俭学，送报纸、送牛奶，甚至拉黄包车。他一心学画，想参加官展，最仰慕的洋画家藤岛武二却告诉他：你风格已成，照这路子画下去就好了。受到鼓励的他，自此告别主流，不做它想，更以"梦二"为名，其含意，当如许多年之后的"司马辽太郎"。

有人开玩笑，画家仅有两种：一种生不逢时，一种生得其时。从某个角度来看，梦二当属于后者。江户时代早发其微，可谓大众文化滥觞的"浮世绘"，本自发展烂熟，深入庶民日常生活，相扑力士、歌舞伎俳优、名所胜迹、新闻事件……无不以此绘像为载体，推波助澜，红红火火，形成一股商品经济文化，或，用最时髦名词说：文化创意产业。

然而，明治维新一刀划下，新旧截然，好坏立判。凡西洋传来皆是新的、好的、该提倡的，凡幕府本有都是旧的、不好的、该打倒的。形势既比人强，浮世绘的没落自也可想而知。然而，文化，尤其流行文化的传承，往往是连续的，只要结构、渠道还在的话。

梦二的出现，恰恰递补了这个空缺，满足了时代的需要。他的美人画，形式上，完全是喜多川歌麿一路以来的浮世绘传统，可他的技法却糅和了西洋成分，予人一种新奇、梦想的异国感觉。在他笔下，传统的日本阴翳与现代的西洋明亮，竟达到某种和谐平衡，神奇地统一了。——既有批判的继承，又有创造的诠释，一头钻进空了的衣裳里，梦二遂成为"大正浮世绘画师"，拥有一大群青年男女粉丝，继续引领新时代庶民文化走向了。

关于梦二，早在一九三〇年代，透过同时代鲁迅、周作人、郭沫若的引介，华文世界早知其名。丰子恺更坦承自己的漫画深受其影响，得其启蒙："不仅以造型的美感动我的眼，又以诗的意味感动我的心。"然而，或因受到此后中日战争，中国政权更迭的影响，这位饶具小资情趣的日本画家，竟要到了新世纪二〇一〇年才透过刘柠的这一本书，正式被介绍到中国，且果然掀起了一股"梦二热"。

《竹久梦二的世界》大致分成三部分：作者刘柠所写《寂寞的乡愁诗人》自是最重要的，梦二的生平，从出身、信仰、政治倾向、家庭、创作，尤其与他一生纠缠，来来去去的几名女子：他万喜、彦乃、阿叶等的往事，娓娓道来，让人对这位早逝画家有了初步的理解。

翻译而成的《忆梦二》、《外欧日记》、《病床遗录》，内容包括他万喜的追忆，以及梦二随笔札记，等于引领读者更进一步入得堂奥，直接介入梦二的世界；《梦二的艺术》则属非文字的摄影、绘画、装帧设计作品，让人于得识其人之后，还可亲炙其作品。就一本入门书籍而言，此书有步骤、有节奏、有企图，堪称至今为止，与竹久梦二相关的华文著作里，最全面的一种。且繁体版的纸张、编排、印刷，又较简体版更为精美，后出转精，算得上是台湾读者一大眼福。

"露水已消散，一如遗忘的爱恋。想到的小孩啊，川流之岸流逝的曙色，白日的草之梦。"兼为诗人的梦二诗作《草之梦》。近八十年后读来，竟有种如梦的感触。大抵人间创作，诗画心力，归结到底，都如闪烁在梦二美人眼眸里的草上露珠吧！

知识的岩波，逆飞的理想！

岩波书店开张于一九一三年，一百年前的事了。

创办人岩波茂雄是乡下小孩，却能考进东京帝国大学哲学科。毕业后，到女校教书，越教越没信心，竟然跑到神保町开了一家旧书店，兼营出版。"岩波书店"招牌是恳请夏目漱石写就的，彼此因而结缘，书店先为漱石出版小说《心》，几年后，作家病逝，他为感恩，也是把握机会，隆重出版了《夏目漱石全集》，这套书畅销且长销，奠定了书店基础。

一九二七年前后几年，关东大地震、世界经济恐慌相继而至，日本出版不景气，改造社想出"一元一本"的全集预购营销手法，轰动一时，起死回生。其他出版社纷纷跟进。岩波茂雄也想分一杯羹，谁知最中意的选题：《世界文学全集》被别人捷足先登了。懊悔之余转而仿效德国《雷克拉姆世界文库》，刊行价廉物美好携带的"岩波文库"。这一转念，让"岩波文化"几乎成了"日本文化"的代表。二〇〇六年为止，八十年里，这套文库刊行五千四百种，销售数以亿计。平均每个日本人都可分到好几本。某领导人以嗜读闻名，向人展示他所拥有的上千本《岩波文库》，是他生平最得意事！

"真理自身愿意被千万人所追求，艺术自身希望被千万人所爱戴。过去，为了使民众愚昧，学术曾被封锁在最狭窄的殿堂里。如今，把知识和美从特权阶级的垄断下夺回来，是不断进取的民众的迫切要求。岩波文库便是适应这个要求，在民众的鼓励下产生的。这就是要把有生命力的不朽图书从少数人的书斋和研究室中解放出来，让他们全部站到街头与民众为伍。"这是《岩波文库》岩波茂雄《致读者》的发刊名文。

这一段话，实际上也为"岩波出版"定了调："岩波"纯然是为知识而生的书店，它的书，目的绝不在"阅读的乐趣"或"休闲娱乐"。换言之，岩波书店所一力播种鼓吹的乃是今时灵光渐逝的"精英文化"，而非如日中天的"大众文化"。"我是把学术和鉴赏艺术传送和普及到日本社会的传递者，是洒水人。"一九四六年岩波茂雄获颁文化勋章时曾这么说。

了解岩波书店种种之后，回过头来看大冢信一这本编辑回忆录《追求出版理想国：我在岩波书店的四十年》，或许就不会被它的冷硬所吓到了。因为这就是岩波啊！它不教你如何"打造畅销书"，更不会说"这书要卖一百万本"。它只会教导你思想、知识该如何炼而成，并深信这条且惟有这条道路值得追求，因为那是作为人所必需的一种教养。

大冢信一是岩波书店的"五代目"。一九六七年入社，从《思想》杂志的小编辑做起，一路爬到了总编辑、社长位置。他所编纂的书物内容，无一不属于哲学、思潮、社会、人文等艰深学术范畴。他的工作，则是要设法将之普及化，一如岩波书店门口那个米勒"播种者"雕像，"让他们全部站到街头与民众为伍"。在一个阅读已然休闲化的时代里，逆风而飞，其困难可知。偏偏他的总编辑、社长任内又逢"平成大萧条"，还碰到中盘商铃木书店倒闭，"岩波告危！"的风波，如何一一度过，转危为安，实有值得一说者。

从编辑实务到管理经营，从繁华到平淡，四十年往事如流，大家写得很含蓄很内敛，所提专家学者更非台湾普通读者所熟知，全书内容很有些冷硬，直觉甚至像流水账。可功夫在字里行间，有志于编辑、出版营运，尤其学术思潮小众出版者，细细推敲追索，光芒自将慢慢闪现；想知道一家百年出版社是如何成其久大，其视野如何宽广，理想又如何高迈？翻啃此书即是！

关于少年 H 种种

　　二次大战终结于一九四五年夏天，朝鲜战争是在一九五三年七月签约落幕的。算一算，东北亚和平竟也就要一甲子了。自然，局部动乱不免，全面性战争却似乎已远离这一区域。有战争经验，或说记忆者，至少都将花甲了。"前事不忘，后事之师"，这是陈滥的套语，但就算"一期一会"的绝对存在，回忆那一非常时期的非常状况，将少数疯狂人类凌驾、役使多数人类的荒谬举动记录下来，亦自有其价值，更何况是一名少年眼中所见。机群轰炸，天火降临之时，少年如何以其内在的纯真来抵抗外在不停进逼的残酷？阅读《少年 H》最让人痛心的，或许就是这个。人的身世遭遇乃一辈子的功课，战争却让小小年纪的孩子便背负巨大的"宿题"（作业），写上一辈子也写不完。即使天生开朗豁达如妹尾河童，也得活到六十七岁之时，方能动笔写下这经验，其困难可知，说是"生命中无法承受之轻"亦无不可。

　　妹尾河童是个独特的人，他的强烈好奇，勇于尝试，旁人或也有；他的我行我素，不听人劝，恐怕少有人能比。阅读《少年 H》，许多人说，从书中不少妙趣言谈，甚至大胆的行径，看到了日后的河童身影。但或者事情恰恰相反，河童性格所以如此鲜明昭著，虽自有其天性，战争经验却也可能扮演某种"定影液"的角色。战争强烈扭曲人间所带来的压力，仿如一片黑云，由远而近，终至铺天盖地，人们所赖以抵抗的，有信仰者依其所信仰，无信仰者便只能凭其天性了，性格愈强烈者，反抗愈大，留在身上的痕迹也越强烈，至强烈者即自寻死亡以为抗议，譬如此书中的娘小哥。幸存者因其用力之猛，性格遂定着成型，再也无法改变，即使此后躯体继续不断成长变老。战争让世间种种俱夭折，有人夭折了生命，有人夭折了性格，从此再也长不大了。——读《少年H》，一读再读，竟想到了格拉斯（Günter Wilhelm Grass）的《铁皮鼓》（Die Blechtrommel）。河童一以贯之，总也不长大，是战争使然的吧！？

比河童小了三岁，属于"英美鬼畜"那一方的英国导演约翰·鲍曼，一九八七年将其战争经验拍成半自传电影《希望与荣耀》（Hope and Glory），同样透过孩童之眼，观看战争的荒谬，因为阳光明亮，穿插稚语朗朗，让人更加感受到了毁灭阴影的黑暗。那是关于伦敦大轰炸的。《少年H》所写，则是地球另一边的神户大轰炸。与此同时，一九四五年春天，台湾也遭到了美军B-29轰炸机群几近无等差的狂炸滥射，一九四〇年前后则是重庆大轰炸。轰炸这一举止，基本上，惟有相对强者方可施之于弱者，轰炸之下，弱之弱者如儿童，眼中所见到底为何？心中所烙印又是何种痕迹？台湾先辈，无论来自彼岸或长于本土，所留下的文字，类皆泛泛，少有如约翰·鲍曼或河童这般细腻鲜明者。"莫道是他人子弟，当看作自己父祖"，翻读此书，尤当见到河童母子在漫天烽火下窜逃求生时，台湾读者心生之悲悯，所流之眼泪，或当有更深层的感怀才是吧。

"因为我不愿意。要说明那个时代的话，我不希望写成相关的回忆而已。对于不了解战争的世代，如果无法彻底传达那个时代的事，不如什么都不要说。"河童在回答为何要隐藏那么久才写下《少年 H》这段身世经历时这么回答。他于此书所显现的笔法，一如他"躲在天花板"的鸟瞰图画法，让人从特殊的视角探视到了战争的可鄙可恶。"看惯了，就会看漏了。只要靠得近，一定看得到。"这是他常挂在嘴边的口头禅。翻读此书，读者看得近且看得真，这位欧吉桑果然有一手！从中文本来看，相较于上个世纪末的第一译本，此一新译，不但译笔流畅，口语许多，个别词汇经过斟酌损益，也更加精准，实寓"后出转精"之意。河童翻箱倒柜所提供的十余帧老照片，更让时代感满盈而溢，堪称难得。到目前为止，这一译本或许是此书包括日文等各种版本之中，最新也最完整的一个吧。

苍茫却望潮来处
——读五木宽之《青春之门》

一九六九年，五木宽之三十六岁，战后新生的日本二十四岁。此年，日本学运烽火遍地，呐喊不歇。全国百分之八十、总数一百六十五所大学陷入纷争状态，其中七十所遭到学生封锁占据，激烈冲突不断爆发。

六十年代

时代进入一九六〇，一切便已开始了。仿佛呼应"婴儿潮"（Baby Boom）青春期的到来，全国性的请愿、罢工，乃至牵涉日美的"安保斗争"，一波接一波，一回强过一回。到了六〇年代中期，越战加剧，因反战而触发的反权威、反体制愤怒遍布全世界。从美国到西欧到中国，"造反有理"四个字带给年轻人无尽的想象与希望。日本学生对此的回应则是：日大斗争、东大斗争，御茶之水学生解放区……

就在此时，前一年方因散文集《有风吹过》成为年轻读者的最爱，而以"敏锐的国际感、巧妙的暗喻、旺盛的创作力、反现代主义、肆行消费文明批判"著称的五木宽之，于世人的期待下，开始在《周刊现代》连载小说《青春之门》。透过青春的断面，抒情的本质，沿着时间之河追述主人翁伊吹信介的生命成长过程，从而析理个人／时代（或说日本）命运的走向，或即其企图也。

此书刊行后，迅即畅销，红极一时，单行本、文库本陆续推出，至今销售超过两千万部，缔造战后日本小说最高发行纪录，并一而再地被改编为电影、电视剧、漫画。就此热烈景况而言，小说初登场时，《周刊朝日》称之为"五木文学的新开展"，确然可信！

大河小说

"大河小说"是日本说法，源自法文 roman – fleuve，乃指以一人或一家一族为中心的长篇小说。通常以多部方式呈现，亦即人物、情节隐然具有连续性，却可独立成篇，分别阅读。法国作家罗曼·罗兰名著《约翰·克利斯朵夫》堪为代表。《青春之门》一枝生八叶，从伊吹信介的故乡筑丰写起，自立、放浪、堕落、望乡、再起、挑战、风云，一部接一部，娓娓写来，执笔总时间超过二十五年，全书时代背景则横断整个战后日本历史，诚然不折不扣的"大河小说"。

小说既以"大河"称之，信如巨川流转，时而惊涛拍岸，土石迸裂；时而风平浪静，暗流汹涌。两岸风景亦自殊异，高山平畴起伏不断，让人看得目不暇接。有趣的是，五木写作《青春之门》，却是收敛多于奔放，淡笔多于巨椽，一路写来，即使是十分戏剧性的情节，譬如黑道火并、矿场灾变、男女性爱等等，也都因其节制，而让人有一种"淡定"甚至"废然"的感受。此种淡定／废然，从某个角度来看，恰如电影长镜头的运用，由于"距离的美学"，竟令人生的无常，转成一种可接受的命运。人在时间长河里的挣扎、奋斗，也因此格外有了一种光辉。

对照五木解释"蓝调音乐"（Blues）时所称："（蓝调）乃是正反两种感情同时呈现高涨状态的东西。是绝望的，同时让人感到希望，凄凉却明朗，悲伤却爽快，粗俗而高贵"，此种"高反差"的创作基调，是即小说《青春之门》最大特色，相当程度上，却也成为阅读，甚或翻译的一道关隘，穿越不易，一个掌握不住，"淡定节制"便成"平淡无奇"了。这也是习惯将 NHK"大河剧"与"大河小说"混为一谈，从而期待大河冲决，波澜四起的读者所不可不注意的。——这条大河，骚动在底层，伏流强劲，宁静的仅是表面耳。

青春

青春是一种状态，一种不均衡的状态，或"以偏执之心发而为单纯之行为"，是为"痴"、"狂"；或"以单纯之心发而为偏执之行为"，是为"真"、"狷"。此种"痴／狂"与"真／狷"，随着年岁的增长，往往为岁月所消磨殆尽，转为趋吉避凶的人间算计。青春所以让人怀念，初恋所以难以取代，彼时所以为"闪亮的日子"，多因此一"初衷"所致。

书既有"青春"之名，能否掌握此一状态，如实呈现，遂为此书成败关键。检视此成败，最容易的途径，或可自"性"

切入。"饮食男女，人之大欲存焉"，"知好色而慕少艾"，实青春之始；或可说"性的幻想与实践"乃是青春的最大命题。如何而能恰如其分地描写此一"无邪的淫乱"，也是所有"成长小说"（Novel of initiation）作者的最大挑战。

屠格涅夫的《初恋》干干净净，仅能让女孩朝坐在十四呎高墙上发呆的男孩说："你老说爱我；好，要是你真那么爱我，现在就跳下来找我吧。"三岛由纪夫前进了几步，让《潮骚》男孩与女孩脱光了衣服，女孩急促呼喊："你从火上跳过来。要能从火上跳过来……"，最终却也不及于乱，避过去了。

五木则异于是，面对青春的性，他慨然迎上前去，绝不回避。无论是伊吹父子"两人合抱（继母）阿妙的雪白肉体，互相握着对方的手臂，一面相视而笑，一面用力将身体前后摆动"或少年信介将脱落的牙齿塞入女童伴的性器之内，乃至日后耽溺手淫的焦虑，标志人生阶段的初次性经验等。他都单刀直入，细腻描绘，绝不以象征手法轻轻带过。

最让人惊奇的是，尽管大胆铺陈，刻画入微，纤毫毕现，这些描写，却仿佛江户名家笔下的艳本浮世绘，乐而不淫，毫无猥亵污浊之感，甚至让人蓦然追忆及个人青春身世，从而生出某种特别的共鸣与感动。《青春之门》（筑丰篇）一出手便自轰传，得获"吉川英治奖"，而被誉为"中间小说"（介于纯文学与大众文学之间）之翘楚，其来有自也。

联想

好小说总是让人浮想联翩的。才入青春之门，读到丰筑地方的风土人情、"川岸风骨"之说，台湾读者恐怕立刻要想到吴念真笔下的九份、瑞芳矿坑、炭夫种种，而以电影《多桑》总其成，比拟想象之；看到信介逃家攀爬废石山的过程，爱读日本小说的人，或即对比到吉川英治《宫本武藏》所描述武藏元旦攀爬富士山的情节；信介藏匿壁橱窥看心仪的音乐老师与素所不屑的猥琐男老师的交欢场面，则简直是郭筝《好个逃课天》的母型重现……

这样的读法，对于小说本身是一种厚爱或伤害？见仁见智，难说分明。或者我们应该将《青春之门》的寓意分为两个层次，对于书中人物而言，这是"一扇穿过就再也回不去了的时光之门"；对于读者而言，却是"一面穿过就可看到时光队伍的魔术之镜"，"苍茫却望潮来处"后，让人恍然了悟"大地与身同一浮"，白茫茫真干净！

这些事那些事

　　我与书有夙缘，几十年绕来绕去，不是在书店，就是在往书店的路上。而这书店，旧书店的比率又远高于新书店。

旧书之光

一直忘不了那部书的光芒，尽管书名早忘，开卷刹那宛如电击般的震慑感觉，此生难忘。

那是一九九〇年代初期，尚未改名为"国家图书馆"的"北京图书馆"善本部，为了查找硕士论文资料，我在天寒地冻的腊月天里，投宿人民大学专家楼，大清早搭上拉客面包车，直叩这一出了名的"天禄琳琅"。彼时，看善本书还很简单，递上申请单，写下书名条子，没多久，便有专人送到座位，任你翻阅。虽然书桌铺有一块黑毡布，可无须戴上白手套什么的。这大概是普通读者也能如此亲近地在北京图书馆翻看善本古籍的最后时期了，赶上这灵光即将消逝的年代，算我幸运！

明代晚期，某经商致富的徽商在他斥资兴建的园林落成之后，邀宴友好名流，骚人墨客，诗酒风流之余，更请题写园记，有绘事有文笔，结集后邀来匠工写刻镌版，墨印装订成册。因里面有徽商后人潘之恒的一篇文章，我非读不可，是以千里访书京华。

书来了。很一般的靛蓝封面，打开一看，只觉得眼睛一亮，"版式疏阔，刻揭精妙。字大如钱，纸质紧薄。光润似玉，墨色奕奕"，古人对于善本的形容词，一下子都活了过来，跳跃眼前。我屏气凝神，仔细端详，翻阅一过又一过，不时还低头嗅闻，几百年墨香犹然，引人入胜。一整个下午便消磨在这薄薄几十册页之中。——即使日后三生有幸，得能亲手摩挲一纸千金的宋刻本，却无论如何没有这次的印象深刻难忘。

"未来，每个人都有十五分钟的成名机会。"（In the future everyone will be world-famous for 15 minutes.），波普大师安迪·沃霍（Andy Warhol）的名言。这句话解法很多，言人人殊。放在东方的语境，或许也就是"瞬息京华"吧。人与人，人与物大概都是这样，这辈子总有机会见到、达到"最好"的，但也就是"十五分钟"；也因为你还活着，谁都讲不定这次是否就是最好的，也因此得以怀抱"未来（希望）"继续活下去。——曾经如此沧海，我很怀疑，在未来我还得见另一次的"十五分钟"的光芒。

谁知真的还有！人生值得活，大约也就是这么回事吧。

春天过后，某天接到书店同仁电话，说他们在中部某个仓库里收到一大批老书，希望我拨空去看看。我请他们先拍几张照片过来。书堆中很有些意思，为此特别跑了一趟。断烂朝报里，翻翻弄弄，竟然藏有几部线装书，初时不以为意，题签"支那撰述"四字让我以为是和刻本，暂搁一旁。全部翻弄完毕后，顺手打开一册，刹那间，墨光映面，墨香依稀。古早那一天那"十五分钟"的感觉一整个回来了。"和刻本也有这么好的！？"心底起疑，不管三七二十一，全数带回台北，细细判读鉴别。

这时候，方知活在网络时代的好处了。换在二十年前，恐怕得花上一个礼拜才能判别方向的事，捏准关键词，透过数字搜寻，一层接一层，一条线索接一条线索，抽丝剥茧找下去，不到半天时间，几可确认，这批线装书，应是晚明刻板开印，前后历时一百多年方才竣工告成的《嘉兴藏》部分经籍。

《嘉兴藏》刊行于浙江嘉兴楞严寺而得名，其雕版贮存于浙江径山寂照庵，遂又名《径山藏》。另一别名《方册大藏》，则是因为此前《大藏经》装订方式，几乎都为"梵夹装"（经折装），此为第一部以书本方册装帧者。从出版形式上而言，自也有"转梵为汉"的本土化意义。

《嘉兴藏》的刊刻，倡议于万历初年，晚明四大高僧之一的紫柏真可大师因南北二藏难于流传，发愿转梵夹为方册，而与吏部尚书陆光祖、编修冯梦祯等居士商议，决心劝请四方善士"捐身命之财，镌坚固之板"。此一巨大出版工程始刻于万历七年（一五七九），其后受到政局动荡影响，几经波折，断续刊刻，主要基地也从北方的山西五台山妙德庵，转移到了江南嘉兴楞严寺；中间历经改朝换代的大动乱，禅宗法嗣却前仆后继，坚持印经功德，最后于康熙四十六年（一七〇七）大功告成。但由于时间实在拖延太久，全部数量究竟多少？至今难有定论，以收藏最丰的北京故宫估计，至少有三百四十四函，另有首函。共收入经籍二千一百四十一种，共一万零八百八十四卷。足可谓卷帙浩繁矣。

此次所收到的《嘉兴藏》，包括残本共十二种三十三册一百一十五卷，与全藏相比，不过百分之一耳，但比对文献所见款式、纸张、印刷……种种，的的不差：墨色漆黑光润，悦目醒神。四周双边，外粗里细；白口，半页十行二十字。版框高二十三公分，宽十四点四公分。书口方镌"支那撰述"，中为语录书名，下呈墨钉。凡校对、写刻工匠及捐资者姓名、银两均列牌记于各卷之末。诚然若是。但最重要的恐还是"墨色漆黑光润，悦目醒神"十字，所谓"十五分钟"的光芒，尽瘁于斯。

只是，《嘉兴藏》所以为世所重，也不仅在这"十五分钟"。开雕之前，为了慎重其事，紫柏大师曾和参与其事的诸多文人、居士、学僧等商量出《检经会约》、《刻藏凡例》和《刻藏规则》等，不厌其烦地把这套经书从编辑、校对、雕刻、印刷……流程，规定得清清楚楚，甚至繁琐地步。以校对为例，"校经会期为每年正、三、五、七、九、十一月的十八日，与会者提前一天到达。否则，一次不到罚银五钱，三次不到除名。有重要原因不到者须遣人送所校经卷到会讲明，方可免罚。十八日互为抽对各所校经卷并共相质正疑难。临期不完者，每卷罚银一钱。"再如刻板尺寸与刻工的薪资、管理："梨板厚一寸以上，每块价银三分，厚不及寸并湿用干缩、节多和镶嵌补接者概不准使用。""刻工先行刻样看选，合格方准留用。凡录用者，其刻样每刷印三分加盖印记，分别交与般若堂、刻首和本人各一分以备查核。新刻经样上好者，每页优给银二分，次好者一分，不合格者不准使用并罚赔板及赔写样字。刻经积三十页以上方准送看，支付银两。每经刻完一部结算一次，不足三十页者，随其多少结算。刻工如有打斗胡为者，刻首须劝告，重则送官，轻则革除。"——如此翔实而严格的规定，让这部藏经，历经百年烽火，人事更迭，犹能保持一定的成书品质。其珍稀可知矣。

五月里，梅雨来袭，台北盆地湿热难耐，骤雨不时而至。

许多夜里，枕畔惊聆檐滴。滴答声里，每每想起这些书，想到那"十五分钟"的光芒，进而担心有个万一了。历百劫而长存，漂洋过海到眼前，相逢三百年，那是怎样难得的一种因缘啊？如其受损或毁，哪怕是小小一纸角，终也让人扪心揪痛，生成遗哀。

只是，世缘流转，人生实难。"为月忧云，为书忧蠹，为花忧风雨，为才子佳人忧命薄。真是菩萨心肠。"不是菩萨之人，也只有让它随缘自去了。

二手书之恋

"喜欢喝牛奶，干脆养牛去啦？"春天以来，这是我最常被"损"的话。更熟的朋友，则干脆归诸中年危机：眼看时不我与，偏偏"还有一个梦想"，所以铆起来蛮干，"棉花店失火，难救啦。幸好只是书，不是女人，要不，麻烦可就大啦。哈哈～"总而言之，二〇〇九年春节一过，告别了十五年的编辑生涯，辞掉"总编辑"不做，我一溜烟跑到二手书店打工去啦。原本为书"接生"之人，如今仿佛做公益，要为花果飘零之书寻找下一个生命落脚处了。

我与书有夙缘，几十年绕来绕去，不是在书店，就是在往书店的路上。而这书店，旧书店的比率又远高于新书店。我先是爱上旧书，然后才去编辑新书。旧爱新欢两不忘，很多时候，编着新书，想着旧书，一见新人笑，就念想最好旧人也能在身边绕。最轰轰烈烈的一役，当属新旧世纪之交，主持"远流博识网"时，谈着卖着新书，越谈越思念旧书，最后借着"珍本旧书义卖"名义，硬是在明明就是卖新书的出版社网站"偷渡"了一块旧书社群，呼群引伴，又是"跳蚤书市"，又是"珍品拍卖会"，花老板的钱，玩我的最爱。如今回想，真是不可思议！

言归正传。一别数年，如今终于全心拥抱旧爱，上班一个月后，最深刻的感觉是："这年——头儿都变了。"没想到，台湾新书店欲振乏力之际，二手书店却是如此蓬勃有趣。全台湾似乎都动了起来，大家一起疯旧书。且莫说遥远九份山城拐弯抹角的佛堂巷里，经营得有声有色，几乎已成为观光景点之一的"乐伯二手书店"。光只台中北屯那家楼高三层，总面积定有上千坪，走进去就像来到大卖场，光只各种版本的《红楼梦》便可占满一书架的"百利旧书坊"，便看得我目瞪口呆，简直乐坏了！点名再数，从台北一路下去，环岛一周，几乎每个县市都有几家让人耳目一新的二手书店出现，最令人讶异的是，店主人泰半年不过三四十，风华正茂，把旧书店当成志业在经营了。杀头生意有人做，赔钱的事没人玩。"怎么会这样？"这一切，难道真的只是"经济不景气，努力捡便宜"二句话可以解释的吗？我一直在想着。

　　事实上，这股二手书店热，新世纪之初，便已开始在酝酿。原因很多，先是网络出现，让原本以"信息不对称"为获利根源的旧书行业，很吊诡地由于信息迅速交流，扩大了参与族群，一下子起死回生了。这些人谈版本，找"古本"，交换心得，甚至串联访书，构成了这一波二手书热的中坚支柱，许多人甚至亲自下海经营起网络或实体二手书店了。更本质的原因，则或由于信息爆炸，为求生存，出版社拼命追逐畅销书，出书量遽增，生态多样性却与日俱减，书籍生命周期也越来越短，不旋踵即进入二手市场。"既然怎样也读不完，那么，没读过的就算新书吧！""读来读去内容都差不多，还不如读旧书！"新旧书的界线一旦模糊了，价格低廉、交货迅速又不难

"搜寻"到手的网络二手书，自然大行其道了。试想，连我家托婴保姆，年过半百的一位欧巴桑每星期都要上网淘宝买便宜旧书来读，二手书还能不红吗？

实体书店的问题相去不远。当出版量大到书店无法承载，只能选择陈列"卖得动"的书时，逛十家书店跟逛一家书店，其实相去不远。"既然想买的书都买不到，那，逛新书店跟逛旧书店，又有什么差别？"这时候，"价格"又成了决定因素，同样是寻找"惊奇"、"意想不到"，价廉物美且装潢服务又不输给新书店的二手书店，还是占了上风。更且，如果说，新书以及新书店的"灵光"（aura）已渐消逝，看得到的都是"机械复制"，原本该是个性化的"旅游"（travel）如今成了千人一面的"观光"(tour) 了。二手书店里，关于书店与书本的各种故事，却正到处流传着。譬如"店猫不见了"、"赤脚老板娘"、"被笑很贵其实不贵的惊奇签名本"、"涨价归公分一半给弱势团体的网络拍卖"……要知道，这是个"故事为王"的时代，故事等于品牌，谁的故事多，谁就吸引人哪。

最近碰到的一个故事是这样的。某日某位店长有些苦恼地告诉我，店里收到二册一套，清代诗人黄仲则的《两当轩诗词全集》，一九五九年线装铅印本，不算太珍贵。"问题是扉页有周弃子先生的大段题署印记哩。"这可就珍贵了，拿去拍卖吧。"问题是我还来不及收起来，就被常来的李老师看到了，坚持非卖给他不可。"价钱呢？"他从三百一直出，最后丢了一千块给我。我还没答应。"这肯定不够的。"对呀，拍卖一定可以卖得更高。"那怎么办？"可是李老师对我们很好，常来买书，还教我很多事情咧。"这个……嗯，真的有点麻烦。你决定吧，我都支持！想了好一下子，店长最后的决定是："这样好了。我把钱退给李老师，书就送他吧。这书要懂的人才有用。既然不拍卖，再多也嫌少，那就免费答谢吧！"就这样，没有签呈不用写报告，闲话一句，小女生店长自己就搞定了。

"遥远之物的独一显现，虽远，仍如近在眼前。"本雅明大概也会同意，比起新书店，二手书店的"灵光"或者更多一些。——Habent sua fata libelli（书皆有其命运），需要更多灵光照映，所以，我们恋恋二手书，狂心始终不歇！

告别最喜欢的那家书店

　　楼上并不很大，四壁是书架，中间好些长桌上摊着新到的书，任凭客人自由翻阅，有时站在角落里书架背后查上半天书也没人注意，选了一两本书要请算账时还找不到人，须得高声叫伙计来……这种不大监视客人的态度是一种愉快的事，后来改筑以后自然也还是一样，不过我回想起来时总是旧店的背景罢了。

　　周作人《东京的书店》，讲的是一九〇六年前后的丸善书店，不知怎地，总让我想起我最喜欢的那家书店。

　　但其实，论规模、空间、书籍数量，两者根本没办法比，时间更相差了整整一百年。惟一相似的，大概就是"楼上"两字，以及"不大监视客人的态度"，甚至可说冷淡的氛围了。

　　台北郊区的这家书店，我一年去不到几回，至多恐也就是三五次。惟独年年清明节扫完墓顺路，几乎都会过河趸去看看，报效些微书款。去时，从头到尾也几乎有一标准流程：上楼，跟店主人打招呼，沿书壁打转抓书，结账点咖啡，找位置坐下翻读，几十分钟乃至一个钟头后起身告辞。

　　这几日，为了写这文章，我一直思索，不过就是买几本书，同样这流程，台北城内城外怕不有十来家书店可搞定，为何我独独钟情于此，且总是忍着不买明明很动心的新书，累积几本之后，方才花费来回至少半天的时间，去消费这仅仅个把钟头？简直太没有效率了，不是吗？

这或许跟"理想的书店"有关吧。

理想，或说梦想，都很个人，无非相对不易实现的主观意志耳。所以谈起一家理想的书店，十个人可能有十一种看法——有一人不止一种——有人希望不受干扰，安静的挑书，最怕店家过来推荐这推荐那，甚至"也可以用租的"这样怪异的提议；有人却责难店员不亲切，一脸冷漠，专业知识不足，不能跟客人聊聊书；更有嫌书少，没得挑；嫌书店太大，人太多……都说个性决定命运，这命运当也包括一爿理想的书店才是。

书店是买书的地方，买到书一切理应完结，于我却不仅于此。书是逃避现实人生，借用他人人生的空间，书店即此入口之始，买书遂具有某种仪式性质，也自有一种庄重。别的不说，至少得安静明亮，让人得以凝神推门，排闼而入。图书馆必须安静，因为所有人正耽溺另一个人生空间，不应也不可打扰。书店自也应该如此，倘若不够安静，甚至光线阴暗，万一入错门，借错了人生该怎么办呢？

"安静"是理想书店的第一要件，个人很主观的偏见。当然，安静并非绝无声息，适当的音乐，自可发挥"鸟鸣山更幽"的作用。但应该何种音乐？那也是一门学问，热门摇滚必然不适合，常见为古典音乐，但按照不同时段杂以爵士、蓝调，轻声低放，亦自有一种趣味。

我喜欢的那家书店，有无音乐？我竟已忘了，可以确定的却是惯常静谧。静谧原因有几：一、生意不算好，有时一整个下午也没一个客人，主人却也不着急，随顺而行；二、客人太喧哗，店主人会出面制止，甚至摆臭脸以待；三、主人当也爱静，常自低头看书或电脑，除非你开口，不太搭理客人。归根究底，主人性格即是书店性格，气味相投方才会喜欢，我与此店因缘由此而来。

据云男女主人颇有些怪癖，譬如媒体时代里，各行各业莫不以"被报道"为荣，大街小巷饮食店张拉"感谢某某电视台某某节目报道"大红条幅即可证。昔时"有拜有保庇"，今日早改为"有报道有客人"。此店明亮静谧，风景这边独好，背后更有满满一箩筐故事，入围参选"台湾最美丽书店"绝无问题，店主人却几乎不接受采访，也非贡高我慢，而是索然无味，断然喊停："初时也接受访问，登出一篇，闹热数日，却多半不是爱书人，来打卡来拍照来东翻西看，就是不买一本书，遑论好好读一读。店小人多嘈杂，妨碍了真想买书读书的客人，想想多一事不如少一事的好。"——主人深明大义，看得远，守得稳。想不喜欢都不行。

女主人另一怪癖，爱猫恐更胜于爱人（男主人或例外）。自于河边开成书店，便开始照顾本地街猫，从无到有，从少到多。何处有食？猫自会传播，数年之间，"吃好叫相报"，猫口激增，女主人不仅给食给水，救死扶伤，登记编号，更予结扎。看到她对待猫儿的温柔照拂，处理爱猫捐款的一丝不苟，实在很难想象她所自称"臭脸老板娘"、"因为看不惯一个客人老是在书店把妹，而他满口的文学意见都是陈腔滥调，让我愈来愈

205

不耐烦，有天竟愤而把他赶出书店外！当时在场的一位年轻人被我吓到，以后再也不来了。"

> 有一间书店，紧临着河岸边
> 我为它，守候着时间
> 守候每个季节的水鸟
> 守候泥穴里沉睡的蟹
> 我时时勤拂拭，偶尔也纵容
> 比如说，一只墙脚上困着的蜘蛛
> 一片遭晚霞烧红的落叶

二〇〇六年开店之初，女主人为书店写下的情诗几行，题名《我想我会甘心过这样的日子》。十年于兹，有河有书有猫有山有欢乐有艰苦有日子缓缓流过，"是一切美好与快乐的由来"。对主人如此，对客人也是这样。二〇一七年，女主人有恙，遂不得不宣告于深秋结束营业，尽管后续有人接手，书店依然，但"你不能两次踏入同一条河流"，遂也只能告别最喜欢的那家书店了。

淡水"有河 Book"，二〇〇六—二〇一七，台湾最好的书店，因为坚持，遂得以独立。

上海之夜

绝似候鸟，初冬的某日，我又飞回暌违一年的上海了。

"你确定吗？""当然，我来过的。"好友 L 敲门前，我再次问他，因为怎么看都不像。时间是十二月初，我来到上海的第一个晚上，吃过一顿非常地道的上海菜，摆过一阵非常有趣的龙门阵，正要告辞之时，L 心血来潮，突然把我们带到他所住小区的另一栋大楼，也不知是九楼或十二楼，也没有标示遑论招牌，他选定一门，敲将起来。

"叩叩叩"声音回响在走道上，等了好一会儿，始终无人应门。"没人？""可能，再敲吧！"又敲了一阵，门后有了动静，然后，就开了。一阵浓烈的茴香麻辣味道迎面扑来。我更加不相信了，这里会有旧书店？

此次绕道香港，前来上海。一无公务要忙，专程就想好好逛逛书店，尤其旧书店；见见朋友，尤其老朋友。第一天晚上，跟老朋友诉完愿，他便带我来逛"对了，我们隔壁楼里也有的"一家旧书店。这是武夷路上的住宅大厦，楼高二十多层，书店开在这里，大约就像开在山里面了。

进到店内，四壁皆书，地上走道也堆得到处都是。中间一张办公桌，有电脑有簿纸还有热腾腾一个麻辣锅，以及等着被涮烫的牛肉片等等食材。"不好意思，打扰你用餐。""没事。你们随便看吧。"回话的女子，年约三十，听口音像是外乡来的。一行三人边挑书边与继续吃火锅的她闲聊，知道她乃受顾看店，老板不只这家书店而已，主要交易都透过网络进行，此楼算发货点，偶尔也有网友登门取货，专程来逛书店的，为数很少。

店不算大，二房一厅，但书可不少。有书店清出来的回头书，品相年份都很新，价钱却很低廉。线装书、民国本也有一些，但要价颇昂。挑来选去，问来问去，女子不停从电脑里叫出售价资料，最后我们得出结论：这是家有趣的书店，"文革"前的书，定价反比"文革"后的还便宜。这下好啦，专攻放在屋角那一大堆五〇到八〇年代的旧书。聂鲁达、唐弢、何其芳、罗尔纲……一一落网。最让人高兴的是，平反后重出的邓拓《燕山夜话》、内部发行的吴南星《三家村札记》、《"海瑞罢官"问题参考资料》竟然一次到位，也可算是因缘殊胜了。

蹲着淘书，不耐久累，最后干脆坐到地上一本一本翻，麻辣烫氤氲继续飘散，耳边偶尔传来的四邻喧语笑声，仿佛竟有一种回家的感觉。等到进入内室，发现有一大架台版旧书，本本都是熟悉的封面、作者，更让人"疑将他乡作故乡"了。直到买完书，下了楼，正当话别之时，一阵寒风吹起，路边梧桐残叶沙沙，头顶冷月淡淡，方才回转了神：这路是张爱玲走过，月是邵洵美看过，书是弄堂里散出来的。岁月静好。此真上海之夜也。

大阪买书记

到大阪旅行。

行前上网查看，这一关西商业重镇大约有一百三十家旧书店，与东京"八百古本屋"相比，相去甚远，但也够逛了。

此行完全没刻意想要逛旧书店，一则因系家庭旅行，且时间匆促，五天而已，"生吃都不够，哪得晒成干？"最重要的却是，逛了四十多年旧书店，做了二十来年编辑，年轻时"但计买书哪复读"的豪情壮志早被消磨殆尽，如今买书多半想读读看看，或与工作相关，不得不看。后者是指名需要，前者则随缘想要，偶尔两者也会凑在一块。

几个月之前，偶然从友人脸书（Facebook）发现一组日本俳人种田山头火（一八八二——一九四〇）的俳句，读后颇受震动，好久没有的经验。种田是名孤苦漂泊的俳人，身世堪怜。幼时母亲即投井自杀。上京念书，却因神经衰弱自早稻田大学退学，结婚又离婚，弟弟自杀，家里破产，父亲行踪不明。偏又染上酗酒毛病，也想自杀，电车却在离他几英时前煞住。求死不能，遂出家为僧，到处流浪，过着云水行脚，但其实颇有几分"游民"味道的生活，最后死在四国地方的松山。

种田写的是自由俳句，不谨守传统俳句"五七五"格式，与他的漂泊与孤独，似乎格外应合，友人翻译的几首：

今夜无处可宿
月亮带路

没有别的路了
我一个人走着

一朵云也没有
天空从来没有这么寂寞过

透露某种穿透人生的力量，年过半百读后，格外有感。《无量寿经》"人在爱欲之中，独生独死，独去独来，苦乐自当，无有代者"云云，呼之欲出。

飞机落地后，搭巴士前往旅馆途中，看着似乎"一朵云也没有"的天空，想起了这事，遂决定这次随缘逛书店的目标：那就搜集"种田山头火"作品翻翻看看吧。

下榻的旅馆位在大阪繁华闹区梅田驿旁，有地下街相通，人潮如涌。初次到大阪，附近又有工事进行中，尘嚣扰攘，简直头昏脑涨，隔天一出门就把"买书"这件事忘光光，只觉得很热很杂很新奇，不太日本，跟台湾地气很搭嘎。浪华色繁，不拘小节，据说这就是大阪风格。心斋桥、道顿堀是名所，不能不游，漫行乱看，眼前蓦然出现大大一个广告牌，黄底蓝字"BOOK OFF"！遍及全日本的"新古本屋"，我不去找它，它来找我了！进门即是一整架艺术人文杂志，按惯例先找《太阳》

杂志，"别册"没有想要的，却手到擒来一九八九年十月号过刊，特辑"漂泊の俳人／山头火と放哉"，简直过瘾极了！

按照过去淘书经验，一旦有感应，书自己来找你了，绝不会是一本，往往是一本接一本，来个不停。理性地看，你想的书竟然就出现，代表没人在注意（或搜寻），此店没人注意，邻近的店极可能也还有同类躲藏，诚然大可期望！

夜里摸索到了梅田地下街茶小路的古本屋街，虽仅七八家，但配合观光商业，显然都花了一番功夫整饰门面，"结市"味道浓厚。一家家看去，最大的心得是，好多年没来，旧书价格降了不少，这或许与二十多年大萧条有关吧。其次则是所有古本屋主人桌前必有一电脑，店家无不埋头注视，仿佛看股票。——数字时代，他们同时顾着另一店面，乃至参加拍卖中，虚拟的，赚的钱却可能比实体店面多上许多。

绕巡一过，果然有好物。买到一册《山头火：漂泊的生涯》、《俳人种田山头火》，品相都好。意外的是看到一册《永平道元禅师清规》，日本曹洞宗永平寺道元禅师最常见的著作，包含《典座教训》。手边常翻读的是岩波文库本，字极小，老眼越来越不适，这次所见乃静冈县官养院印来赠送信众的，三十二开本，字大精装，版型疏阔，特别好读，不客气就把"非卖品"给买走了；意外的意外则是看到一本安正五年（一八五八，清咸丰八年）的和刻线装本，明末云栖大师的《缁门崇行录》。本不以为意，却直觉眼熟，加上封面题签"支那撰述"四字，蓦想起前此所见《嘉兴藏》刻本，感觉其中当有故事可探讨，遂也带了回家。

五日之旅，能有这样成果，已大满足。谁知大鱼还在后头。

到任何城市，总想逛逛市场逛逛书店，两者经常相悖，惟一一次是在东京筑地，鱼市场里竟然有小小一片书店。有此经验，逛大阪黑门市场时，遂特别注意"摸蚬仔兼洗裤"的机会。书店真有！来回探望两三次，却都没开，丧气走了，乖乖逛市场看蔬果生鱼烧烤喝豆浆……闲逛向前蹓，到了"千日前道具屋筋商店街"，批发市场，专卖开店所需各种道具，店招、菜刀、碗筷杯盘、章鱼烧铁板……应有尽有，贵的便宜的，任君拣选。"这是我的菜！"进了一家碗盘店，看得不亦乐乎，虽没买，也够欢喜了。出门抬头，赫然四个字："天地书房"！

　　书房开在二楼，一进门就知道很厉害！书架林立，每本书整理得干干净净；分类清楚，每本书都在应该在的位置。楼梯旁堆栈整齐，标示清楚的是一套又一套的全集。才进去，心便不自主跳了起来："应该有好运气！"找到"俳句"类，一茶、芭蕉、子规……该有都有，偏偏没看见谁在"种田"，山头烟也没一缕，有点失落："旧书就是这样的，跟棒球一样，说不准啊～"老婆大人要我写下"种田山头火"五字，自告奋勇去问。埋头电脑的店家，按了几个键："啊～阿立妈斯！"我一听，精神振奋起来了："都叩？都叩捏？"一急日文单词都出口了。

　　他领我到全集堆前，我心跳更快，等他翻出昭和四十七（一九七二）年十一月二十五日初版首刷，春阳堂本《定本山头火全集》，我已满头大汗，估计血糖骤降了。"我要的就是这个啊～"临行前跟友人询问过，他所根据的，主要就这一套，但因年代久远，估计希望渺茫。没想到竟然出现了，且品相完好，连护书的玻璃纸一张也不少，要价也仅日币五千元，简直不可思议，非要不可！

旅行结束，回到家，迫不及待，一本一本拿出来翻看。全书七卷，包含句集《草木塔》、"云层"发表句、总论、日记、书简、随笔、年谱、行迹地图，总页数超过三千五百页，好奇称称看，重五点六公斤！

——家已够小了，又牵回一头"大白象"，到底在做什么啊？懂日文吗你！？

伤逝

　　寒流来袭的前一个晚上，台北街头冷冷清清。已经很久没逛旧书店的我，从师大往台大方向走去，一店一停留，晃荡翻看，越走越冷夜幕越深沉。台大附近的温州街，记忆里的咖啡店、餐厅、小吃摊，"萧瑟秋风今又是，换了人间"，才几个月没来，又倒了好几家。街景很有些萧条，来自大洋彼岸的金融风暴似乎也逐渐笼罩盆地的街巷，就连原本掺有玻璃屑而闪闪发亮的柏油路，竟也黯淡了下来。

　　不景气的时候，还是有人赚钱。二手书店该是其中之一，这几年，台北陆陆续续又开了好多家。"二手书店"跟传统"旧书店"的区别，大约就是店内装潢更讲究，分类更清楚，所卖的，也多半是十年内的旧书，超过二十年的，也有，但不多。由于店面几乎跟新书店没有两样，甚至还有以"跟诚品一样漂亮"为招徕，一扫传统旧书店阴暗凌乱的印象，大大获得顾客赞赏，很快成了新兴的红火行业。

　　店系新开，一眼望去，满目皆书，中外文都有。许是天寒缘故，客人没想象的多，三五散落在书架之间，各看各的。就逛书店而言，这是最恰当的人数，虽然店主人绝不希望这样。我顺着书架一排一排逡巡过去，偶然瞥到几册二十多年前盗版的《松本清张选集》，恰恰是我没读过的，取出翻看，书名页一个小红藏书章，让我的心一下子揪紧："啊，没想到会在这里碰到 H 君！"

H 君是我熟悉的。熟悉是因为一直爱读他所翻译的书，从早期的人类学经典到后来的文学作品。透过翻译，H 君的才华让我深深折服，读得多了，竟也似熟识的好友，从三两行笔路就能辨认出他来。H 君大我几岁，台湾南部小孩，七〇年代就读台大时，博览群籍，才华横溢，有天才之誉。谁知后来卷入一桩政治事件，遭到逮捕，最终虽被释放，某种阴影却似乎一直笼罩着他。婚姻、工作都不如意，惟一剩下的就是"阅读"了，不停地读，却很少写。读得高兴了，又有人请托，便翻译一两本。我猜测这种读译，大约也是消极多于其它才是。

听闻 H 君过世，是在去年夏天远游归来之后。据说某夜他与老友聚餐，突然心脏病发，卧倒猝逝，口中最后一句话是："我都不在 Amazon 买书，我都在纽约的一家旧书店买……"没想到，不到一年光景，他的藏书便已散出，流落到二手书店了。"这回收到不少好书吧？"我指着 H 君藏书印，询问店主人。"是呀，满屋子书，载了好几次。有很多原文的，你有兴趣吗？"寒夜里，我一本接一本翻看 H 君的"遗书"，仿佛想由此追寻他的生命轨迹，却毕竟无能为力。少年说剑气横斗，长夜读书声满天，终究是余音袅袅的青春之歌了。

"得知《查令十字路八十四号》出了中译本，可能有些人反应跟我一样：我应该有这本书（英文版）吧！我好像很久以前就读到这本书了？没有，从未读过。但是，因为曾经存于伦敦这个地址的二手书店几乎已经披上传奇色彩，因为爱书

215

人汉芙与该书店职员之间的交往故事早就像一则佳话般被传诵着，因此我们总以为这本书是多年的旧识，而事实上竟是从未谋面。"H君所写《查令十字路八十四号》书评的一段话。想想，我跟他的缘分，也是这样，"总以为是多年的旧识，事实上竟从未谋面。"——这夜，我买下H君的两本书，一本是布洛克的《酒店关门之后》，一本是 Margaret Visser 的 *The Way We Are*。

纸上膝栗毛

将近二十年前的往事。家姊留学日本，母亲去探望，问我要买什么？当时正疯周作人，且自信会学好日文，于是写了纸条，要大姊帮忙买两本书：式亭三马《浮世风吕》、十返舍一九《东海道中膝栗毛》——周作人一再提起，最能窥见江户庶民风情的滑稽本。

大姊看到书单，吓一跳："这种古体日文，你也能读？别傻了！"但还是把书买回来了。两本书，所费不赀，到手时兴奋地翻了翻，上架后，取翻次数，屈指可数。表面原因：周作人中译《浮世澡堂》，我找到也读过了。更底层，恐不免还是一种虚荣幻象在作祟，以为拥有一本书，便拥有其内容。——至今我也没学成日文，这种事，硬碰硬，光有书也没用！

十返舍一九的《东海道中膝栗毛》（"栗毛"指栗色马。"膝栗毛"是以膝盖代替马儿，意即徒步旅行），周作人常说要译该译，最后却没译成，并非没时间，也不是没能力，而是上级不准，几次呈报没通过，遂成终身遗憾。

日前到台北上海书店，偶然看到此书中译本《东海道徒步旅行记》，封面译者写着"鲍耀明"三字。"会是他吗？老先生竟还在世。"我知道的鲍耀明仅有一人，也就是一九五〇、六〇年代与周作人长期通信，且安排他不少作品在海外出版的报人鲍耀明。他曾自称"荒唐先生"，与好友曹聚仁的"乌鸦居士"，差堪匹对，特有意思。

翻看书前译序，才知真就是他。老人家毕业自庆应义塾大学，早年也翻译过几本书。九十多岁时，不辞辛劳，提笔上阵，为的是追念故友，完成其心愿。"虽然辛劳，却也是一件开心的工作。"老先生这样认为。

"师友风义"四字纸上常见，亲眼所睹，其实有限。随着世风转变，这种事，大约就像孔乙己的茴香豆，"不多了，已经不多了。"

十返舍一九的《东海道中膝栗毛》写成于一八一四年，江户幕府十一代将军家齐在位时。同一年，曲亭马琴的《南总里见八犬传》也出版了。这书后来总共出了九辑九十八卷共一百零六册，最后一辑出版时盛况空前，"本屋"门前大排长龙，为了怕有人买不到闹事，采限购贩卖，但还是有人买不到，结果连没装订好的也要，拿了就跑！

三十年后，纽约港口人山人海，仰头翘望入港轮船带来伦敦报纸，为的是抢先一睹狄更斯的最新长篇小说连载。"小耐儿死了吗？快告诉我！"有人忍不住合掌圈嘴，对着轮船大声喊叫了。那是畅销书兴起的年代，也是纸本书从乌衣巷内散入寻常百姓家之时。

此时的江户日本，四海承平，民众识字率大增，据说达到百分之七十以上。大城市里，本屋（书店）、古本屋（旧书店）之外，还出现了"贷本屋"，也就是租书店这一行业。"贷本屋"是坐商，想租书的人得到店里来；另有一种"贷本屋さん"，则是背了一大堆书，服务到家，在街头巷尾让人租看，像爿"会走路的书店"，机动又有趣！

透过"浮世绘"图像流传，许多人都知道江户时代"贷本屋"。至于古老的中国，明清时代资本主义萌芽，经济带动文化发展。庶民百姓读书风气，于东西洋丝毫不遑多让。出版早成了一种专业，花样也自层出不穷。

一八一四年恰当清朝嘉庆年间，彼时北京城里也有租书店，名为"税书铺"。"税"即"租费"之意。其出现，可远溯到康熙年间，"臣见一二书肆刊单出赁小说，上列一百五十余种，多不经之语，海淫之书，贩卖于一二小店如此，其余尚不知几何。"有名刑科给事中给皇帝打报告说。

中国没有"浮世绘"，彼时北京税书铺模样无由流传，仅能靠残留史料与书本推想。据说，当时北京馒头铺多兼营唱本出租生意。早上出门买馒头，顺便租本戏曲小册子回家看，一如现代人去 7-11 吃早餐再带份报纸，倒也合情合理。当时出租书上都盖有长文印章，印文非常有趣：

本斋出赁四大奇书，古词野史，一日一换，如半月不换，押账变价为本，亲友莫怪。撕书者男盗女娼。本铺在交道口南路东便是。

本斋出赁抄本公案，言明一天一换，如半月不换，押账作本，一月不换，按天加钱。如有租去将书哄孩，撕去书皮，撕去书编，撕纸使用，胡写、胡画、胡改字者，是男盗女娼，妓女之子，君子莫怪。

租书办法、罚则、注意事项、道德恫吓，写得清清楚楚，真是一门生意哪。

　　"藏书何必多，西游水浒架上铺；借非一瓻，还则需青蚨。喜人家记性无，昨日看完，明日又借租。真个诗书不负我，拥此数卷腹可果。"一八一八年有名江南文人写了《生涯百咏》，内有《租书》一首云云。这一年，江户与北京，国泰民安，许多人埋首贷本屋、税书铺的戏曲小说，直看得不亦乐乎；隔着大西洋，纽约与伦敦的人们，则一大早抢看报纸小说连载，同样不亦乐乎！

台湾旧事

从没想到会离历史、离她这么近？

那二个瓦楞纸箱书稿是顺便带回来的。近半世纪前的东西，箱底水气重，纸张沾粘难剥；箱顶好些，却也都污损发黄，甚至碎裂了。以今日专业研究眼光看来，书稿内容并非十分珍贵，让人感心的是，超过十万以上的文字，密密麻麻，一笔一画、一个标点符号都是亲笔写成，电脑时代再难见了。

翻阅时，但觉时光匆匆，如蛛网积尘，没想到夹在其中的"它"便出现了。十六开本，薄薄三十一页。初看没认出来，仅因纸张、出版时间，直觉是珍贵的。上网一查之后，才想起这是"旧识"，传说中的那本杂志，只因印象所存是它覆刻影印件的模样，乍见"本尊"，一下子竟辨认不出来了。

一九九八年吴三连基金会台湾史料中心曾覆刻出版一批台湾光复初期旧杂志，几乎本本短命，珍贵难说。这本一九四六年出刊的《新知识》列名其中之一，命运多舛，自不在话下。不仅"创刊号"即"停刊号"，只此一本。且还在印刷装订时，便被有关单位以"未经批准登记"的理由，查禁没收了三百本，剩下二百本，五十本送到台北书店销售，另外一百五十本据说由传奇女子，也可能是杂志出资人的谢雪红秘密分发光了。原本存世数量就这样少，经过"二二八事件"、白色恐怖、戒严管制，此种抱在怀里犹如抱了一颗炸弹的重量级禁书，历劫得存的，只怕十不得一，直如濒绝动物矣。

当是一九四六年夏天的事。台湾光复将满一周年的台中。于军方《扫荡报》改组而成的《和平日报》工作的周梦江、王思翔鉴于报纸资料室里有许多台湾禁止进口的"进步杂志"、"与官方持不同观点但很有价值的文章和资料，是一般台湾人无法看到的"，因此计划创办一份月刊，"以介绍国内进步文化为主，也刊登台湾的稿件"，这个想法受到当时开了一间"大华酒家"以为入世之媒的台共党员谢雪红与其革命情侣杨克煌的赞同，据周梦江回忆："谢氏变卖了一副金首饰作为经费，便准备出版了。"

另有一说是，经费是由日据以来，秉持"台湾文化协会"宗旨，一直都是台中最具文化活动力的中央书局董事长张焕珪提供，而由曾被前辈作家张深切戏称"万善堂"（寓意"什么都好，有求必应"）的书局经理张星建挂名发行人，与书局关系密切的台中图书馆馆长庄垂胜则为杂志题写刊名。两说孰者为是，尚难论定。但可以确定的是，这是一份由台湾人出钱，大陆人出力，矛头指向国民党统治的政论杂志。

《新知识》正式发刊日期为一九四六年八月十五日。主编除了王思翔、周梦江两人，另一位楼宪，曾任《和平日报》经理，后来回任台中二中校长，此职算是兼任。包括大华酒家、和平日报、法律顾问林连宗、印刷厂白鸠堂等也都在封底内外登有广告，用表祝贺。

第一期的内容，署名文章共二十一篇，超过一半系转载选录自中国内地，作者、出处包括费孝通、何香凝、许涤新、陶行知、《大公报》、《文汇报》、《大刚报》等。新写文章，除了赖明弘之外，执笔者都与《和平日报》有关。王思翔以"张禹"笔名所写的《现阶段台湾文化的特质》，杨克煌署名"杨清华"的《台灣經濟の現在及現在》两篇长文，一中文一日文，同样分析批判兼具，掷地有声，堪称压卷之作。

因为日后个人的历史命运，特别引人瞩目的二篇文章：谢雪红（斐英）《婦人と新智識》、杨逵《为此一年哭》，同样一日一中，篇幅都短，不过数百字耳，且据说都经修润。谢氏笔下冷静，所言于今看来并无出奇之处，摆在当日或有启蒙之功；杨逵文章则充满感情，足可穿透时空，让人读来心绪为之一动：

说几句老实话，写几个正经字却要受种种威胁，打碎了旧枷锁，又有了新铁链。结局时间是白过了，但是回顾这一年间的无为坐食，总要觉着惭愧，不觉的哭起来，哭民国不民主，哭言论、集会、结社的自由未得到保障，哭宝贵的一年白费了。

谢杨两人日后渐行渐远，大约也自这个时候开始。从文章冷热，或许也可见出性格差异吧。

"文字收功日，全岛革命潮。"夭折了的《新知识》诸君是否曾有此想法？我们不得而知。我们所能知道的仅是，半年之后，革命果然爆发了。"二二八事件"里，这一批曾对祖国怀抱天真梦想，期待为人民发声出力的人，抓的抓，逃的逃，雨夜花落，飘零无根，青春之梦都被风吹雨打去，再也回不去了。

收到一本杂志，想起一些人。"料理巾箱忽泫然，故人遗墨尚生妍；台湾旧事浑如梦，屈指于今五十年"，周梦江先生一九九四年所吟。——与君情同调，幽微皆能知。谁知又过二十年了！

三本书的回忆

丰子恺

九月之后，秋光变明，暑气渐渐消去。盆地的天空一天比一天湛蓝，过不了多久，那种几近透明的光感，就会出现了。

"那年秋天的台北天空，是否也这么洁净呢？"我说的那年，是一九四八年。九月下旬，画家丰子恺从上海来到了台北。

那年，丰子恺正好年满五十，面貌清癯，留着一口著名的山羊胡子，神态稳重。或许饱受战乱之苦的缘故，精神虽好，却略显老态。这印象，是我从他在台湾所拍的相片中获得的。

丰子恺会到台湾，跟心情有很大的关系。八年抗战之后，重回故乡，旧居缘缘堂只剩断垣残壁。亲友离乱，莫知所踪。更难过的是，好友朱自清好不容易挨过战争，却在这年八月里，于贫病交困中过世了。

心情不好，可想而知。更大的压力是面对一天天高涨的物价，谋生大不易，光是张罗家中大大小小七个孩子的生活费用，就够累的了。此或所以当开明书店的章锡琛章老板邀请丰子恺一起到台北看看开明分店时，他便答应了。散心之外，他也想去试探迁居南国的可能。女儿丰一吟那年暑假刚从艺专毕业，跟章锡琛家人都很熟，乃跟着同行。

两家人于是搭乘"太平轮",从基隆上岸,浩浩荡荡来到了台北。章家人住进了中山北路一段七十七号的开明书店台北分店,那是一长排有着洗石子立面的三层洋楼街屋之一,样式古朴,在台北住久的人,都还留有深刻印象。丰子恺父女则住进转角巷道内的招待所,中山北路一段大正町五条通七号,这是正式的地址,留存着浓浓的时代过渡味道。照推算,应该在今天中山北路一段八十三巷内。

　　中山北路东侧这一代,与几个重要官署相近,日据大正时期被辟为公务员宿舍区,乃取名为"大正町"。该町规划系仿照日本京都棋盘式街廓,所以留下了"一条通"直到"九条通"这样的巷弄名称。因为是公务员住宅区,治安出了名的好,战后国民党高官一进台北便纷纷抢占,蒋经国早年便是住在这附近的。

　　十月里,丰子恺在台北,透过广播做了一次演讲,谈中国艺术。还在中山堂举办过一次画展。门生故旧陆续来访,加上新认识的朋友,日子过得倒也热闹。晚上,他多半跑到开明书店与章老板喝酒聊天。丰一吟觉得无聊,不想听。常一个人留在招待所里用电炉煮面吃,有时把保险丝烧断了,整个房子一片漆黑,把她吓得躲了起来,丰子恺回来,忙问:"怎么啦?怎么啦?"

　　丰子恺一生与烟酒茶结缘,不可一日或离。他在台北,什么都好,就是喝不惯这里依然残留日本遗风的米酒跟红露酒,为此伤透了脑筋。当时在台大当文学院长的老友钱歌川家里存有一坛绍兴酒,特别送来书店供养,却还是解不了瘾。人在上海的弟子胡治均得知老师"有难",急忙又托人带了两大坛来,方才稍解了渴。"台湾没美酒"最后竟成了丰子恺决定不移居台湾的理由。艺术家率真性格,表露无遗。

我一直不大相信丰子恺是因为没有绍兴酒可喝，而不愿意搬到台北的。"语言的隔阂，恐怕也是原因之一吧！"我想。丰子恺初到台北，曾带着女儿上餐馆。父亲能吃海鲜但不要猪油，女儿不吃海鲜，猪肉却要瘦的。两人跟女服务生比手画脚讲了半天，闽南语不通就是不通。丰子恺灵机一动，改用日语，果然一下就讲清楚了。"在自己的土地上，竟然要用外国话才能沟通。"他不无感慨地这样说。

语言的问题，一直是个问题。尽管两年前就已经全面禁用日文，人们也乐意学习中文。但百分之七十五的日语普及率，却不是一朝一夕可以改变的。这次慕名来拜访丰子恺的本省人士，还是少有能用国语与之交谈的。甚至听说，去年"二二八"时，语言还成了判别敌我的一项主要依据。

二〇〇九年的秋天，我特意来到离家不远的五条通，企图寻找昔日丰子恺父女在台北所留下的点滴遗迹。一个下午里，我什么也没找到。除了从狭窄巷弄仰头看到的那一方湛蓝台北天空，以及整建后早退到二楼的"台湾开明书店"招牌，再有的话，就是躺在我书桌上那本封面题有"丰子恺卅七年十一月台北"字样的签名本《战时相》。

黄荣灿

"大家都走了，他为何不走？两人碰到面了吗？"我想起的是另一本书，另一个人。

今年春天，偶然缘遇了几百本罕见的三〇年代旧书。《战时相》之外，另有一本《抗战八年木刻选集》。一九四六年九月，上海开明书店所出版。拿到书时，我急急翻阅，果真在第七十九页里看到了那张题为《修铁道》的图片。

这张版画，我很熟悉了，仅次于那张《恐怖的检查——台湾二二八事件》。都是黄荣灿的作品。

黄荣灿是四川人，毕业于重庆西南美专，拿手的是木刻版画。他跟号称"中国木刻之父"的鲁迅并无直接关系，算起渊源，只能说是学生的学生。抗战胜利后，十月里他带着自己的全部作品，从重庆出发，经过上海、南京、香港，到了台北时，已经是十二月了。入境身份为记者。时年三十的他，为何要千里迢迢来台湾？说法颇有，但老实说，至今仍是个谜。

《抗战八年木刻选集》关于黄荣灿的简介有"性好动，善适应环境，热心木运，富有组织力"这几句话，恰恰跟他到台湾后所展现的惊人活动力若合符节。黄荣灿不懂日语，当然更不会闽南语。然而，他却很快经由拜访西川满、立石铁臣、滨田隼雄这些滞台日人，打入台湾文化界，不但办画展、编报纸、搞出版、开书店，还打入了"省展审查委员会"跟"台湾文化协进会"。当时来台湾的大陆文化人，包括马思聪、欧阳予倩、田汉等，有的住过他家，要不，多半也曾参加他家客厅的沙龙聚会。

战后初期的中山堂，是台北最大的文化场馆，重要的集会、画展、演出，一无例外，都是在此举行。依丰子恺的知名度，以及他跟鲁迅的渊源，黄荣灿应该与他晤面了才对。但会是在哪里呢？

黄荣灿刚到台湾，住在大正町三条通，跟丰家父女所住的旅馆，不过二条巷子之隔。一九四六年三月他所开设的"新创造出版社"地址为桦山町二十一号，即离此不远的忠孝东路上，大约就是今天绍兴南路与杭州南路之间。不过，等到丰子恺到台湾时，他已经搬进台湾师范学院，也就是日后师范大学的教职员第六宿舍，那是和平东路口龙泉街一带。

"算起来，最有可能的地方，还是中山堂，或者黄荣灿是到开明书店去拜访丰子恺了吧！？"

此时黄荣灿的心情，一如丰子恺，想必也很沉重。原因可追溯到去年春天的"二二八事件"，尽管他在事件中并未受伤，甚至他这个"好阿山"还大胆地骑着他那辆破单车，到处探望、警告朋友们不要随意外出。最后更在车站前的旅馆向围聚民众喊话解释，替欧阳予倩的新中国剧社一行人解了围。

只不过，人虽然全身而退，刚开始没多久的书店却遭到波及，让特务给盯上，最后被迫要结束营业。四月底，他去了一趟上海，明着是去协商书店的事。事实上，却是要把偷偷刻印好的那幅《恐怖的检查》带出去，希望能赶上"第一届全国木刻展"，让更多人知道台湾动乱的真相。只不过，他还是没能赶上。直到秋天，才在第二届展中露脸。

回到台湾后，一切都不一样，不少朋友离开了。苦闷的他拿着清理书店跟出版社后的一点剩钱，跑了大半个台湾，先是往南，然后往东，最后到了红头屿。一到红头屿，他便喜欢上了这个小岛，写生、采访、纪录，又忙碌起来。来来去去了二次。二月，一直很支持他，还曾帮发刊一期便夭折的《新创造》写稿的许寿裳先生在睡梦中被杀害。三月回台北，得知详细经过，他深深感受到这件事情背后那无边笼罩的黑暗。心情大坏的他，又回到了红头屿。直到六月里，染上疟疾，才急忙返回台北医治。

大家都走了，黄永玉、麦非、王麦秆、张正宇、荒烟、杨漠因……一大群前后来台的木刻画友都走了。八月里，原本准备受聘到台湾师范学院教木刻，与他亦师亦友的朱鸣岗深思熟虑后，决定避难到香港。临走前转推荐他继任，黄荣灿遂进到了师范学院，认识了一大群学生，有本校的，也有外校的。从学生身上，他又吸收到能量，方才慢慢复苏过来。

　　十一月二十八日，丰子恺离开台湾时，黄荣灿正全心参与台大与师范学院学生所组成的"麦浪歌咏队"，他们即将于年底在中山堂公演。黄荣灿不但唱，还帮忙设计节目单。接下来的一九四九年，这群怀抱纯真理想的师生，开始了环岛公演，也走上了一条不归路。等在他们前面的是四月六日的大逮捕，是惩治叛乱条例，是检肃匪谍条例，是阴森森的白色恐怖……

　　黄荣灿于一九五一年十二月一日被捕，一九五二年十一月十四日遭到枪决，得年三十七岁。死后传说不断，有人说曾听到他的弟妹劝他自首的哭泣，有学生到"国防医学院"上艺术解剖课看到了他面目全非的尸体，有人说他是"鲁艺"毕业的，有人认定自己被他出卖了……

　　"那么应该在何时才能够充实我写画的自由呢？"这是人们最常引用，黄荣灿生前某篇文章的自问语。望着泛黄书页里依然卖力修铁道的劳动的人们，我不禁黯然无语了。

许寿裳

　　许寿裳是在一九四六年六月抵达台湾的，比黄荣灿足足晚了半年。

许寿裳会到台湾，不能不说是宿命。如其当年到东京留学时，不曾结识鲁迅与陈仪，或者就不会来到台湾了。他到台湾，于公是应行政长官陈仪之邀，前来主持省编译馆；于私，据他自称，乃是希望在尚未被内战烽火波及，相对安定的台湾，静下心来，写成《鲁迅传》。

许寿裳与鲁迅相交三十五年，"三十五之间，有二十年是朝夕相处的"，"同舍同窗、同行同游、同桌办公、联床夜话、彼此关怀、无异昆弟"。鲁迅帮许寿裳谋过中山大学的教职，而从民国初年鲁迅在教育部的佥事职务，乃至日后的大学院津贴，背后也都有许寿裳奔走谋合的身影。"那时候我在北平，当天上午便听到了噩音，不觉失声恸哭，这是我生平为朋友的第一副眼泪。鲁迅是我的畏友，有三十五年的交情，竟不幸而先殁，所谓'既痛逝者，行自念也'。"《亡友鲁迅印象记》小引的这一段话，说得真挚而不失其自持，让人印象深刻。

鲁迅过世后，许寿裳念念不忘故人，协助出版《鲁迅全集》，编写"鲁迅年谱"，时时惦记着亡友遗孀孤子的生活景况。即使历经抗战烽火的侵扰，十年过后，人已在台北的他，一个月里还连写了三篇纪念文章，更筹划让鲁迅惟一血脉周海婴来台就读："海婴来台甚善，入学读书，当为设法，可无问题（现已修毕何学年，盼及）。舍间粗饭，可以供给，请弗存客气，无需汇款。此外如有所需，必须汇款，则小儿世瑛本每月汇款至小女世瑄处，可以互拨也。大约何日成行，务望先期示知，当派人持台大旗帜在基隆船埠迎候。"话说得亲切无隔，如同一家人。只是他怎么也没想到，就在发出这封信后一个月零三天的夜里，他便遭逢不幸，被杀身亡了。

许寿裳的死，经过六十多年的推敲，大致已可论定，跟政治脱离不了关系。而所以为当局者忌，必欲除之而后快，则又与"二二八事件"后的台湾政局变迁相关。"二二八事件"之后，血腥镇压的陈仪被撤职软禁，按照官场"一朝天子一朝臣"的气候，当省编译馆突遭裁撤，与陈仪谊兼同乡同窗同年的许寿裳事前却毫无闻知时，一般人对此都当有所警觉才是，然而，他写在日记上的反应竟然仅是"可怪。在我个人从此得卸仔肩，是可感谢的；在全馆是一个文化事业机构，骤然撤废，于台湾文化不能不说是损失。"这不禁让人想到抗战时，王冶秋常到重庆歌乐山探望卧病的许寿裳，有一次闲聊告以国民党特务组织利用各种卑鄙和残忍手段迫害人民。他听后大表惊讶，不相信国民党竟然是这样维持统治的。

许寿裳对于政治的天真，还可由他转任台大文学系中文教授兼系主任后的作为略窥一二。或许体认到"二二八事件"背后所深藏的文化冲突，他因此更加积极地想要推动一个新文化运动，以便调和新旧台湾的未来。一九四七年五月四日在《台湾新生报》发表了《台湾需要一个新"五四"运动》之后，六月又在他向来赏识、不遗余力提携的年轻学者、诗人杨云萍的协助下，透过此时早为当局眼中钉的"台湾文化协进会"出版了《鲁迅的思想与生活》。同年七月，日后坦言许寿裳"对于我后半生，有决定性的影响。他是我的恩人"的杨云萍接掌"台湾文化协进会"机关杂志《台湾文化》编务，到了十二月时，由该社主办的"中国现代文学讲座"便堂而皇之出笼了，从包括李何林、台静农、李霁野、钱歌川、黄得时等台大教授群为主的师资判断，这一活动，自与许寿裳脱离不了关系。而其假"鲁迅的精神",透过组织、刊物来推动新文化运动的企图,也就昭然若揭了。"二二八"之后的台湾,岛内一片风声鹤唳,扫荡镇压行动正在展开,士绅名流学人文士,以武犯禁,以文乱法者,宁可错杀一百,不可放过一个。风紧雨急,黑雾迎面罩向许寿裳,也就可想而知了,尽管"他人,是极好的"(鲁迅语)。

穿过一条包括"天主教耶稣孝女会"、"青田砚"等新旧建筑的暗巷,转角便是青田街六号,许寿裳故居早经改建,成了一栋有着洗石子围墙,外贴小瓷砖的高楼,防卫性极强。六十多年前,台静农所称"这些天,我经过先生的寓所时,总以为先生并没有死去,甚至同平常一样的,从花墙望去,先生正静穆地坐在房角的小书斋里,谁知这样无从防御的建筑,正给杀人者以方便呢"的那栋日式建筑,早已不知去向。而在睡梦中,被侵入的柴刀砍得血流满地,几乎身首异处的那位"谦冲慈祥,临事不苟"的白头老翁,当也早为这个岛屿上的人们所完全忘却了吧。

后语

"一九四九年,所有的颠沛流离,最后都由大江走向大海;所有的生离死别,都发生在某一个车站、码头。上了船,就是一生。"龙应台的新书《大江大海一九四九》这样说。实者,颠沛流离早已开始,生离死别的命运也早经注定。一九四九年的序曲,早在一九四五年,不,甚至更遥远的一八九五年就已经写成了。

关于《送行者》

　　旧书店里的空气，总是比较凝重，相对于新书店而言。少年时第一次走进旧书店，便有这种感觉。那种凝重，也不尽然由于阴暗脏乱而起，即使到了今天，旧书店的装潢几乎都与新书店不相上下了，凝重的气氛犹存。随着年纪越增，方始渐渐了解，那是一种沧桑，人的沧桑，书的沧桑。"每一个蝴蝶都是从前的一朵花的鬼魂，回来寻找它自己。"张爱玲的好友炎樱这样说。旧书没这么沉重，但实实在在的，你若曾在深夜的旧书店里逡巡，或者就要听到飘零的旧书们为了寻找下一个生命落脚处的叹息自语了。

　　春天接近尾声时，我去看了电影《送行者》。女主角广末凉子一出现，心里便自一股哀伤袭来。那位长得与凉子几乎一模一样的友人，离开这个世界，竟也好几年了。她说，她就是去旅行了，要我们都不必难过，因为生命虽短，能尝试的——好玩的，不好玩的——她几乎都试过了，所以没多少好遗憾的，我们也不用悲伤了。临行之前，有一箱书，她寄给了我。葬礼过后，我打包好，准备寄回给她的家人，最后却没寄出，当然，也没再打开过了。

　　《送行者》故事很通俗，甚至颇有些煽情，略如黑色版的

《海角七号》：大都会受挫的年轻人，回到人事已非的故乡，为了谋生不得不从事不喜欢的工作；一名爱他的女子，一段纠缠不清的亲情，以及重新寻回自我的过程。老实说，普普通通，无甚过人之处。这部片子真正的震撼，当是让我们直面了向来视为忌讳的关于人间死亡的处理。

自然，死者无法自行处理，一切都待生者代劳。代劳者实多，从最初送遗体入太平间的医疗人员到最后送棺木入土或入火的神职人员都是。全程参与的亲人，更是劳竭心力者。而其中必得屡屡碰触冰冷遗体，不时被提醒"将来我也必然会这样"这一事实的，大概就属男主角所扮演，为死者更衣化妆的"礼仪师"（纳棺师）了。死亡的本质，即是败坏、腐朽，绝无尊严可言。礼仪师却要以人间慈母爱妻之心，为非亲非故之逝者打点行囊，妆点面目，让他得能维持一份如实的尊严，如梦地走上不归之旅路，其困难可想而知，其感人肺腑者，大约也就是这一点心意了。

修短随化，终期于尽，人事之外，万物犹然。旧书店的凝重空气，从某个角度来看，或许也正是来自人间故物的处理吧。遭难的，被弃的，不得不生死离别与主人缘灭了的种种旧书，最终都来到了书店里，经过挑拣，擦拭，分类，一一又上了书架，等待再次缘起之时。书本有情，亦自有知，它们所期待，也会感激的，当也是书店人员为它们打点时所必需存有的那一点温情与敬意吧。

看完电影《送行者》后的某一个下午，我打开了一箱书，在剩下无多的春天里，我想好好地再翻一翻它们，寻个阳光灿烂的日子，人跟书，一起都晒一晒吧！

我们一起开的那家书店

四月第一道冷锋南下的那天晚上，白天的雨终于还是没有落完。

六点半上了捷运淡水线车厢，窗外呼啸而过的黑暗风景如昔，随手翻阅名为《悲情布拉姆斯》的书，看到了这样的一句话："我们多数人的一生，即生物为顺应社群生活而'驯化'的过程。"多日以来，对于工作的乏味、生活的不耐等等怨怼，竟一皆被呼引了出来。尽管悲凉无力，但总也是拒绝"驯化"的一点微弱反抗吧。我想。

车到归家站口，人潮涌动进出。理应起身的我坐下不动，一直想着友人 686 来信所说："下次来，一定让我请你喝一杯咖啡。不要拒绝了！"

686 是一名影评人，文章写得很好。他的太太，"不外就是写写诗偶尔活着"的有趣女孩，名叫隐匿。"686"与"隐匿"，看到这样的称谓，当即晓得，这对友人与我乃是在网络上结缘相识的。相识的缘起，则肇始于如今他们全部幸福与多半烦恼来源，已然成为台湾网络传奇的"有河 book"书店。

关于这则传奇，我所知道的版本是这样的：二〇〇六年的秋天某日，隐匿辞职了，686 则早就没有工作。因为再也不用上班，两人无所事事地快乐了好一下子。直到某夜，686 提议：
"我们来开一家书店吧！"在此之前，他也曾在嘴上开过不了
了之的咖啡店，——据说，开书店或咖啡店，是所有文艺青年
都曾有过的大梦——隐匿把这件事写到了个人部落格（博客），
接下来的时间里，识与不识的网友纷纷留言献计打气，提供有
形无形资源。过程温馨感人，精彩绝伦。最后半推半就，又譬
如电影快转画面，咻咻咻，二个月之后，两人竟然就成为拥有
台湾最美丽风景的独立书店（还兼卖咖啡哩）的店员一号与店
员二号了。且透过部落格的更新记事，网友们一路相随，从到
香港、澳门观摩书店经营、到处找房子、装潢、进书、买咖啡
机、选咖啡豆、油漆壁画、设计店招、取店名……竟仿佛自己
也开起一家书店了。

这家从无到有，从虚拟走向真实，让许多人都觉得是"我
们一起开的那家书店"，位在台北盆地北方、淡水小镇渡船头
附近的二楼，门前有一棵高大的黄槿树。房子不大，几墙书架，
几张小桌，跟一个柜台，几乎占去三分之二空间，另外三分之
一是一个相对很大的阳台，直直面对秀丽的观音山，站在阳台
眺望，淡水河口愈去愈宽阔，终于入海。山海之间，就是我们
一起开的那家书店，"一栋四十岁的老建筑，书架是白色的，
墙壁是蓝色的，有书有画有音乐有电影，有咖啡和茶"。这样
的幸福，真是无可言喻。

只是，可信者未必可爱，可爱者亦未必可信。所有的幸福，
连带都有些许烦恼。开店就得经营，经营亦即算计。要算成本，
要计利润。要应对形形色色的顾客，要想各种促销活动。要天
天在理想与现实之间走钢丝，既不能算计到让自己觉得无趣，

237

也不能毫无打算而致关门大吉。尤其，当你是在一个楼下满街都是拥挤人潮花枝丸虾卷猪血糕鱼丸汤射击掷藤圈捞金鱼打电动玩具……名为"金色水岸"这样一个观光景点开店之时。

所幸，因缘殊胜，到目前为止，"有河 book"似乎还生存得不错。透过网络，许多人在都市里奋战得满心疲惫时，跳上捷运，从水泥丛林中脱身，来到"我们一起开的那家书店"买一本书，喝一杯咖啡，对着由明转暗的山影河景，边喝边翻读上几十页，于是又有力气回到丛林，继续抗拒或接受"驯化"了——让人感动而愿意驻足的城市，或许不在于拥有全世界最高的楼，最宽的马路，而是更多让人可以透透气的"绿地"，尤其掺杂有青春的梦想、大家都能参与的那种吧。

终于悲哀的书

暮秋的时候，我曾去八里。从淡水河左岸河滩，远眺河对面的竹围，天空很蓝，午风习习。我望着高高低低的大小建筑，想起了住在那边，据说一栋蓝房子里的你。

早一些的夏天里，有一天，你写来了一封信，说这次"真的狠下决心了，决定把少女时代的最爱清一清"，"有很多若丢了别人不懂得珍惜的书，想打包寄给你"。最后还补上一句，"我不是给你喔，我是小气的，我只是借放在你那里而已。因为我知道你会珍惜。"看到信，我笑了笑，想起你促狭而灿烂的笑容，于是要你"尽管寄来，随时想要，就来取"。

过了几天，一箱书果然寄到了。里面有七等生远景版的绝大部分作品，八〇年代的《蓝星诗刊》，以及应该是你喜欢的罗智成、陈芳明、余光中、向阳等人的诗集。我随手翻阅，发现有些书不但圈点，还划了又划；有些则是干干净净，仅有几处大约是随手做记号的折痕。相同的是，每一本书前，几乎都有购买署记，"十七岁初冬"、"十九初夏"、"二十一冬末"……那时候，年轻的你替自己取了一个别名，"璃麟"，还刻了一颗小小的方章，——钤印，有时是蓝泥，有时用红泥，有盖得方方正正，也有歪歪斜斜的。"麟"字我不懂，查了字典才知道

239

是"薄酒"的意思，璃醽，指的应该就是"像琉璃一样澄纯的薄酒"了。我边看边笑，一方面感于你的早慧，一方面也觉得你终身无可救药的浪漫，原来少女时代已然，于今为烈的了。

那时候，我早知道你得病，也知道你过得辛苦，身心都遭受很大的折磨。你一直希望能正常工作，好忘掉感情的波折，偏偏苦专又苦博，郁结成疾，发作起来，实在够惨的了。有几次我打电话给你，你讲起话来，明显迟钝恍神，最早我不能理解，还以为你走上岔路，"嗑药"去了。后来知道那是"服药"的后遗症，心里非常不忍，你向来反应快，应对一流，爱开玩笑，一旦吃药就变得迟钝，丢三落四，想想一名百米选手，最后却连路都走不好，那种打击有多大呢？

惭愧的是，忙于生计奔波，我除了找些稿子让你写，偶尔写封电邮，讲些不痛不痒，要你"振作再振作，加油再加油"的话之外，一年多来，竟一直都没跟你碰上面，遑论专程去探望你了。直到今年九月底，因为朋友的邀约，我们才终于又见了面。你看到我，非常高兴，大哥长大哥短，讲这讲那，喋喋不休。我见你气色甚好，也非常高兴。回家后，发了封 mail 给你，还是要你"别让昨天成为此生的背后灵，忘掉不快乐，继续加油喔！"你即刻回了信，兴奋地告诉我准备去教课，"终于可以把我的近代流行史给写完了，呵呵。"且很有自信地说："会慢慢把文字曾经赋予我的神奇力量找回来的。"

谁也没想到，这就是我们最后的通信了。

你自杀之日，我人在旅途。归来时，翻读新旧报纸得知梗概，想象你生前所处的困境，死后媒体的强解妄测，心里真是非常难过，中年伤于哀乐，几日里惘惘少语，此次旅行的欢乐，

240

竟再也不想反刍咀嚼了。

今早，我去参加你的告别式，天冷了的殡仪馆，晨雨纷飞，看了你的照片 DVD 放映，知道了你的遗言，见了你最后一面。"我得的是绝症，就跟癌症一样。不要难过，真的，我很好。"你是这样说的，我却无法不伤心，青春如歌，就这样唱过去了。许多年前，网络方兴，我们一起日夜"冲浪"，玩"失恋杂志"、"爱情城市"，更曾突发奇想，说要对写"电子情书"，结果写不到两封，你便落荒而逃，我却夤缘认识了今天的妻子，你笑她"用压力锅煮粥，实在很河豚"的大嫂……

站在殡仪馆广场，遥望厅内悬灯聚照、笑得很灿烂、很无畏的你的遗照，我知道，寄来的书，你永远不会来拿了。也深深了解，人生交叉点此时又过，此后，我能参加的婚礼将越来越少，将参加的葬礼则越来越多——人生就像一本书，翻到最后，已载满欢乐亦辛酸，终于还是悲哀更多一点吧！

烦恼

烦恼总是有的，即使小小一家旧书店。

一九四六年春天。台湾台北。佐久间町。

半年忐忑之后，《日侨留遣注意事项》终于公布。能留的、该走的，大家心里有数。即使总督府文官宿舍区，昔日宁静祥和早不知哪里去了？常时入耳的是胜利者入住后，筵席重开，日夜笙歌的放声喧哗；哀叹啜泣的，则是拥挤共居，面对一屋子家具器物，半生财产不知如何处置的战败者男女老少。

"每人仅得携带现金一千元及三十公斤以下行李返国，其他有关军用物品、金饰财物及军事文书等，一概不准携带。"公告这样规定。

那就送吧、卖吧。太平宝旧书，乱世藏黄金。第一该卖、可丢，就属多而无当，落地成架，一橱又一橱的新旧书籍、报刊杂志，以及家具杂物锅碗瓢盆了。于是，草席一铺，家门口马路旁，直接叫卖了起来。一家如此，一路如此。此地是官舍区，昔时上层社会所在，物美价廉不怕没人要，几经哄传，来的人越来越多，外地日人晓得这儿容易脱手，也都赶集来了。日后，简称"牯岭街旧书摊"的街区，就这样慢慢形成。

这些书，有文学有非文学，有套书有专著，有学术书有大众刊物，甚至书类、公文都掺杂其间。此后几年，日本人走了，书留下；大陆人来了，书更多——此时散出来的是被裁撤缩编机关单位的藏书、档案，盖个"作废"章，便废纸般一摞一摞直往这里送。——此时，当有位少年郎在此立身，或者借贷或者自筹，总之做起旧书生意来了。少年很勤奋也够聪明，终日买进卖出，多问多看多翻书，几年之后竟也掌握这门行业诀窍，买了店面，正式开了家店。

整个一九五〇年代里，少年日夜打拼，低买高卖，利润颇有。他爱书，爱看也爱卖。书进来了，见有破损，估计值得，便会在灯下裁纸凑册，调匀浆糊，细细补缀，粘贴书脊，整修封面，题写书名，无所不至。说也有趣，日久果真生情，他的门道更精，懂得更多，书价也越来越高。不识他心情者，都说他拿翘，待价而沽；交往久了的书友，知他爱书成痴，怕卖低了，对不起书，也伤了自己的心。"应无所住，而生其心"，旧书业金科玉律，他不管，惜售了！

但总而言之，拜动员"戡乱"台澎金马戒严之赐，少年，喔不，已是中年了，因为暗中囤积了不少三〇年代新文学书籍，成为台北禁书网络一个重要节点，整整三十八年又两百五十六天里，中年老板谨小慎微地经营他这"高风险高利润"生意，造福了许多用功的学者、好奇的学生、不怕死的出版商，乃至心口相违的官僚公务员，维持不恶的生计。时代巨轮不断向前滚去，书商的中文旧书越卖越贵，越卖越少。相反地，南面靠墙那一整排顶着天花板的日文非文学书籍，越来越乏人问津，尘埃越积越多。

二〇一三夏日某天，接到友人电话，要我去看一批书，判

243

断值不值得买？书有未曾经我眼，能见面，当然好。然后，便看到了那一墙日文书，目测总有两三千本吧。文史哲政治心理百科期刊，都有，扫视一过，心里有底，一整批收购回去慢慢看。

书放在地下仓库，又过了几个月，秋近天凉，藏身断烂朝报，天天搞得两手乌黑，鼻孔有尘，总算初步搞清楚了。这批书，多属一九四〇年代非文学书籍，间杂大正、明治出版品，算一算，七老八十矣。其种类繁杂，品相虽不错，类皆蒙尘，大概自一九五〇年代上架之后，再不曾被取下翻看，书口积尘都可写字了。

主要内容，最让人惊艳的，乃是北至满蒙，南到印度支那，涵盖中国、蒙古、朝鲜、菲律宾、苏门答腊……也就是所谓"大东亚共荣圈"的各种调查报告、历史专著、产业分析、政经现况、写真帖，甚至旅游杂记，各地"案内"，包括佐藤春夫、芥川龙之介、内藤湖南等知名之士的游踪都出现了。论其范围，大的可大到分省调查，流域采集；小则一城一镇一乡一村的水文、交通、人口、物产等种种统计报表，巨细靡遗。要说丰饶，这是生平仅见，却也不免惊心："以日本对中国这种无所不用其极的调查掌握，若非那两颗原子弹，只怕中国命运难卜了。"小时候常听到"日寇谋我日亟"字眼，这次总算亲眼见识了。

连着好几个礼拜，我耽溺在这堆旧书里，翻找各种蛛丝马迹，细细读索眉批、签名，任何文字都不放过。总督府各级学校藏书章几乎到齐了，"学徒出阵"前言不由衷的毛笔题记，战死者后送回来的"遗书"批注，日侨遣送归乡的扉页赠语……想到那些青春陨落的旧书主人，消逝在时代风暴里的爱书人，不禁满怀唏嘘，无言以对了。

"接下来的生命落脚处呢？"问题接着来了。

纯然市场考虑，这批书理应"西进"，方能获得最大边际效益。近年来，"跟中国有关的书"被炒作得红火燎原，更别说同时出土近千本了。只是，书店是一种商业行为，但能仅止于商业考量吗？"这些书会更希望留在台湾岛这块土地吧？"我相信。然而，谁会来使用、研究它呢？满蒙、朝鲜、中国、"大东亚共荣圈"，此地还有人愿意葬送华年于此？送到对岸，被利用的机会大上许多吧？……

何去何从？ to be or not to be？烦恼总是有的，即使小小一家旧书店。

梦与书

最近看了一片 DVD，《绿的海平线——台湾少年工的故事》，夜里就做梦梦到了父亲。会看这片子，主要因缘也是从曾经渡海到日本当少年工的父亲而来的。梦到他，倒也不意外。梦境如何？大半都忘了。只记得父亲在训斥我，为了什么？也不明白。醒来后，更加朦胧，只剩下仿佛默片的一二画面。不过，心里却是喜滋滋的，就算挨骂，毕竟我也又跟父亲见面了，距离上一次，已是二年多的时间了。

我是很会做梦的那种人，不过，很少梦见亲人、友人。最多的，还是梦到书。尤其少年时候，漫画书看着看着，一睡着，很快就会进入黑白线条的梦境。梦里糊里糊涂，醒来七荤八素，自我感觉却特别良好，睡觉也没浪费，一本五毛钱的漫画，一下子多看了好几倍。

中学之后，我还是乱看书，梦却渐渐少了。当时不明原因所在，只觉得可惜。今日回想，却未必是功课压力所致。有种说法，梦与感应有关，而感应强弱又系于身体干净程度。年纪小，身体干净，感应强些，活得越久，污染越严重，最后就成了"久不复梦周公矣"的孔老夫子了。

我想，所谓"感应"、"污染"，其实是"专心"的另一种说法。年纪小时，心思纯真，较易凝神专注于单一事物，自然也易于跨越界线，把"日之真实"与"夜之梦幻"给串联了起来。年纪渐长，看得多、知道得多，心思紊乱黑白想，"不连续的时代"也就来临了。

但也并不是说，从此我就很少梦到书了。而是后来与书有关的梦，相对复杂起来了。

譬如，直到今天，大约每隔三五个月，我就会在梦中逛旧书店，并且总是相同的几个场景，有时这里，有时那里。梦幻旧书店一号，位在类如黑泽明《梦》中的水车村，沿着一道清澈的沟圳田道，忽然出现一座四面透风的竹屋，里面有座书架，摆满了旧书。书架紧贴沟圳而立，找书时，还可听到潺潺流水声。至于架上的书有哪些，一时也记不太清楚，大概都是三〇年代新文学作品吧。印象最深的是，有一回，我在上面找到一本鲁迅、周作人两兄弟编的《域外小说集》，兴奋莫名，于是，就醒了。

梦幻旧书店二号，是个商场，位在一处露天市场之后，市场小吃摊很多，有卤肉饭，有自助餐，各式各样都有。穿过小吃摊后，才能进入迷宫式的商场，说是迷宫，一点不为过，原因是，这商场，有时很像中华商场，分成上下两层，旧书店仅是其中一家。一进去，格局就像琉璃厂的"邃雅斋"，卖的也都是线装书。我在这里，一本梦之外的习惯，对于线装书，只看不买。曾经看过，最怪异的一本是宋本张岱《陶庵梦忆》，字大如钱，墨色如漆，书香扑鼻。虽在梦中，我却还知道，明人张岱不可能有"宋本"，只有"仿宋本"。跟老师傅争了半天，直说这书不对。老师傅干脆翻开书后牌记给我看，证实是在临安驴马桥边印的。我还是不信，于是，就醒了。

有时候，商场会变成台湾常见，二楼以上乏人问津的公共造产式的旧书商场，这就是一间间店面，逛完这家，进下一家了。奇怪的是，每次去，总有些店休假，也有些店扩大营业，更有些，就关门了。我跟几家老板都熟（哪家店由哪个人开，从不会搞混或改变），还会聊上几句，且带走上次寄放的书，简直栩栩如生，像在演连续剧。每次醒来，我总要发愣，怀疑这世界上，是否真有这样的一栋旧书商场？在这商场里，我看了很多，也买了很多。奇怪的是，从来不曾付钱，各家老板总是说，送你，拿回去吧！

除了旧书店，我也梦到书，尤其小说。大体而言，同一套或一系列小说，只要够好看，能让我连续看上几天，就会做梦了。梦有两种，一种是不介入的，我在梦中还继续看这书；一种是介入的，我进入情节之中，人物都跑出来了，大家乱演一场。会发生这种状况的，多半是那种让我常常要翻看还剩多少，担心很快就要看完，非常迷人的小说。这种梦，有时候，一边梦也会一边担心，就快要醒了。

有时候，单书也可以入梦，这种比较少，常发生的是推理小说，尤其是连续杀人狂，要么亲临犯罪现场，头颅尸块掉满地（这种场景，在我成为《CSI犯罪现场》影迷之后，更常发生），要么面对杀人魔吓得屁滚尿流，很惨的！另一种常会做梦的书是笔记小说，读着读着，睡着后，什么雷击逆子、鹅吐人语，转世为猪……都来了。有趣的是，这种梦里，我经常扮演"诠释者"的角色，面对妖异之事，把书中看来的解释，譬如因果报应、地气所激什么的，很得意地说一大堆。然后，一无例外，总有个家伙会出面指斥我妖言惑众。我动气辩解："书上明明有记载"，急着要拿给他看。于是，就醒了。

有一阵子，我曾经力行打坐，且已经达到连自己都可以感觉到"很够力"的地步。打坐之后，睡眠质量非常好。一觉醒来，精神饱满。但没过多久，我就放弃了。一方面是"好玩而无恒"的老毛病发作；另一方面则是，这种睡眠，好则好矣，却"无梦"。一觉到天亮，干干净净，绝无梦幻泡影之事。这样睡觉，这样的夜晚，未免寂寞，"至人"方才"无梦"，凡人还是得做点梦得才好。其道理，就像费里尼所言："梦是惟一的真实"。没有梦，那就不像人生了。不是吗？

书事

之一

"四年级命好！碰到牯岭街、光华商场时代，好书都被你们买光了。"他不无愤慨地对我说。这些年轻的搜书人，一年总要碰上几位。

"《世说新语》那故事你听过吧？有个非富即贵的家伙，爱穿旧衣服，只穿旧衣服。有回洗澡，老婆拿了件新衣给他换。他大发雷霆，臭骂老婆一顿。老婆悻悻然回了句：'没有新，哪来旧！？'"

"这我知道。可那要等多久啊。书又那么多，我哪知道哪一本是珍本，值得收藏啊？"

"再讲个故事给你听吧。从前从前，美国有位老先生，一辈子爱文学也惜书，小说诗啊文集什么的，一出版，就赶紧买来读，绝不贪便宜等平装本或读书俱乐部版。读完后，快快乐乐珍藏着。读啊读，几十年过去了。老先生撒手西归，什么也带不走，留下了一屋子书。这些书，里面有无黄金屋？有无颜如玉？有无千钟粟？我不知道。只晓得，值好几条无价的人命！"

"真的还是假的？"

"推理小说写的，但绝对是真的。总之，莫怨珍本都被高价买光了，莫问珍本在哪里？你只要爱读书，爱惜书，一直读下去、惜下去，你肯定会拥有很多珍本。并且，要比那些所谓'老淘'们更快乐上许多。"

时光是"珍本"最佳，也是惟一制造者。爱书、惜书则是拥有的不二法门。不骗你！

之二

"你有多少藏书？"又来了！每次总被这样问。

"二、三千本吧。"我坦然以告。

"怎么可能！？放心，我不会跟你借的。"

"喔，我向来不怕人家借。但真的就剩这些了。"

"都是珍本厚？"

"不，要用的要读的有纪念性的，就这几种。"

"其它的呢？"

"清掉了。"

"你'断舍离'了。还是认同那个谁说的：'一生真正值得读的书没几本'？"

"也是也不是。"

"怎么讲？"

"家里小，不该放那么多书。书是用来读的，不是用来藏的。真爱书就不该把书监禁起来。你不需要的书，还有更需要的人却买不到呢。"

"说得真好，可是很难啊。好不容易才收藏起来的。"

"藏书多半是种虚荣。物欲的虚荣：你有我也有，我有你没有！就为了这个。不是吗？"

"嗯，说得真好，我就是这样的。"

"让旧爱自由吧！如果你真爱，或者你已经有了新欢的话。要不，总有一天你会成为'纸房子里的人'！"

"哈哈……好啦好啦，我回家就清书。不留了！"

虽然都是真的，说来却有点不好意思。我没说的两件事是：这几年我的记忆力衰退，一本书读了后面忘了前面，旧书本本如新，实在用不着那么多。还有，我如今转到旧书店工作，大家若只藏书不清书，我怕早晚要失业。孩子还小。

之三

七月里，友人从远方来。我带他去逛书店。他特别要求的。

"他们会结账吗？"望着店头不算太少的顾客，他问。

"很严重吗？"我知道他想的是什么，笑了笑。

"快被打垮了。净是逛净是看，用手机拍照。就是不结账。回家上网买！"

朋友在彼岸开了家个体书店。碰到困难，来此"取经"。大陆网络书店卖场化，为了吸引顾客，杀价卖书，赔了卖书的钱，赚其它高单价流行商品消费，譬如三Ｃ、家电……新书到店，要不了好久，三折五折也有人敢卖，也无人去管。搞到最后，人人买书都上网，特便宜还送到家。实体书店成了"看货"的处所，人多结账少，简直活不下去，数以千计地倒了又倒。

"这边好，至少没那样惨。网络顶多也就六六折吧。"

"家家有本难念的经。独立书店在台湾，也不容易。前有狼后有虎。都得办讲座放影片卖咖啡做年历才勉强打平哪。"我想起了几个月之前所参加的一次论坛，台湾的独立书店业者齐聚一堂，苦水都快淹脚目了。

台湾的独立书店正在蜕变中。昔日兼卖文具、体育用品的小镇书店风景，几已消失得无影无踪，如今崛起的是另一批"别有用心"的年轻人，他们怀抱理念，以书店为入世之媒，卖书是重要收入，却无法也不会当作惟一"所得"。这些人，有的爱哲学有的喜电影，小知识分子、作家、编辑、设计工作者……无所不有，书店是他们的生命，而不仅止于生活。然而进书量少，折扣压不下来；店租高涨，管理费难支撑。在在使得他们仅能惨淡经营，开一天算一天。"我们是独立书店，一切靠自己。开不下去就关门，本就不期望政府补助！"论坛那日，听到一名店主人如此说，心头一凛。财团有钱人想方设法吞食公家"文创"大饼，偏还有这些傻子硬项挺着。这岛屿或者还有些许希望吧！

独立书店很难存活，全世界一个样，但也不能说全然绝望了。换个想法，信息爆炸的时代里，开书店无非就是一种"策展"，不同的人策展出不同风格的书店，认同者自会前往，即使付出的代价稍高一些。风格就是一种独立，独立才能成长，这个时代，大概也只能这样了，如果你不怕辛苦，不想赚大钱，偏偏又想开一家小小书店的话。

一席话，说得友人频频点头，信心似乎被抢救回来不少。十月里，接到来信，说他努力过，但真撑不下去了……理想与现实，就是这样！

"予家居苏州天灯巷，曾记一日大雪，晚饭后，小坡携烟具，敲门入，欲拉同赴盘门，观女伶林黛玉演戏，或曰：'此是残花败柳'。小坡曰：'我辈又何尝非残花败柳？'予隅坐，诵昔人句云：'多谢秦川贵公子，肯持红烛赏残花'。小坡为太息久之，盖自伤其老而依人也。"

民国苏州词人张尔田记同代文人文小坡事。转录于郑逸梅《掌故小札》。去年岁暮读到，感触颇深，曾抄录一过，并注言"凋景萧疏，竟得感通异代之情，同太息久之也。"

这二天，半夜睡不着，绕室三匝，无所事事，整理书架，又看到这书，随手取出，翻了翻，谁知里面竟夹有千元大钞两张。插书回架，仿佛听到"多谢秦川贵公子，肯持红烛赏残花"云云。——此财归属无疑，此夜读书心得：书该读得常翻，记忆力衰退，惊喜更多！

明星·乡愁·书店街

历史有转折，年代却是延续的。那些年代里——一九五〇、一九六〇、一九七〇——因淡水河而兴的台北城，一仍一八八四年建城旧贯，乃属于西边的、亲水的。无论政治、商业或文化。

彼时的台北文化地图，一九七二年孙中山纪念馆尚未落成，一切的艺文活动，从书画展到音乐会、戏剧，无不以中山堂，也就是一九三六年竣工的"台北公会堂"为中心，向外辐射。骚人墨客雅集、文人聚会，大约都集中在西城区。几个较大的据点，南为国军文艺活动中心，北到民生西路波丽路咖啡厅，东边以馆前路、新公园为界，西边则直抵淡水河边。这块区域里，拥有全台最多的戏院、最密集的咖啡厅，以及穿梭其中的诗人、作家、编辑、文学青年。一九五〇年代的朝风、青龙，一九六〇年代的作家、田园、野人、天才，一九七〇年代的文艺沙龙、天琴厅……以及一度歇业、复活，如今又恐将远去的"明星"，这些咖啡馆的名字，至今仍深深留存在走过那个年代的台北人的集体记忆之中，已然成为某种文学烙印。

明星咖啡馆

　　明星咖啡馆。武昌街一段七号。典型五〇年代台北街屋，洗石子立面附骑楼，楼高进深，自有一种幽邃的空间感觉。彼时的重庆南路、衡阳路、博爱路这一概为日据时期"荣町"、"本町"的区域，临街多为类似建筑。一九四九年，六位白俄罗斯人与台湾青年简锦锥不顾"庙冲"禁忌，向后来贵为台北市长的高玉树先生租下这栋直面城隍庙的楼房，创立外文名为ASTORIA，中文名为"明星"的咖啡馆，一楼面包厂，二楼、三楼咖啡馆。取名 ASTORIA，为的是纪念昔日上海霞飞路上同名俄国咖啡厅，蕴含浓郁的乡愁。

　　为了一解乡愁，制作贩卖故乡口味糕点、咖啡的俄罗斯军官们，大概没想到他们的蛋糕，后来竟成了"蒋家"御用品，著名的"俄罗斯软糖"更是俄裔蒋经国夫人蒋方良女士半辈子台湾岁月里的解馋最爱，无论是口欲或对原乡的渴念。台湾青年简锦锥与这些俄国军官们穿越时代风暴的生死情谊，随着明星咖啡馆二楼空位上所摆设、用来纪念已故白俄老板的一双刀叉、一碟面包、一杯红茶，早成了一则感人传奇。更多的则是曾经出入其中，从少年到老年，几代文学青年的悲欢故事。三毛、林怀民、白先勇、施叔青、黄春明、周梦蝶、陈映真、《文季》杂志同人、《创世纪》诗刊同人……都曾在这里消磨掉满满的青春岁月。

　　若说一九七〇、八〇年代是台湾文学出版最繁茂的年代，那么，明星咖啡馆无疑是它的奇幻基地之一。点一杯咖啡，消磨半天。多少作家、编辑、文学青年在此相约，策划专题，组稿写稿，谈诗说文，或竟只是静静坐着，看着一幕幕文学风景的闪现。"没有明星的桌子、椅子，我写不习惯哪。"一九八〇年明星咖啡馆挡不住股市、"大家乐"地下彩券所带来的社会奢华风潮，决定歇业。重要作品几乎都在"明星"完成，儿子乃吃着明星蛋糕长大的作家黄春明这样跟简锦锥老板诉苦。"一定要明星桌椅才写得出来？真奇怪哪。那我就送你一套好了。"几天后，一辆小货车搬走了一套桌椅跟咖啡杯组。黄春明所搬的，可能是镶有大理石面的小桌子，以及绿色高背沙发椅。关于这套桌椅的记忆，以及简老板的热心慷慨作风，如今都成了台北无形的文化魅力。

一九七〇年代，喝完明星咖啡，下得楼来，诗人周梦蝶的书摊赫然在目，诗人或无视川流人潮闭目趺坐，或怀抱一本书册倚墙小歇，小小书摊上多的是新旧文学书籍、诗刊，在喧嚣红尘里静静开放着。类似的书报摊，往前二十米，无论左转或右转，重庆南路骑楼下，每隔十几二十米，就有一个，插架面摆五花八门的杂志期刊，《传记文学》、《畅流》、《春秋》、《自由谈》、《文星》、《皇冠》、《中外》……一应俱全。当头一线钢丝悬挂的则是最红火的《银色世界》、《南国电影》、《小说电影》、《电视周刊》、《侦探》、《创作》、《姊妹》、《武侠世界》……地上成摞的报纸，薄仅三张，销量却吓人，中午还没到，早卖得净光。这样的书报摊，也兼卖车票、饮料，乃彼时台北街头一棵又一棵的文化种子，奋力地迸放着。

书店街

重庆南路旧名文武街，日据时期改名"本町通"。街头由总督府直营，专卖中小学教科书、参考书的"台湾书籍株式会社"与街尾私营的"新高堂"遥遥相望，这条街的文化含量，早经注定。日据时期，此地便已有不少书店，到得一九四九年国民党撤退，随之来台的几家大出版社／书店：台湾商务印书馆、台湾中华书局、世界书局、正中书局，纷纷于此落脚，加上改制后的"台湾书店"，一时之间成为台湾的出版重地。沿街橱窗浏览其所翻印的大陆时期出版品，竟让人依稀有上海"福州街"之感。

重庆南路最兴盛的一九六〇、七〇年代里，短短几百公尺，挤进了六七十家书店，黄昏时分，下班等车的学生、上班族常就近踅进店内低头浏览，一边看书一边注意公交车动静。谁想买书，第一个念头便是"到重庆南路找去！"逢到年终打折特卖，店门口红布条翻滚，熙来攘往的人潮，加上骑楼的书报摊，往往挤得摩肩接踵，水泄不通。"卖书也能卖成这样！？"今日想来，诚然是难以想象的事。

彼时一名穷文青的假日活动，很可能是花上八毛钱，挤上公交车到台北车站，迅即转入重庆南路，一间接一间书店闲逛过去，口袋钱有限，翻看不足，就此立读亦无不可。中午不能不吃，明星咖啡店旁边的"排骨大王"五元搞定后，带着方才买来的报纸，上到"明星"，点一杯很奢侈的咖啡，要价六元，边喝边看报，随后拿出书包里厚厚的《卡拉马助夫兄弟们》继续翻读，书是翻印的，无论封面、版型都与上海老版本相同，版权页里却删去了译者"耿济之"的名字，代之以"本社"二字。文青有时抬起头瞭望，这时他会看到一名容貌高雅的外国老人坐在临窗位置，静静望外，眼神仿佛看到了很遥远的地方。

"台北虽然变得很厉害，但总还有些地方，有些事物，可以令人追思、回味。比如说武昌街的明星，明星的咖啡和蛋糕。"白先勇名篇《明星咖啡馆》是这样结尾的，文成于八〇年代。如今，二十多年又过去了。"结语"毕竟无法作为"结论"，报载因着都市更新计划，今年年底，明星咖啡馆即将拆除改建大楼，即使简老板满口答应仍将在原址继续营业，但人老屋杳，明星当空掩逝，书店街群散落，转化成一股浓浓的台北乡愁，大约已成定局了。

念想

　　曾经，在很长的一段时间里面，我疯狂地念想一本书，无日无夜，几如心里有一只老鼠在啮咬着。

　　那是二○○二年的事。我到旧金山旅行的最后一天，跟友人到北滩（North Beach）朝圣膜拜"城市之光"（City Light）。在书店里浏览一过，买了几本书跟纪念品后，满怀兴奋地走在熙来攘往的街道上。我一眼看到远处还有一家老橡树（Black Oak Books），过宝山不能不入，一行三人遂又踅了进去，穿梭书架，浏览点捡了半天。我所在意的书话（book about books）旧书，乏善可陈，倒是很意外地在僻处底层角落，看到了一本线装书，上个世纪前半叶东京所出版。那是关于日本近世名僧良宽的英文传记，有图有文。文字一下子尚无所感，版型、插图倒是很精美，粉红色的封面，几株出水莲花，有点野，却颇不俗。拿在手里，翻了又翻，非常动心。我向来对良宽感兴趣，他的传记著作，中日文收了不少，英文倒还没有，怎么说都该买下来。只是一看标价，美金九十几元，换算台币都要三千块了。

　　旅行的最后一天，晚上即将归去，口袋所剩无几，买了这书，万一临时出状况，或要陷入窘境？这一想一犹豫，心里的那位"好天使"立刻有话说了："这一趟，买的书也够多了吧？还都是洋文的，真会读吗？你那堆日文良宽，到底读了几本！？束书不读，有等于无。物欲炽盛，冤冤相报何时了，不要再这样了……"拗不过碎碎念的天使之音，最后，我狠下心肠，慨然弃书，决定不买了！

离开书店后，到了对街据说非常有名的咖啡店喝咖啡。突然寡言起来的我，一下子被看穿有心事。几经敦促，我乃全盘托出，将那本书细细描绘了一次，说明它的难得罕见，讲得又有些兴奋了。"那你怎么不买？""够多了，算了，不差这一本！"友人听后，纷纷劝我回头把书买下，"没钱的话，我有。""一趟路那么远，多带一本无妨啦。""赶快买下吧，最后一天了，过了这村没了那店，想后悔都来不及了。""依你的个性，一定会后悔！""对啊对啊，最后肯定发觉：就差这一本！"那天也不知什么鬼打墙，仿佛专为赌气，他们越说"后悔"两字，我越摇头越不回头，"说不买就不买"还信誓旦旦地说："绝不后悔！"

然后，我就回来了。到家后，整理行李，翻看"战利品"，将之一一上架，踌躇满志之余，遗憾随生，果然，二十几个小时才过去，我就开始念想起那本书了。

就像是打在挡风玻璃上的一块小石子，如其位置不对，虚惊一下也就过去了。但若是刚好打到四个角落那一小块地方，龟裂随起，蛛纹四处延伸，最后甚至整片玻璃都要碎裂的。一本书本来也没什么，却偏偏是良宽的传记，或许这就是死穴所在，遂令天上大风四起吧。总之，在接下来的日子里，那本书的影像时不时便出现脑海里，苦恼着我。偏偏又不是很清楚，粉红一片，莲花亭然，书名却模糊了，只记得有露，Dew-drops。人是很奇怪的动物，明知无益事，偏作有情痴，隔了那么一个太平洋，且是五十多年前东京出版的旧书，再见机会渺茫，却让人更加颠倒梦想。就这样，思思念念，懊悔不已了一整年之后，狂心方才渐渐消歇下来。但，消歇绝非消灭，日后只要看到书墙上那几本良宽传记，总会教我如何不想它，总要长吁短叹一番。二〇〇六年，我的第三本新书出版，取名《天上大风——生涯饿蠹鱼笔记》，如今回想起来，当不无对那本被我遗弃了的粉红小书的悼念之意吧。生涯饿蠹鱼，少吃了一本，我真的很饿！

日子在思念中流逝。二〇〇七年冬日某个深夜，起床喝水后，再也睡不着，心血来潮地牵着"古狗"（Google）上网乱逛，四处搜寻。突然又想起那书，于是把脑海中所有想得起来的关键词，一个一个拿出来排列组合，试了十多组之后，突然跳出《莲の露》（*Dew-drops on a lotus leaf*）这个书名，急忙拿到亚马逊书店再试。"天啊，这不就是它吗？就是那个封面，就是那道光啊！"当下激动异常，整整五年的相思，这次非到手不可！但，问题跟着来了。亚马逊旧书根本不发送台湾，台湾人想买，得透过其他地区的人代买才行。这是不是一种歧视？我不知道也不想深究。重点是，我要这本书啊！于是立刻与华府友人联系，要她不计代价，无论如何帮我买下这书。友人听后，口头没说，心里肯定讲了："大哥，我说得没错，你果然后悔了吧！"她是当天在场见证者之一，后来东迁了。

只是，好事多磨。这书，买是买到了。从西雅图寄出时，理应送到华府的，却不知怎么地，给送到友人旧金山老家去了。我左等右等老等不到，又开始担心会否寄掉了或被拦胡买走了？直到友人拿到书，方始安心下来。等书越过太平洋，来到我家，二〇〇八年春天都快过完了。五年又三个月的相思，终得一解。买到的这本，比起五年前所见者，品相更好，绢裱书匣、线装包角都完好无缺，老天诚然不负苦心人也。入手时，几乎每天都拿出来翻看摆弄，越看越觉得好！但不知怎地，渐渐地也就平淡了，到后来，甚至觉得还是没有五年前那本好，且又生疑了：这本是一九五四年三版，那本版次恐怕更早吧！？——"庐山烟雨浙江潮，未到千般恨不消。及至到来无一事，庐山烟雨浙江潮。"苏东坡说的没错，大概也就是这么一回事吧。

"狂心不歇，歇即菩提"，佛经是这样说的，但对于那些我为书狂、执念满满的家伙来说，"宁可永劫受沉沦，不从诸圣求解脱"，或许才是王道吧！

书皮的故事

　　盛世宝旧书。台北旧书店不多，书籍进出流通本来有限。上个世纪末网络兴起后，原本散落四处的书迷们，突然有了互通声息，结党营"书"的好工具。三四年之间，旧书网站、部落格社群，鼠标键盘，此起彼落，勾搭串联，无远弗届。结果是，爱逛旧书店的人多了，旧书店也一间开过一间，然而，真正让人眼睛为之一亮、值得收藏的书，却越来越少。粥少僧多之叹，漫天开价之怨，大约已成定局。对于四年级旧书老鸟、曾经沧海难为水如吾人者，如今逛旧书店，多半也就是未能免俗、聊复尔耳、如魔附身驱之不去之一结习而已了。

　　书衣，在中国，又名"书皮"、"封皮"。在欧美，叫作cover，一般译成"封面"。但，欧美的cover是否即是中国的"书皮"呢？所谓的"书衣"是否也就是"封面"？答案有点乱，是也不是，因时因书而异。中国线装书，"书衣"指的是书的最外层，在书册的上下（即前后）加上一张纸或丝绢，用以保护册页，功用类如穿衣护体，所以叫作"书衣"。前书衣上黏附一张长条白纸，上写书名，名为"题签"或"书签"。从这个角度来看，线装书的"书皮"似乎等于洋书的cover（封

264

面）了。然而不然，原因是线装书另有"封面"（又叫封页），指的是位于扉页（又叫副页）之后，写有书名的那一页，相当于洋书的"书名页"。这样听来已经有点乱了，但更乱的还在后头。

初春之时，熟识的旧书店女主人来电，要我去看一批新收入的旧书。也只有在这种时候，我对旧书店的兴致才总算又勃勃回春了。旧书新到店时，成迭堆放，状如小丘，东翻西扒，看完一捆又一捆，翻过一本又一本，即使一本都看不入眼，光这翻找过程，所谓"淘旧书"的"淘"字，也才总算有了个着落。新世纪的台北旧书店，强调装潢、分类"比得上诚品书店"——比得上之时，很多无以名之的东西也就掉下去了。"打电话要卖书的女孩子说：我们全家都是艺术家。如果不是新家没地方摆，才不会卖书哩。"年轻的女主人这样告诉我。"'我们全家都是艺术家'？还有人这样讲话的，太自大了吧。"我边笑边说边拿起一本泛黄的画册来看，翻开扉页后，心头一紧，心底一阵起落，抬起头告诉女主人："喔，她说的没错，她们全家都是艺术家！"

传统洋书多为"硬皮本"（hardcover，即一般常说的"精装本"），用硬纸、布或皮做成较内页还稍宽长一些的"封面"，用以保护内页。这时候，"封面"与线装书的"书皮"，实可相提并论，对等互称。然而，一如人类所穿的衣服，花样不停演化翻新，不知从何时起，洋书的硬壳封面外，又加了一件软纸裁成的活动封套，英文名为 dust jacket 或 dust wrapper。因其可灵活穿脱，翻成中文，也不叫"防尘套"，也不叫"防尘纸"，通称为"书衣"了（也有称"护封"的）。这件印得花花绿绿、广告词语多有的"书衣"，不好说是洋书的"封面"，也不等同线装书的"书皮"，到了后来，竟成为书迷们争相收藏的玩意儿。旧书店里，一本珍本硬皮书，有穿衣跟没穿衣的价钱，往往差上数十倍。菲茨杰拉德（F. Scott Fitzgerald）《大亨小传》（*The Great Gatsby*）初版本，那张有着一双迷人眼睛、两片紧闭红唇浮在光彩绚烂的纽约上空的薄薄书衣最是夸张，从有无书衣的拍卖价格去推估，所值大概在十六万美元之谱。

那一堆旧书，大小不等，种类各异，算算总有四、五十本吧。我翻开的那一本，书名页钤朱文方印一："洞天山堂"，翻页见书首，则盖了较小的白文方印："庄严"。看到这两方印章，稍长见闻、薄具知识者即可明白，这堆书当属前台北故宫博物院副院长庄严慕陵先生所有。老先生用尽一生气力，守护故宫文物迁移，从北京而西南大后方而南京而台北外双溪，功在中华。又以善书闻名，一手瘦金体字，独步当世。六十一岁时，仿宋朝欧阳修，也号"六一翁"，每天早起静坐、散步、打拳、写书法、饮酒，以及奉行自己，六而为一，人所尊崇。庄家四个儿子：庄申、庄因、庄喆、庄灵，或为学者、画家、摄影家，同样各自成就一方天地。"我们全家都是艺术家"，一点也没错！

书衣若仅是件"外套"，那倒也容易。但由于纸背本（paperback）的出现，再经过东洋人的搅和，"书衣"跟"书皮"

更加混乱了。纸背本又名"软皮本"（softback，即一般常说的"平装本"），为的是低价促销、薄利多销，纸张多半低劣，封面仅是加上一层套印过的薄纸，尺寸也有一定，方便携带，随处阅读，所以又叫"口袋本"（pocket book）。在欧美，纸背本原不在收藏之列，往往读后即弃，自然也就没有 dust jacket 或 dust wrapper 可穿了。然而，等到这纸背本漂洋过海到了日本，包装性格特强的大和民族却又发展出了新花样。在日本，一般的书会先出相当于欧美硬皮本，硬壳加书衣的"单行本"，销路大好或是列名经典后，接着再出"文库本"，文库本略如纸背本，装帧用纸印刷来得更精致一些耳，"没有外套可穿"则是一致的。文库本同样随带随读，你到东京，公共场所、电车上所见，各色人等捧读者多半即此。据说日本人天性内向，不太想让别人知道自己在读什么书，于是贴心的书店在贩卖文库本时，除非顾客特别声明，否则都会用张薄纸，把文库本包起来。这层包书纸，因各家书店的不同，而有不同的厚薄颜色纹样图案设计，包上去后，没 dust jacket 那么好穿脱，日文里也不叫"书衣"，用的是借来的汉语词汇，"书皮"二字〔这张纸也有收集者，还组成"书皮友好协会"（http://homepage2.nifty.com/bcover/index.html）〕。这下子够乱了吧。中国的"书皮"不等于日本的"书皮"；欧美的"书衣"不等于中国的"书衣"；日本的"书皮"近似但也不等于欧美的"书衣"。

这一堆书，可想而知，价值不菲。除了恭喜女主人之外，得能一一翻阅，点检清雅旧痕，成了我最大的福利。春日午后，旧书堆里好消磨，我边翻边想起老先生退休那年所写的一首诗：

"今年拳比去年好，今年练比去年早。希望年年永不休，更冀青春永不老。"自雄之心骤然涌现，为了这种一期一会的书人缘遇，我也希望"年年永不休，青春永不老"，继续游逛旧书店。最后，我带走了二本书，一本是周弃子的《未埋庵短书》，一本是《顽童流浪记》，两书俱有题跋。《顽童流浪记》写的是："一九五二年十一月四日是庄灵十四岁生日他的大哥庄申特在台北邮寄他一本美丽插图的英文书与一件七珍图版式化学小玩物作为礼物纪念他少年生活的开始我与若侠因此也想有所馈赐一时又不得相宜的物品日子遂匆匆的过去了先是灵儿曾由他同学处借来马氏另一本名著 *The Innocents Abroad* 一家人看了皆感兴趣颇有更求读此书之欲望今日适在台中市思民书报社见之遂以八元购得为赠归来灵儿见之大喜说庄氏儿童文库藏书数百本全部沦毁南京来台立志再事收集颇不易易今有此册文库又增一种矣灵儿请吾稍作记载遂欣然记之于吉丰山村之迁园。"行楷端然，雅秀如凝。此书品相绝佳，外包牛皮纸，我嫌颇有些污渍的"书皮"遮挡了封面光彩，随手拆卸后，顺手丢进了垃圾桶。

日本书店以"书皮"包书的习惯，大约始自大正年间，相当于民国初期。或许是这一习惯蔓延所致，后来一般爱书人买了不是文库本的"平装本"书籍，珍惜宝爱之余，也常以纸张包装，为新书"护肤美容"一番。渐渐地，"包书"成了一门艺术，各种折裁包法，简易的、考究的，风行一时。尤其中小学生教科书，因着学生顽皮嬉闹，容易破折污损。开学日发下课本，老师规定的功课里，多半有"今晚包书，明天检查"这一项。在中国，"包书"的习惯，民国以来，也不少见。老作家也是爱书人孙犁先生，七十年代"身虽'解放'，意识仍被禁锢"、"曾于很长时间，利用所得废纸，包装发还旧书，消磨时日，排遣积郁。"最后集成了《书衣文录》，至今为人所津津乐道。林以亮所辑录的《张爱玲语录》中也有一条："我喜欢的书，看时特别小心，外面另外用纸包着，以免污损封面，不喜欢的就不包。这本小说我并不喜欢，不过封面实在好看，所以还是包了。"

夏天过后，冷摊闲逛，偶然买到庄家老二庄因先生所写的《山路风来草木香》，内多忆旧追思之章，随手翻读，《怀念父亲》一文，追念童年流寓贵州安顺的往事："寒假过了，开学前一天自学校带回新课本，在吃罢晚饭之后，母亲把八仙桌上收拾干净了，父亲就取了剪刀和旧报纸来，叫大哥、三弟及我各据一方坐下，开始包书。包书是件盛事，至少在东门坡四合院东厢房的庄家如此。用报纸包书是因为当时物质艰困，得不到厚实坚韧的牛皮纸……通常的情况是，父亲带领着坐定后，母亲紧跟着端来一小碗剩饭，当糨糊用；再检视灯盏碗里的油量及灯芯是否需要换新等等。一整张报纸可以裁成四等分，一分包一本书，父亲不但监督，也参与盛事……"我边读边觉得脸红涨热，尴尬羞惭，眼前仿佛看到一位清瘦的父亲正微笑地包装着送给小儿子的生日礼物。至是不由得不放下书来，定定想着被我揉成一团，丢弃了的那张牛皮纸书皮、书衣、dust jacket 或 dust wrapper 什么的，以及虽然破旧磨损，却几乎可以确定其存在且愈发闪亮满溢的一份舐犊深情……

我今年所干过的蠢事，大概不会有比那顺手一丢更糟糕的了。

世间万物无常，惟此方为妙事耳

　　黄易，不是写武侠小说那一位，乾隆九年（一七四四），出生于杭州。他的七世祖是晚明名士黄贞父，到了他这一代，家道不如以往显赫，却依然诗书传家。父亲工书善诗，母亲也能诗文，一门风雅。

　　父亲黄树谷，人称松石先生，黄易遂自号"小松"；七世祖书斋题名"小蓬莱阁"，他当仁不让继承了；因为世居西湖边的马塍，这是宋代词人姜白石笔下"听得秋声忆故乡"之地，有座"秋影庵"，所以他又自号"秋盦"了。小松的文人习性，事事都想寻些小趣味，于此可见一斑。

　　小松能画能写能刻印，八股文不好，没考上功名，却当过不少官，所靠的是：一、朋友愿花钱帮他捐官。二、行事干练，善于河防。"干练"两字不是随便说的，乾隆下江南时，他正巧在山东大运河边上的济宁当小官，因为"办差无误"，一路升官，竟当上了同知。

　　当官是小松谋生的工具，多才多艺的他，主要兴趣还是在篆刻字画，以及由此而生出的"访碑"。

　　访碑这事如今少见。清代中期，汉学兴盛，金石文字为重要分枝。影响所及，走出书斋，实地勘查，访揭各种古碑，成了学者文人一种风尚，小松无疑其中佼佼者。他在济宁任官时，公余醉心金石古刻，利用治河勘查之便，四处搜求魏晋古碑、古揭秘本，还专程东游邹鲁，北登泰山，西赴嵩山、洛阳等地，访碑寻古，所得甚多。据说，"每得一旧迹，眸色焖溢颧颊间"，其疯魔可见。

搜得多、看得多，小松书法、篆刻精进不已，自成一家，技法已达"谈笑之顷，铁颖割然，立成数枚，出怀袖以赠友"地步；"小心落墨，大胆奏刀"这句话，至今被奉为篆刻圭臬，而自有书法心得。他也能画，同样受人重视，据说"一花片叶，皆能于质库易钱"。质库，当铺也，东西好不好？行情热不热？一试便知的地方。

但小松最为人所敬重的，乃是他的个性慷慨大方，访碑寻古若有所得，必与人分享，绝不秘珍自重，私藏居奇，因此结交了一大堆"金石盟友"。这些人一有不懂或收到珍品，第一想到就是邀他鉴赏。如此教学相长，得成其大，书画篆刻三绝，最后被列为"西泠八家"之一，声名传世不绝。

与今人分享不够，他还想让手边拓本多方流传，留与后人，因此也刊刻成书。在没有照相印刷的时代，拓本如何雕版印刷？中国传统是请匠人先以纸描摹拓本字型，刻于雕版后开印，是为"双钩"，技法到家者，"神态宛然，不啻真迹"。小松利用这方法刊刻成书者，最有名的当属辑有汉石经残碑、汉凉州刺史魏君碑、汉幽州刺史朱君碑、成阳灵台碑、汉小黄门谯君碑、王稚子阙、范式碑残石、三公山碑、唐揭武梁祠像、汉故圉令赵君碑等十种的《小蓬莱阁金石文字》，那是嘉庆五年（一八〇〇），小松五十七岁的事，又过两年，他便过世了。

莫友芝生于嘉庆十六年（一八一一），小松过世超过十年了。出生地点贵州独山，更是离山东济宁十万八千里之遥。据说莫友芝是少数民族布依人，但就算是，恐怕早也已汉化。他的父亲中过进士，他得过举人，算得上家学渊源。后来屡试不第，干脆不考，四处游幕去了。曾先后当过胡林翼、丁日昌、李鸿章的幕友，待最久也最相知的则是曾国藩。

"幕友"是旧时地方文武官员都会聘请的"参谋、秘书"一类人物，电影常见县衙里的"师爷"就是。这些幕友，都是私聘的，颇受尊重，与东家关系也像师生也像朋友。用今天的话讲，类似私人"智库"。有趣的是，友芝入胡丁曾李等人幕府，其所担当的工作与军事参谋、后勤经理，乃至刑名钱谷完全无关，他所做的，也是他最爱做的，就是"访书"。

莫友芝的学问好，考证、义理都行，精通金石学、目录学，还写得一手好书法。一辈子最爱的却是书，清代藏书大家，书斋取名"影山草堂"，赫赫有名。爱书是一种癖，未必都爱读，却总想搜罗天下珍本古籍翻翻看看说说。友芝显然有此嗜好，但个性淡泊，也不爱做官，帮这些"方面大员"搜罗遭逢兵燹的珍籍遗书，那真是"天下最好的工作"了。

几十年间，他虽也挂名主持这家那家书院，或担任这家那家（官）书局编校，其实四处漂泊，几乎都在找书买书。更好的是，耳濡目染，两个儿子：彝孙和绳孙也都乐于此道，成了父亲的好帮手。后来莫友芝写成《宋元旧本书经眼录》，莫绳孙整理出《郘亭知见传本书目》，靠的都是如此田野调查，一本一本访购得来的结果。

同治十年（一八七一），莫友芝担任金陵书局总编校，继续其访书生涯，一叶小舟，飘然到扬州、兴化一带寻访因太平天国之乱，遭到焚毁的文宗阁、文汇阁藏书楼的散佚图书，偶染风寒，高烧不退，竟病逝于船中，诚然"以命殉书"。死后，曾国藩亲自写了一副挽联追悼：

京华一见便倾心，当年虎市桥头，书肆订交，早钦宿学；
江表十年常聚首，今日莫愁湖上，酒樽和泪，来吊诗魂。

搜书藏书虽是莫友芝终身嗜好，"影山草堂"所藏终不免于散，如今世人所最看重珍藏他的，恐还是他的书法。友芝自幼苦练，能写也爱写字，写多了，遂也喜欢谈碑论帖，精研篆刻，四处访碑。据说他专门搜集汉代碑头篆刻，手边收藏多达百余件。他的篆书取径便是由汉代碑头篆刻入手，因此自成一体，《清史稿》说他"真行篆书不类唐以后人，世争宝贵"。

乾嘉之间，黄小松勤访碑，据所得刊成《小蓬莱阁金石文字》。书印了多少部？没人知道。咸同之间，其中一部落入爱访书、爱写字的莫友芝之手，藏于影山草堂；一百四十多年后，这书竟辗转渡海，来到了台湾，因缘得经我眼，书前印色灿然，而已成残本，仅余石经残碑、朱君碑、王稚子阙三种了。

——"若无常野露水不消，鸟部山云烟常住，而人生于世亦得不老不死，则万物之情趣安在？世间万物无常，惟此方为妙事耳。"《徒然草》所言，想想，也是！

中华雅道，毕竟不颓

中国私家藏书源远流长。宋朝时便常见记载，到了明清两代，达到高峰。民国之后，渐趋衰颓，一九四九年以后，这一传统几乎消失无踪了。

明清私家藏书所以如此普遍，固然与时代较近，文献史料保存相对完整，梳理汇整容易有关。但也与当时人口稳定成长，造成科举制度"僧多粥少"困境，士绅阶级、官僚地主为求家族衍殖而逐渐形成的"科举策略"，以及当时热络的商品经济密不可分。

文人理想生活模式

公元一三六八年，明代开国以后，除了"靖难之变"期间，发生过短暂南北内战之外，大体而言，四海升平，尤其南方，百姓安居乐业，人口稳定成长。明朝初年为数仅三到六万名的生员（即秀才，有资格参加国家任官资格考试，可以继续往举人、进士一路考上去的），到了十六世纪时，已经骤增为三十余万人，明末时更高达五十万名。反观之，科举名额增加却极其有限，这一结构变化，遂使得乡试（考举人）的录取率，由早年的五十分之一，一下子降到三百～四百分之一。换句话说，有百分之六十到七十的秀才，终其一生都不可能更上一层楼了。

因为这一严峻的事实，乡绅士族、官僚地主等主要科举应考阶层，遂琢磨发展出了一套策略：有钱的家族，往往循"纳贡"或"例监"之途，也就是花钱买功名，让子弟获得"监生"（太学生）资格，以便直接参加乡试，闪避竞争激烈的生员行列；另一办法，则是家族子弟内部竞争，如果不是资质特别颖悟的，经过几年考试落榜之后，往往被要求改行经商，以其经商所得，庇护栽培秀异的晚辈。所谓"非父兄先营事业于前，子弟即无由读书以致身通显"，指的就是这一种社会阶层流通状况：原本"士农工商"森严分明的中国社会，明代中叶以后，"士商"界线渐渐模糊，形成了所谓的"儒贾"（学文不成的商人）。千百年以来，"耕读传家"这一主流，竟有了分庭抗衡的力量了。

这一改变，表面上看起来，似乎不过就是社会力的变迁转移。然而不然，"儒贾"登上历史舞台之后，由于其教育背景，不但为商品经济注入一股新活力，各种经营手法，推陈出新，因而有所谓"中国资本主义萌芽"的出现；更由于其文化素养，关怀所在，一旦经商致富，有钱又有闲了，很快便引领风骚，创造出了各种生活美学。举凡今日我们所见的传统风雅之事，从饮馔、品茶、花艺、盆栽、园林、戏曲、养生、旅游、小说、文人画、清供玩赏等等，无一不是在这一时期，蓬勃发展起来，最后形成一种"文人理想生活模式"，一花一木一石一物，都可玩出花样来。整体论述则可从万历文士文震亨《长物志》、高濂《遵生八笺》，清初李渔《闲情偶寄》等书窥见端倪。美国著名历史学者史景迁（Jonathan D. Spence）曾接受记者访问：最想生活在中国哪一个朝代？史答以："明代晚期"，或与此一"文人理想生活模式"有关。

藏书文化场域的形成

"贾而好儒"、"士商异术而同志"可以说是明清阶层流动的最大特色。这一特色的最好体现，则是"藏书"这一件事。

中国雕版印刷，目前最早可追溯到唐代，到了宋朝，便很发达了，宋版书"纸好如玉，字大如钱，墨光似漆"，这是对中国古书稍有涉猎的人都知道的。这一门手工技艺愈见普及，更加商品化，则是到了明代，尤其晚明之后的事。如前所述，五十万生员基本消费人口，加上官僚、士绅，其所需要的图书及笔墨纸砚等等文具，早已足以形成一流通市场，再经新兴商人阶级的提倡深化（其中又以徽州商人贡献最大），十六、十七世纪之时，中国南方逐渐形成一个藏书文化场域。此一场域，大致沿着大运河与长江这一十字轴线，书坊、雕版印刷作坊、私塾、官学、私家藏书楼星点散布。来回穿梭其间，形成网络的，则是"书船"：

明中叶，如花林茅氏、晟舍凌氏、闵氏、汇沮潘氏、雉城臧氏，皆广储篇帙。旧家子弟好事，往往以秘册镂刻流传。于是织里诸村民以此网利。购书于船，南至钱塘，东抵松江，北达京口。走士大夫之门，出书目袖中，低昂其价。所至，每以礼接之，号为"书客"。二十年来，间有奇僻之书，收藏之家往往资其搜访。今则旧本日稀，书目所列，但有传奇、演义、制举、时文而已。

这是晚清藏书家缪荃孙《云自在龛随笔》所记载，大致即晚明以来，这一场域基层书籍流通概况，"书客"们搭乘"书船"，沿着水路，四处贩卖"秘册"（色情书刊），同时也接受收藏家请托，查访搜罗各种"奇僻之书"。有供给有需要，市场宛然。市场之中，有小额买卖，也有大笔生意。晚明笔记小说《五杂俎》便记载了大藏书家胡应麟（字符瑞）聚书手段：

胡元瑞书，盖得之金华虞参政家者。虞藏书数万卷，贮之一楼。在池中央，以小木为桥，夜则去之，标其名曰："楼不延客，书不借人。"其后，子孙不能守，元瑞噉以重金，绐令尽室载至，凡数巨舰。及至，则曰吾贫不能偿也。复令载归。虞氏子既失所望，又急于得金，反托亲识居间，减价售之，计所得不及十之一也。元瑞遂以书雄海内。

这一段话里，我们看到了书籍买卖的商业策略，也看到了书籍聚散流通过程。有聚有散，流水不腐。明清两代，因为商品经济相对发达，江南藏书楼此起彼落，文人商贾，世家大族多以"藏书"为身份标榜，甚至视为积功德，有福报之事。所谓"无事此静坐，有福方读书"、"处世劳尘事，传家宝旧书"、"购求书籍是最难事，亦最美事、最韵事、最乐事"在在说明了由于市场流通所带来的传播效益，社会阶层对于"书籍"这一知识载体的普遍关怀与敬意。

这一关怀与敬意的深化，让传统"目录学"与"校勘学"，获得长足进展，成为乾嘉考据学的坚实基础。同时也影响了明清生活美学，爱书求书抄书读书校书补书晒书刻书，成了士人风雅之事，得与琴棋书画并列，其中自有一种悠闲，或说"自尘世中短暂逃离"的赏玩清趣；一种使命，或说"与古人相晤面"的心印传承。关于这一点，一五九三年，在吴县当县令的袁宏道写给他舅舅的一封信里，曾经提到了人生的五种"真乐"，其中之一即是：

> 箧中藏万卷书，书皆珍异。宅畔置一馆，馆中约真正同心友十余人，人中立一识见极高，如司马迁、罗贯中、关汉卿者为主，分曹部署，各成一书，远无唐宋酸儒之陋，近完一代未竟之篇，三快活也。

而这，当也就是当时"文人理想生活模式"部分内容了。

私家藏书由盛到衰

这一理想生活模式，在明清易代之际，受到战火波及，曾经中断了一段时间。等到清朝统治稳固，社会平静，便又重新恢复。乾嘉时期最有名的藏书家黄丕烈，翻看他的年谱，实在也就是"为了书籍的一生"，而其"藏而能鉴，鉴而能读，读而能校，校而能刊，刊而能善"的生平本色，则是晚明以来藏书文化荟萃缩影，也可视为这一传统的巅峰标志：藏书家未必是学者，未必是显宦，更不一定是富豪，却仅仅因为爱书、藏

278

书、流通书籍、刊刻善本，而拥有了一方宽广的天地，为世所重，为后人所景仰。

晚清到民国，西风东渐，西洋船坚炮利威胁之下，中国传统文化与日俱颓，传统私家藏书也渐见衰微。一九一九年五四前后的新文化运动，毋宁是对于这一传统的一大打击。"把线装书通通丢到茅坑里去！"吴稚晖这句话后面，虽还补了一句"六十年后捞起来再看不迟"。却已注定江南藏书楼多少宋椠元刊花果飘零，甚至漂洋过海，沦落异乡的命运。甚且由于国事蜩螗，战乱连年，"乱世重黄金"，晚明以来藏书文化，至此风雨飘摇，斯文一脉，不绝如缕。

古书是一种修行

谈论《古书之美》，探看韦力这个人，倘若不能将之摆放到上述历史脉络、藏书传统，薄薄不过四篇文章的这本书，与区区一位"古籍爱好者"，或者都要被看轻看偏了。

韦力出生于上个世纪六〇年代中期，恰当"文化大革命"之时。因为年纪小，冲击相对有限，这是他的幸！改革开放之后，因缘际会，得列商贾之列，奋身拼搏，贸易赚了钱，却无"大腕"习气，恂恂然一君子，这是他的奇！而后，一头栽进收藏的世界里，先是粮票，然后是古籍。无论哪一种，让人惊讶的是，其凝神致志的精神，竟然与明末祁承爜《澹生堂藏书约》若合符节：

夫购书无他术。眼界欲宽，精神欲注，而心思欲巧。

夫藏书之要在识鉴，而识鉴所用者在审轻重，辨真伪，核名实，权缓急而别品类，如此而已。

而这，当也就是他所称：

收藏的一大误区是作为一种消遣。我对此并不反对，但若想收到真正有价值的东西或形成自己的思想体系，必须对所藏之物有所了解。古人讲究"不破不立"，"破"的前提是要通读，否则，你沾沾自得的发现，岂不知是古人早已嚼烂的东西。读书的广与博是收藏古书的基点。

如此的认知，摆在明清大藏书家之中，或属平常。放在二十一世纪，资本主义浪潮掩袭，商品经济惊涛拍岸，卷起千堆雪，"收藏"被当作一种投资手段，古籍善本与书画文物同被视为炒作标的物的中国拍卖市场里，则如空谷足音，杳然少闻了。"我收藏的书，从不卖出。""如果你不能将收藏升华，只停留在聚物的层面，就没有太大意义，只是一个仓库管理员而已。""我想做的，就是通过貌似精英示范的方式告诉人们什么才是值得追崇的，什么才是真正的优雅。"韦力斩然而言，隐隐却有一种与世道背离的孤高。

甚至，当我们更深入去了解这位收藏古籍善本超过三十万卷，宋椠元刊多有，中国当代最受推崇的"古籍爱好者"（韦力习惯以此自称），或将发现他对于古籍的爱好，实已接近宗教情怀的虔诚，他不抽烟、不喝酒，极少应酬，也不出门旅行；很少吃肉或海鲜，家中饭桌上超过两样菜，便觉得过剩。太太说他无趣，他也觉得自己不合时宜，原因是他的生活里，除了工作，几乎全数交给古书了——求书读书校书补书整书刻书制纸——内心里则是"一个单纯爱读书的老式人。有一些意兴阑珊，但始终一意孤行。"

于韦力，古书或者不仅是书，而是一种人间修行了。读完《古书之美》的人，想必心有戚戚焉。

结语

从历史脉络来看，相对于一九四九年之前便已极其活跃的郑振铎、阿英、黄裳、唐弢、周叔弢……这些老一辈藏书家，韦力堪称新中国之后，真正第一代的私人藏书家。出现于上个世纪"改革开放"之后，亦自有其时代意义。而其个人特质，更彰显了中国传统文化积累之厚实与希望：

半晌，老者咳嗽一下，底气很足，十分洪亮，在屋里荡来荡去。王一生忽然目光短了，发觉了众人，轻轻地挣了一下，却动不了。老者推开挽的人，向前迈了几步，立定，双手合在腹前摩挲了一下，朗声叫道："后生，老朽身有不便，不能亲赴沙场。命人传棋，实出无奈。你小小年纪，就有这般棋道，我看了，汇道禅于一炉，神机妙算，先声有势，后发制人，遣龙治水，气贯阴阳，古今儒将，不过如此。老朽有幸与你接手，感触不少，中华棋道，毕竟不颓，愿与你做个忘年之交。老朽这盘棋下到这里，权做赏玩，不知你可愿意平手言和，给老朽一点面子？"

阿城小说《棋王》片段。一九八四年，此篇甫出，轰动一时，海内外纷纷传诵。所讲的是一个象棋爱好者，生死以之的故事。翻览细读，让人感觉仿佛在百废待举，一片荒凉的土地里，看到了脚下新萌的绿芽，暗夜天空里的一道曙光。

　　三十年过去，中国富强了，崛起了。而"荒凉"像个幽灵，依然在神州大地徘徊。《古书之美》非虚构，翻读一过，却让人有着《棋王》相同感受，想到了王一生，想到了韦力，看到了八个字，仿佛又有了一些乐观的期待：

　　中华雅道，毕竟不颓！

其他种种

生命是一条大河，人在时间中泅泳，用眼睛阅读着每一天、每一页这本无名的书。谁也不晓得下一刻、下一页要翻出什么样的内容？

父辈之名

生命是一条大河，人在时间中泅泳，用眼睛阅读着每一天、每一页这本无名的书。谁也不晓得下一刻、下一页要翻出什么样的内容？……

二〇〇一年二月十五日。来到冲绳岛的第二天。

一大早便包车出游。昨夜匆匆决定，今天要把南冲绳走马看花赶遍。旅行犹如阅读，有详读有略读。初登此岛的我，语言不熟，时间不许，也只能略如不系之舟，放然行其所当行，止于其所不可不止了。

出租车司机"玉城桑"是南部人，长得像狠狠发胖后的小林旭，一个热情但知节制的典型冲绳土著。临行除指定一处城迹跟观光客必到的"玻璃村"之外，行脚皆由他自由心证，随意发落。因为有言在先，午餐完毕，当他说出要到"平和祈念公园"时，我心中尽管微有抗意，也只有认了。

我不太想到这处所，原因在于此地跟战争有关，是追悼一九四四年冲绳战役全部殉难者的正式地点。对于战争，我的感受向来强烈，誓言反对到底！也正因为深刻理解其本质的荒谬与无理，因此对于任何涉及"仪式性"（参拜追悼）、"符号化"（公园碑塔）的作为，总觉得多此一举，难以接受。不过司机先生既然排定，且比手画脚，认为非去不可，车是他开的，路他最懂，入境随俗，也就任他去了。

公园位于冲绳岛最南端的小山丘，也就是最后决战地点"摩文仁丘"之上。主体是由一座红瓦白墙，乍看宛如休闲旅馆的资料馆跟呈放射线分区，镌刻所有死难者姓名的一排排黑色碑屏所构成。放射线步道的终点是一个面向太平洋的圆形空旷地，名曰"和平广场"，广场正中央设置一圆锥体的篝火台，是为"和平之火"。车行渐近时，海风忽紧，云走汹汹，下车后，原本一派春晴天气，竟然阴霾下来，仿佛山雨欲来模样，更让人兴致大减。

"资料馆"占地颇大，有图书馆、视听室、多媒体简报室、战迹陈列室等等，设想周到，至细至微，充分显现大和民族的"博物馆性格"。不过，我却丝毫没有进入参观的意愿。同行友人如厕时，我闲闲无聊乱按导览电脑，然后，那一长串"父辈之名"便映入眼帘了。

原来，这一处公园那一排排取名"和平之础"的碑屏上所镌刻的不但有军人也有平民；不但有冲绳人、日本人，还有美国人、英国人、韩国人以及中国台湾人。我好奇的点出"台湾人"死难名单，共有二十八位，来自基隆郡、汐止街、台北州、东势庄、美浓庄……我细细浏览着其姓名、籍贯、死亡时间地点，心绪波动难抑，千里之外这一个异乡公园，忽然跟我有了密切关系。我也才隐然想到"玉城桑"为何坚持要我到这里一游的可能原因了。

然而，我也并没有因此急忙奔入黑色碑林中寻找那二十八位父辈的刻名所在，摩挲哀吊。毕竟，那是造作了些。站在和平广场的濒海前沿，我静静凝望风起云涌波翻浪白的无垠太平洋，方才所见，"钟丁郎。新庄街。殁于……"的字眼不停在我心头翻涌。"父亲会认识他吗？"我这样怀疑着。

一九四四年的新庄街，我的故乡所在。前一年的三月，十五岁的父亲应募赴日充当少年工，替日本海军建造飞机。后一年的二月，未及不惑之年的祖父跟年方云英的姑妈就要在东京大轰炸之中惨然丧生了。同年底，父死姊亡的父亲将会由美国军舰遣送返台，弹痕累累的那艘铁壳船，应该也曾驶越我眼前的这片海域吧？十六岁的小孩，算算才高一，懂什么呢？竟然就要接受这样严厉的生死考验。"昵桑回来后，好几个星期不讲话，只会坐在厅堂望着港边发呆哩。"二姑妈曾经这样追忆。而钟丁郎呢？他是几岁死的？十八岁？二十岁？客死异乡的他，临终时脑海也会闪现大汉溪畔的故乡家人吧！？那样小小的一条街，檐瓦相邻，他跟父亲相识吗？"阿水婶仔伊后生冤枉死 dei 琉球"（阿水婶的儿子冤死在琉球）幼时听到这样那样的谈资闲语，里面也有"丁郎"其人吗？……

怀着难抑的悲凄，黯然离开了和平公园，二十八个父辈之名渐去渐远，原本黯淡的天空却越转越晴了。"悲凄的海、悲凄的天空，今天仍是碧蓝澄澈着。"心中蓦然想起前些时候所读到，井上靖《镇魂》诗的起首句。天地不仁，以万物为刍狗。半个世纪过去，大战远矣，花果飘零，羁魂异域的吾乡父辈，瞑目安眠否？"由于您们悲凄的死，通过您们悲凄的死，使我们现在似乎是渐渐地可以有了一个想法。"曾经同为战争付出青春的幸存老诗人这样写着："只追求自己一个人的幸福的时代，已经过去了。别人没有幸福，为什么会有自己的幸福呢？！只追求自国的和平的时代，已经过去了，别的国家没有和平，为什么自己的国家会得到和平！？"

　　然后，我又回到更南方的我们这个岛屿。然后是反核大游行，然后是"台湾论"风波，然后是继续喧扰的两岸关系，然后……在街头的呐喊声中，在焚书的熊熊火光里，在垂老中风的父亲淡色眼瞳内，我于是慢慢了解，父辈之名，您们悲凄的死，我们毕竟没有通过，"一个想法"终归还在漫漫长夜迢迢路上。子弟不肖，萧墙多悲；吾乡之魂，艰兮归来！

未敢翻身已碰头

人与书的相遇，皆属缘分。偶然读到某一位作者某一本书，因着他的思想，有所感应，一读再读，不知不觉便可能改变了一生的命运。"文字收功日，全球革命潮"。革命时代里，多少人由于一本书的号召，抛头颅洒热血，而有"一将功成"的，更多却都"万骨枯"了。"思想、信仰、力量"三部曲的载体，往往就是一本书——书是危险的，就专制政体而言，总是这样！

却也有与内容无涉，仅仅与一本书相遇，冥冥中便改变了生命轨迹的。

一九七八年，我正在台北工专五专部三年级就读，功课一塌糊涂，根本无心正课。整天除了打球，就是闲逛近在咫尺的光华商场旧书摊，随手乱买乱读，小说漫画文学非文学黄的黑的，只要有点意思，便一头栽进去，读它个不知有汉，无论魏晋。看多读多了，居然也涂起鸦来。其动机，说来好笑，与其说是"一股生命的冲动"，倒不如说是"一种青春的虚荣"。看到校刊上印着自己名字的文章，向来乏善可陈之人，"终于露脸了"的自我感觉，要说多好就有多好！至于文章内容，纯然抄的多，写的少，哈希成文。十八岁的少年家就大言不惭要论"三岛由纪夫的美学观"，能论出什么东西呢？

因为爱写也能凑合出仿佛有些东西的文章，乃跟"工专青年社"几位同学混得颇熟。一九七九年，该社几名编辑开过会后，决定制作一期"五四一甲子"专辑，谈谈五四人物，讲讲德先生与赛先生，看看"新青年"的"新潮"。分配结果，陈独秀、鲁迅没人能写，主编亲自来邀稿，希望我接下。我对陈独秀、鲁迅其实没多少了解，只因爱看《传记文学》、《春秋》这些老杂志，脑袋里有些印象，知道哪里找资料好，嗯，抄。加上前一年夏天，表哥李奭学不知从哪里弄来一本简体版的《呐喊》，丢给我，要我："别再看柏杨了，这个才好！"我估计那书里有不少东西可以抄，尽管心嫌简体字像日文，读来费力，一篇《狂人日记》都还没看完就摆下了。且人家写不了，找上门，那是看得起我，当然要帮忙，便一口答应了。于是乎，凭着一本《呐喊》，加上梁实秋、苏雪林、林语堂的几篇文章，很顺利凑出了一篇《鲁迅与阿Q正传》，加上《陈独秀与新文学运动》，如期得意交完稿，就等着大大露脸一番啦。

　　谁知等呀等，校刊却始终没看到踪影，我因为不是社员，也不知到底发生了什么事。后来终于出来了，鲁迅文章却跟原稿很有些出入。"出刊前一晚，都已经印好了，训导主任找我们去，硬要把那篇鲁迅拿下，大家僵在那里。最后是改了一页，重印！"主编这样跟我解释。我听后毫不在意，只要文章能登出来，要删就删随便你，我无所谓，反正多半是抄来的呗。这事如此这般便落幕了，我既没被处分，更无所谓约谈什么的。一年多之后，入伍当兵，幸或不幸地，我抽到外岛东引，"反共救国"去了。依我的成绩，能考上预官，那就是祖宗保佑了。哪还敢奢求能去哪里啊。比较让我纳闷的是，那位主编同学，他是资深国民党员，还是北知青区党部的常委，照道理干个轻松的"政战官"不成问题，谁知他竟跟我一样，最后被刷下来，成了步兵排长。而且，比我还更衰，一抽抽到到亮岛去苦干实干没命也得干了——东引跟亮岛，遥遥相对，天晴时还可望得到，下部队后偶或不爽，一看到亮岛，我便欣慰许多。

浑浑噩噩服役一年多，平安退伍后，东奔西跑到处晃荡，某日途遇主编同学，很兴奋地聊了几句。只觉得当完兵，他果然成熟许多，从一名阳光少年变成深沉的大人，话相对少了许多。"我正在补托福，准备出国，待在台湾，不会有什么前途的。"他这样跟我说。我反正家贫，不可能出国的，这话听在耳里，毫无意义，只能祝福他一切顺利，便分手了。

那时的我，胸无大志，一心只想赚钱养家，最好还能读点杂书就好了。我读的是土木，当了几个月的监工，受不了下班还得应酬喝花酒，便辞职了。偶然得知调查局在招考统计人员，专科生也可报名。当时恰好读了《联合报》记者李勇所写《中国情报人员工作实录》，对于出生入死的调查员生涯很有些向往，觉得当个007也很不错，便瞒着家里报名去了。笔试顺利通过，到了口试这一关，几名考官有些不耐地问了我几个很平常问题，家人情形啦、为何想来报名啦什么的，我满腔热情稀里哗啦说了一大堆。"你在学校时，有参加什么社团吗？""摄影社，写作协会。""在校刊发表过文章吗？""有啊有啊！""你对鲁迅跟陈独秀这二位，有一定的了解吧？要不要讲讲？""……"听到这个问题，我虽然笨，前后凑一凑，大约也知道怎么回事了。心想007这下子没戏唱了（事后证明，真的落榜没得唱），随口敷衍两句，便落寞地走人了。

回家途中，越想越郁闷，我明明没干什么啊，怎么会这样？这就是"宁可错杀一百，绝不放过一个吗？"长住在心里那个愤怒的青年，一下子跑了出来。那天夜里，把影印留下的《呐喊》拿了出来，读了一整夜。越读越觉得真能理解鲁迅的心，"铁屋里的呐喊"的悲哀了。于是决意改行读历史，好好弄清楚中国现代史这笔糊涂账。"没有吃过人的孩子，或者还有？救救孩子……"——就是这样，只能这样啦。

今时往事

一九七六年的暑假。专二的我，经人介绍，到了三重光复路的一家电子工厂打短工。工作不难，就是让自己成为装配线的一部分，有时不停用手把小钢片嵌入变电器之中；有时用铁锤把嵌入的钢片敲整齐。由于生产线不停流动，未完成的变电器一颗颗流过来，你慢了，就会耽搁别人，监工且不时在身后巡视，若你太忠厚老实，不知歇息窍门，一整天下来，两只手也够惨的了。

那是我第一次领略到生产线的厉害，日后读到马克思所谓的"异化"，总会想到这事，恍然若有所悟。

工厂不大也不小，大约七八十人，有本地，也有南部上来的；有孤鸟如我，也有救国团介绍成群进来的工读生。其中有一对长得很清秀的南部姊妹。短发姊姊不太讲话，大概二十七八岁了，成天皱着眉头；长发妹妹相对活泼，瘦削、老穿着双红白拖，牛仔裤似乎永远不洗，却也不脏。姊姊跟工厂里一名被退学后干脆非法打工的侨生似有些感情纠葛。有一回，我在厂房仓库，偶然撞见了侨生正扬起手准备甩姊姊巴掌。十七岁的我，有些不知所措，一下子愣住了。这一愣一注视，也许吓着侨生，他竟罢手了。

"喝酒醉，被设计，失身了，毋甘愿啦。"我跟厂里一名年纪相当的正职小工熟了之后，他希松平常地告诉我这八卦。小工也是南部上来的，彰化溪湖，初中毕业，在工厂里胡乱打零工，下了班就回宿舍，七八个人窝一间房。"看电影啦，喝酒啦，打撞球，捡落翅仔啦。"我问他下班怎样过，他这样回答我。

年轻的我，十分害羞，很少跟人交际，休息时，除了上厕所，就是翻看带在身边的闲书。某次下班后，我站在走道就着灯光想看完一篇小说再走。妹妹突然跑过来："ei，你可不可以帮我写这个？"我吓一大跳，脸都红了。虽然读到专二，可我几乎很少跟女生讲话。

她拿了一本杂志给我看，书名是什么，已经忘了，性质则是《爱情青红灯》一类，封面印象深刻，就是凤飞飞。她要我帮的忙，大概就是要写怎样喜欢凤飞飞，然后就有机会抽到录像入场券什么的。"凤飞飞我不会写啦。""你看那么多书，一定会写。拜托拜托，我真的很想去看凤姊看帽子歌后。"我看到她眼光中的渴望，这辈子从没让女生拜托过，双鱼座原形毕露，就答应了。

那个时代，没有网络没有 google，我也不知从何写起，回家问过妹妹，讲不清楚。后来要那女生把她手边的"凤飞飞"都给我看，她搬来了一大本剪报，报纸的、杂志的剪贴得巨细靡遗，又吓了我一跳。"早拿来嘛，有这个就行了！"花了几天晚上，我帮她写了一篇文章，她大概嫌我字丑，又找人誊了一次，才毕恭毕敬地寄了出去。

"有消息吗？""没有。"大约有一个月的时间，我每天都与她有着这样的对话。"可能信很多，要慢慢整理啦。"根本就认为那是骗人的我不忍心泼她冷水，只能这样安慰她。"希望是这样。我真的很喜欢凤姊，希望我会中到。"讲这话时，刘海下的她的眼睛闪烁着一种少女漫画的梦幻光彩。

终于，在暑假即将结束，我就要离开的那个星期。她抽到《你爱周末》录像入场券的事，传遍了全厂。很多人都向容光焕发的她道喜，"也不知走到什么狗屎运。凤飞飞 ei，被她抽到了，还可以上电视。哼！"当然也有平常就看她不顺眼的另一派女生，这样酸溜溜地窃窃私议着。"谢谢你！我抽到两张，我跟姊姊都能去 ei。谢谢你谢谢你！"下班时，她一直谢我，还当着许多人公开大声讲。"小面神"的我，脸简直红到发烫，不知该说些什么了。

音乐的事，我不懂；凤飞飞也不是我喜欢的歌星。但我知道，在一九七〇年代，台湾经济起飞之时，她曾是许多离乡背井流浪到台北的女工们的"最爱"或说"希望"，她的歌声抚慰了多少寂寞的心灵。其作用、其功劳，一如五〇年代美空云雀之于日本的复兴吧。——阿鸾姊，一路顺风，台湾真的很谢谢你！

那些年，在台北晃荡寻书

十五岁出远门，其实也就是天天过河到台北。那是一九七五年的事。

此前住在河左岸，难得过一次河。考上工专后，天天得换两班公交车上下课。一年三百六十五天，足足搭了六年几千次，车老颠，颠到最后，老台北桥施工缝大小共三十二道也在心底数得一清二楚了。不喜欢上课，爱看闲书。学校旁边的光华商场像宝窟。中午休息，省着饭钱，进去抓一本书，下午看，早上看，看完，明天到了，再来一本！

旧书可爱，新书可喜。看出兴味后，遂也逐书而行，到处乱蹑漫漫游了。重庆南路是个好地方，可放学不顺路，周日要打球。仅周六半天课后，六号公交车到车站，下车转个弯即是。书店那么多，一家一家"打书钉"过去，打到衡阳路，大概也就一下午过去，一本书白看完了。七等生、黄春明、王祯和、杨青矗、杰克·伦敦、马克·吐温……都是这样"打"下来的。

一周一次毕竟不够。最好像篮球，天天能打，哪怕十几二十分钟也好。四处留意着，竟然就在换车的西门町找到"球场"。公车站牌就在"鸭肉扁"前，也算西门町精华区，往圆环方向走不到三十米，服饰店、书报摊、卖发箍卖袜子卖耳环……凌乱簇拥之间，小小一个地下室入口，仿佛若有光，走进去一转折，豁然开朗，一摊又一摊，摊摊都卖书：最新的畅销书、便宜的风渍书、翻译文学书、诗集、杂志……几乎都有，真正的琅嬛福地。

那就打吧。老板翻白眼了，换摊又打，打完三五摊，个把钟头过去，自我提醒："够了，还得回家吃晚饭。别找骂挨了！"于是绕场一周，再看一次。依依不舍由另一个出口钻出，圆环边天桥旁白底红字招牌写着"中国书城"四字，相较于不远处矗挂大片电影广告牌，显得渺小不起眼，于自己，却是比什么都还醒目的。此时，夕阳将尽，华灯初上，街道犹留几丝红光，拉得人影长长的，一辆火车轰隆隆，贴着中华商场开了过去。

"中国书城"从何而来？不得而知。推测当就是几个较有文化眼光的生意人承租下一个大楼地下室，模仿"百货专柜"，到处招商，出版社、书籍经销商应召而至，遂聚成了一个"书城"。说是"书城"，还冠上"中国"两字，派头大得吓人，其实也就百来坪地方，分租出二十来个摊位，每个不过一二坪大。那个时代，生气蓬勃，机会多有，但也很有些"膨风"。

以今天标准来看，中国书城着实小得可怜。出版流通相对不发达的年代里，却仅因它长年营业，交通便利，加上适逢台湾出版业起飞之时，如今讲得出名号的老出版社，多半萌芽茁壮于彼时，新书一出版，中国书城一定看得到。有天时有地利，遂创造出"人和"。在台北长大的四五年级文青，几乎无人不知这一宝地。相约西门町，往往在此见面。边看边聊，聊够看够，出了地面即圆环边成都杨桃汁，先喝一杯解渴，再奔往电影街，或干脆到"南美咖啡"继续聊了。

中国书城、重庆南路、光华商场，那是爱书人的"狡兔三窟"。"窟"是不动的，是坐贾。另外还得有些行商，流动的贩书所在，也才够看！

台北市有几个美国官兵跳舞的场所，像是现在大安森林公园靠信义路和新生南路口的一角，以前有个 IHOUSE，中文叫"国际学舍"，对四年级、五年级一代来说，"国际学舍"的意象是办书展……

罗福全先生《荣町少年走天下》里的一段话。有筵席餐厅有篮球场有网球场有交谊厅的国际学舍于吾等四五年级而言，足堪追逝的，除了"美国归主篮球队"或"留美学联篮球队"的一二场比赛之外，大概就是"全国书展"了。

"全国书展"，又是好大的口气！还分春秋两季哩。但其实也就是"室内的图书市集"，一二百个摊位瓜分国际学舍体育馆上下两层楼，每个摊位不过一坪大小，卖书的自是大宗，此外，卖文具卖卡片卖唱片卖录音带甚至卖望远镜益智游戏的也都来了。各种海报广告牌，精心制作粗制滥造打印手写，五颜六色看得人眼花缭乱。室内很有些大杂烩味道，室外停车场则根本就是大杂烩了。卖面包肉粽甜不辣香肠棒冰，应有尽有。从室内到室外，精神粮食生理食粮一次可解决。

国际学舍书展特色，无非一个"乱"字。乱的不只卖的东西，连档期也是，初时还分春秋，还称"全国"，后来也不知是生意好还是场租便宜，总而言之，随便找个名目，譬如春节譬如暑假，都可以继续书展了。等到一九八〇年代开始，套书、儿童书渐渐成为出版流行所在，一进门，直销人员竟也蜂拥而上，要你"参考看看！""别让你的孩子输在起跑点了。"

国际学舍书展内容不足观，有意思的是那种嘉年华夜市氛围，但去过一二次也就够了，除非你还年轻，意在"把马子"（追女朋友）而不是买书。"曾经有两次带了两三千块钱进去，准备狠买一阵，谁晓得只花了百八十块就已经站在大门口了。我没有机会看到新书或是从前没看到过的书。"亮轩先生在名为《说书展》的文章里如此说过。而这，大概也就是国际学舍书展的定论了。

从"中国书城"到"国际学舍书展"，那是相对穷困时代里，连锁书店还没出现，买书还不很方便，台北城里爱书人汲取养分的自娱管道。"穷有穷快活，富有富风流"，是之谓也。算一算，不过三十年前，于今却已恍如隔世，而也确实是上个世纪的事了。

我到东引

我到东引，纯属偶然，九百人十五个机会，这辈子所曾抽到最大一个奖。得奖当晚，立刻免除卫哨勤务，说是体谅我，其实怕的是什么，我懂！

救指部。签上非代号，而是明明白白这三字。"救国团指挥部"？别傻了，"救国军指挥部"！"反共救国军"，传说中刺龙刺凤管训流氓将功折罪所在，鸟不生蛋乌龟不上岸的地方，谁去谁倒霉，"反共救国军"突击队，突击队，突击队 ei～

但，也就来了。韦昌岭等船二天。阴雨迷濛的初春黄昏，补给舰缓缓驶出港，一辈子没有过的经验。出了外海，风浪大到船舱吊床像摇篮，摆得人晕头转向。我是预官，幸得可躺。那些士官兵有多惨？我也不知。但从船舱渐渐弥漫呕吐物酸臭味道推测，肯定很惨！

半夜里，船停了。说是风浪太大，怕出事，得返转。心里也喜也忧，迷迷糊糊睡着了。被集合声吵醒时，天已亮，东引到了。果然不怕苦不怕难，不怕风不怕雨，达成任务而后已。船不靠港，仅由一艘驳船来接。头还在晕，天有些冷，看到身着铺棉工作服，头戴护耳军帽的船兵，第一印象是："怎么这模样，脏兮兮的。敌军还是'国军'啊？"

傻愣愣六七个预官上了岸，指挥部早有准备，如此这般被瓜分一空，该去哪里就去哪里。传令扛着行李走在前，陡坡似平地，不时还回头招呼："要不要歇一下？排长。"我逞强，不想被看轻，只摇头不说话，其实腿早酸了。"这是九三高地，这是伏虎坡。""那是中柱岛，那是信号台。都是我们的。"他为我指点江山，我听过即忘。这是什么鸟地方啊，这么陡，哪里是岛，根本是海里冒出的一座山嘛。想到这，眼前突然一片白茫茫，几公尺外不见人影。原来刚刚还在海上走着的雾，一下子涌上岸，铺天盖地了。"等我一下！怎会这样？"我急忙喊。

日后才知道，入春后，雾是东引常有的访客。它之来，不像台湾那样，早上醒来，白雾茫茫，随着太阳出来，就没了。而是想来就来，看到海上远远一片白雾如云，慢慢跑慢慢滚，越跑越滚越快，随即掩盖了过来，方才还清明的天空，瞬间空白一片。雾有脚会走，有时打开门，它便滚滚滚滚进屋里，仿佛电视综艺节目喷干冰，汹涌澎湃。雾要停留多久，也看它心情，有时半小时有时半天，但总是很大很浓，浓得都快对面不相识了。这种日子，卫哨勤务最惨不过，得大声喊"口令！？"得提高警觉，得时时预防水鬼摸上岸，免得脑袋被砍走了还不晓得是怎么回事。

要说心里不忐忑，那是骗人的。七〇年代，不但"共军"谋我亟急，"三合一敌人"更在那里挖墙脚掺石子。从小被恐吓洗脑长大，一下子被丢到北疆，前线的前线，孤零零的岛屿，那种提心吊胆可想而知。初来乍到第三天晚上吧。睡到半夜，突然天摇地动，头上水泥灰土直落，侧耳一听，枪炮声大作，隆隆隆隆哒哒哒哒，迅即翻身下床，也不敢开灯，摸黑摸心肝，直想:"真碰上'反攻大陆'了。不会吧？这么倒霉！！"

谁知大寝室班兵都无异状，睡的照睡，躺的照躺，一问才知是夜间防护射击，下过电话记录的，指挥部测试火网交叉。没多久射击完毕，四野又静了下来。经此一吓，睡不着，干脆到室外巡走。半夜二点，一抬头，今夜星光灿烂，又大又亮，闪烁摇曳，感觉就要冻掉下来了。灯火管制，几乎没有光害的岛屿，造就这一美景。"浩瀚星河中，我们所住的这个世界，是最美的一颗星，因为这充满着音乐与生命……"倪蓓蓓《今夜星辰》片头语突然涌上心头。想哭了。鸟不生蛋的地方，连个收音机也管制不给听，今夜星辰？满天都是随你看吧。

要说漂亮，东引还真是漂亮。今夜的星辰，十五的月亮。一看一徘徊，不忍去睡觉。海上生明月，那光亮那洁白，那晶莹剔透，让人一辈子难忘。此岛窗户个个有黑布罩，怕泄光，炮弹对准打过来。"床前明月光"自是进不来，人却可以出去。"疑似地上霜"，明明白白满山遍野铺陈。"月亮像太阳那么大！"初听人说起，一点不信。看过海上银盘子闪耀，论尺寸，果真落日直径，真大真圆！再没话说了。

岛那么小，绕一圈几小时。怎么走，总看得到海。落日没什么了不起，常时都有。火红一球，越掉越快，终至沉没不见。这时分，恰当构工完毕，有时盖鸡舍，有时建礼堂，一伙人肩着圆锹十字镐，收工回到据点，饭好了，说开动，人人端着碗，蹲踞集合场前，配着那一丸落日吃了起来。晚风习习，夕照下常见海豚群聚跳跃玩耍。最精彩一次，"你看你看鲸鱼在喷水！""是吗？拿望远镜来。快快！"嘴里还塞着饭，比手画脚一片欢欣。远方一柱水喷得老高老高，那鲸鱼，像艘船。

入了秋，天凉了，还是爱对着海吃饭。又一次，蓝色海面突然泛起长长一带阴影，颜色全黯了。大家一惊，怕是敌方潜水艇，急忙放下碗筷，就阵地往上通报，最后搞清楚了：黄鱼群！成千上万的黄鱼一路过我岛。一辈子一次的大场面。真要捕，靠过去，用手也行，捞到你当兵当不完。无奈"禁止下海"军令如山，只得眼睁睁看着两栖海龙心血来潮开小艇炸鱼当出操，一炸一冰箱，吃上一星期。羡慕啊干谯啊。

东引风景说不完，就是漂亮！山漂亮水漂亮，石蒜花漂亮，连夏天遍地草蝉鸣叫声也漂亮。这样的地方却限制居住，哗啦拉搞战地政务，真是可惜了。曾在东引最高学府初中操场认识家乡嫁到此地一年轻妇人，混熟了后，某次竟悄悄说：

"其实我是被骗来的。"

"怎么讲？"

"他跟我说家在东引，我听成是东瀛，想说是华侨，就嫁了。"

"你开我玩笑！差很多咧。"我大笑。

"真的，不骗你！"她斩钉截铁。

"那你可以走啊，回娘家不回来不就得了。"

"没办法。这里太漂亮了。住久了，回台湾不适应。"她真有些哀怨了。

这事我当笑话，回台湾后才知是真。离开东引，很长一段时间，我总梦到那岛。无解之时，嘴边常轻哼："谁是'反共'的先锋队？我们！我们！我们！谁是'救国'的突击军？我们！我们！我们！……"然后，看天不蓝看月不明看星不亮，连雾也稀薄不足一观了。曾经沧海，水还算什么！？

三十年前往事了。我到东引，纯属偶然。

最后那道青春之光

我会到政大历史系就读，纯属偶然。

八〇年代初期，好不容易服完预官役，从军中退伍下来的我，始终担心学艺不精，万一出意外，事情就大了，所以尽管有台北工专土木科的学历，还是不愿（或不敢）进入职场，造桥铺路盖房子。因为从小到大，对历史的兴趣始终不减，想了想，干脆转行，插班考入台大历史系。先是半工半读在夜间部过了一年，越读越好玩后，又考进日间部读了半学期，然后，就被退学了。

退学之事，早有心理准备，倒也没多少惊慌，接下来一面准备高考，一面在补习班当导师，累了，就读闲书，《当代》、《人间》，以及当时风起云涌的党外杂志，成了我的最爱。如此这般一年之后，却名落孙山，且很让人啼笑皆非的，竟是作文不及格，差了一点五分所致。

这下可好，学史不成，当吏也没份，到此，总算有点"拔剑四顾心茫然"的忧愁了。

某日，我从外返家，在楼梯间踢到一张报纸。从小习惯，路上有字纸，总会捡起来看看。那是一张《中央日报》，我平常不看的，心血来潮边走边翻了一下，却看到"政大招收转学生"的公告。在此之前，政大从来不招转学生。我一看，心下暗喜，柳暗花明又一村，那就随缘去政大好了。彼时报名即将截止，我急忙准备证件，在最后一刻报上了名，也顺利考取了，第三次重读大二。

我进入政大时，已是"高龄"二十八的老骨头。由于前此颇经历了一些世事沧桑，对于历史研究，非常有兴趣；对于起早上课，却没多少力气，能免则免。多半的时间，都是窝在租屋处乱读书。很多课，开学去一次，交选课单；考试了，去一次，应试作答；同学通风报信老师可能点名，再去一次，听唤举手应卯。真正从头到尾，每堂都到的，绝无仅有。想了半天，张哲郎老师的"明史"，大概是上得最勤快的一门课了。

政大的前身是"中央政治学校"，老校长就是蒋介石，党校色彩浓厚。照理说，校风应该很严饬，然而，在我的经验里，别的系我不敢说，至少历史系是自由到了极点，比起台大，有过之而无不及。甚且，我对于政大的喜爱，还远超过台大。原因是，台大卧虎藏龙，台大人自视甚高，同学情感疏离，大家各忙各的，谁也不太理谁。我在台大日间部挂单半学期，从进到出，认识的同学不会超过五人。

反之，政大的同窗感情便亲密许多，不但同班有所谓"学伴"，同系里，学长（姊）学弟（妹）之间，也都组成"家族"，互相照应，相处得非常融洽。记忆里，在政大的日子，除了看书打球，一年四季吃火锅，大概是印象最深刻的了。政大靠山，气候凉爽，常时有雨，扣掉暑假真正称得上热的那几个月，其他时间里，天天适合吃火锅闲聊鬼扯淡。最常见的是，午饭过后便开始约人，有负责采买的，有提供场地的，几个人围着一只锅，七嘴八舌几双筷子，便可消磨掉一整个晚上了。我在政大吃过的火锅难计其数，最后都有些怕了。到了今天，许多朋友都知道，我一听到吃火锅便摇头，原因是："这辈子的配额，早在政大用光啦。"

学生之间感情如此，师生之间也是这样。政大历史系另一个"优良系风"是老师超爱跟学生聚餐，有时老师大宴生徒，有时学生邀老师小酌。酒酣耳热之时，师徒笑谈学界掌故，门派招数，乃至月旦人物，讲讲八卦笑话，举座尽欢，天地一家春。末了，大家各拎一瓶啤酒，去到堤防，就着月色，续摊再喝再谈。老师醉了，平日不苟言笑的，开始用英语演讲；原来玩世不恭的，忽然语重心长。学生们看在眼里，听入心中，有时哈哈大笑，有时成了终身受用的话语。

彼时的政大，是个典型的大学城，没什么声色场所，撞球间、电动游乐场，开一间倒一间，仅有的录像带出租店，也是奄奄一息。入夜八点过后，人去街空，寒夜有雨时，显得格外萧索。这样的宁静小镇，非常适合闭门读书，或，打麻将。我记得同班男同学，有几位格外热衷方城之戏，由于宿舍无容战之处，趁着韩国室友返国省亲时，跑到我的住处，打了一夜麻将，越打精神越好，隔天大清早，还敲我房门，邀我一起上山，说是"指南宫吃早餐不用钱！"这件事，我谨记在心，老想去吃吃看，但因懒得爬山数阶梯，终此政大岁月，毕竟还是没吃过免费的指南宫早餐。

我在政大历史系念了三年书，课上得不多，乱七八糟的书却念了很多，这辈子大约不可能再有那样专心致志的岁月了。我向来不爱跟图书馆借书，中正图书馆却是我时常爱晃荡的场所。这地方，藏书够多，开架随你抽，冷气够强不怕热。夏日午后，我经常跑进去，随便抓本笔记小说，乱翻乱读，读着读着，倦了，就趴在桌上蒙头睡觉，等到手臂触冷，张眼猛然发觉流了一桌的口水都凉了，于是赶忙醒来，擦擦嘴擦擦桌子，翻书再读，读累又睡。两三回合过去，兴尽精神好，再不想读书了。于是走出图书馆，在号称"堕落的天堂"的那一片阶梯上找了个位置坐下。此时黄昏正向晚，"醉（生）梦（死）溪"水声潺潺，堤防远处落日余晖犹存，下课归巢的全校女生，燕瘦环肥，一个接一个从你眼前走过，阶梯上三两成堆的登徒子男生边看边品论，简直快乐极了，忽然有人发声赞叹："靠，我们这些学妹，真是发育得越来越好了！"全场不禁一片哄然——这种单纯的穷快活，追想此生，大约也是难再有了。

　　一九八九年，我在政大的日子，逐渐接近尾声。为了准备研究所考试，每天终宵苦读，早上五点钟，准时去堤防散步，准时跟早起运动的顾立三老师鞠躬说早安。每个星期，准时帮党外杂志写稿一篇，赚取生活费，日子过得紧凑而充实，整体社会气氛则是山雨欲来风满楼。母亲经常打电话给我，总会再三叮咛：不准上街游行。四月的某一天，女友照例为我买来一份《自立晚报》，头版赫然就是双拳紧握，被烧得全身焦黑的某人尸体。自焚的消息，早些时候，我便已知道了。真正看到照片时，却让我彻底心碎，再也忍不住，抱着女友放声大哭："他们真的做了！他们真的这样做了！"到了六月，×××事件爆发，消息传来，整个校园乱哄哄的，有发海报，有静坐，有演讲联署，还有号召上街游行的。我心事如潮涌，却无力到了极点，连着好几个月都无法读书，整天就是睡觉打球，什么正事也不想做，一直到了秋天过后，方才慢慢平静下来，有气无力地又准备起考试了。

一九九〇年初夏，我如愿考上台大史研所，踌躇志满地要去"会一会台湾最好的史学人才！"八月中，陪同老兵爸爸返乡探亲的女友归来，她如常地绕走窄巷，来到我的居处。午后凉风习习，正在三楼阳台上晾衣的我，低头轻呼了一声，她抬头仰望，新烫的满头卷发向后飘散，随风摇荡，笑脸灿烂如花，我看得人呆了，最后竟有些张皇，感觉这一切都不真实，很快就会过去，青春无据，不过是转眼的一瞬……一年后，我搬离新光路住所，接着，亲如手足的韩国室友猝逝，女友分手离去，最后，连研究所也没读完，就离开了台大。浮生如歌，余音多悲。政大历史系的几年岁月，于是成了我生命中最后一道青春之光，照射出满溢的甜蜜与哀愁，却永远不曾后悔这样走过！

后记

Dreaming of you。

少年嗜读《宫本武藏》，一年一次，来来去去读了七八回，深爱作者吉川英治。吉川能写字，有一条幅，大书"生涯一书生"，隐然有种自负与自得，极喜欢。

上个世纪最末几年，任职远流博识网主编，没预算找人写文章，只好自己来，逼稿成篇，准时流淌。几年后，居然也十多万言。结集成书，取书名。想半天，灵光闪现，一口咬定《生涯一蠹鱼》，还扬言："一蠹鱼、二蠹鱼、三蠹鱼……直直写它个没完没了。"少年气盛，不知愁还不知羞，灾梨祸枣不打紧，想都没想谁要读你书？只知写写写个不停。

新世纪第一个十年甫过半，硬盘里又积了一堆文章，多半讲书，间也讲人讲事。非虚构却有不少"想当然耳"，自己浮想联翩而出的。又到了结集时候，嫌"生涯二蠹鱼"呆气，也想让另一位心仪的日本僧人良宽墨书派上用场，遂取名《天上大风——生涯饿蠹鱼笔记》。此时盛气稍减，却还不少，自拟腰带文案："天上大风之日。我在人间读书"，不仅自得自负，简直好大口气！

蠹鱼两只，读者不弃，没连累人赔钱，遂还继续写，意气

308

则渐沉渐凝，不复风发飞扬。两本书，四五年时间，送走父亲也结了婚，悲欣交集，世事都知，阅历深矣，再没那么天真活泼又美丽了。

与此同时，事情也正在发生变化。网络蓬兴，潘多拉的盒子大开，人人都是一个发声筒，阅读不再是那么单纯静谧的一件事。留言版（BBS）、部落格（博客）、脸书（Facebook）、Twitter、微博、微信……从长篇大论到三言两语，众声喧哗我为你而读而写，书介书话书评……人所感受到的，却多半是喧嚣的孤独。为了即时的赞声，人们（包括我自己）停不下来，掏了又掏还掏再掏，穷而不已，唐弢先生所言"一点事实，一点掌故，一点观点，一点抒情"的散淡与蕴藉，竟都消失于无形。

字越写越小越草

诗越写越浅，信越写越短

酒虽饮而不知其味

无夕不梦，梦里不是雨便是风

却从不曾出现过蝴蝶

（《四月——有人问起我的近况》）

最最老派的诗人周梦蝶都梦不到蝶了，遑论吾辈？

然而，即使如此不用功，细细算算又七八年之积，宛如水库蓄洪，竟有三十多万字。友人催促，应当结集成三，蠹鱼再出。心里却总窒碍，不踏实，觉得没什么精彩的，"能出吗？""那就去芜存精吧！"一去先去了近十万字，还不中意，再去七八万，所剩即今日所见，未必精绝，但至少不坏；如犹不入法眼，诚然作者笔墨修行问题了。

文章写得多，选得少，颇经一番汰泽。书名则得来全不费工夫。二〇一二年岁暮，某夜有梦：一名胖大和尚写了一幅字送我，墨迹淋漓，力透纸背，是即"一心惟尔"四字。醒来便觉这是好书名，文言"一心惟尔"，白话"我的心里只有你"。懂事解字以来，租书读书编书买书写书卖书讲书……一路流窜，册不离身，回旋直入书天堂，已载满欢乐亦辛酸。

副标则简单许多，仿前次模式，取为"生涯散蠹鱼笔记"。散者，三也，但也实在"大散仙"一枚。此书之议，二〇一三年早便写好"新书资料表"，篇目也大致选定，却因慵懒，一拖再拖，校稿一摆即两三个月。自己根本没时间偏又不愿放手，活脱脱"捏怕死，放怕飞"中年心态。幸而一鲤、健瑜宽容大度，不离不弃，要不是有这两位好编辑，此书怕早已"散形"，胎死腹中了。偏劳接生，真是谢谢谢谢！当然，另一位必须郑重致意的，是老友雅棠，相识廿年，合作完成的书一时也数不清，人生道途得有"亦师亦兄亦友"之人相伴，诚然有幸。他的摄影、装帧，定然让此书风采更增。

也是与健瑜与雅棠讨论而出的：此书力求简洁，散淡为先。凡所提及的书籍，无论大小，一概不标注出版资料、不出现书影。盖数字时代里，一机在手，搜寻快如闪电。作者文章写得好，读者有感，自然顺藤摸瓜找过去，受益更多；文章不够看，读者无反应，要资料书影何用？时代在变，形式也要变，纸本当也尝试与虚拟相结合，万莫累赘才是。

写作是一种抵抗，抵抗岁月的侵蚀，记忆的漫漶；雪泥鸿爪无非脚注，点检人生种种，时代风向，如此或可让脑袋清明一些，而生勇气、得智慧继续往前走。如此说来，写作又像是一种人间修行了。偶读《圣经·马太福音 26.41～43》一段文字，蓦然有感：

> 我父啊，倘若可行，求你叫这杯离开我；然而不要照我的意思，只要照你的意思。我父啊，这杯若不能离开我，必要我喝，就愿你的意旨成全。

走到此刻，于书于世缘流转，或许就是这样的心情吧。若把"杯"置换成"书"，"喝"改成"读"字。浮生若梦，人在江湖；酬世来去，离离落落。年过半百还能保有一股"闲散"之气，努力抵抗，一点初衷犹存，诚然大幸！

人间有我。一心惟尔。是为后记。

博采雅集，文苑英华

《大观丛书》

第一辑

《活在古代不容易》（史杰鹏 著）

《快刀文章可下酒》（邝海炎 著）

《时光的盛宴：经典电影新发现》（谢宗玉 著）

《你不知道的日本》（万景路 著）

第二辑

《私家地理课》（赵柏田 著）

《壮丽余光中》（李元洛、黄维樑 著）

《一心惟尔》（傅月庵 著）

《悦读者》（祝新宇 著）